AUS DER ASCHE

KYLA STONE

Paper Moon Press

Aus Der Asche

Gedruckt in den Vereinigten Staaten von Amerika

Umschlaggestaltung von Christian Bentulan

Buchformatierung durch Vellum

Erstmals gedruckt im Jahr 2024

ISBN:978-1-962251-11-2

Erstellt mit Vellum

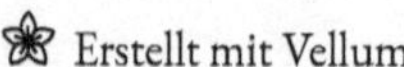 Erstellt mit Vellum

Dakota Sloane war eine Überlebenskünstlerin.

Sie hatte die Explosion der Atombombe überlebt, die Terroristen in der Innenstadt von Miami gezündet hatten. Sie war dem tödlichen Fallout entkommen, hatte gegen gewalttätige Gangster gekämpft und einem brennenden Haus getrotzt – alles, um ihre Schwester zu erreichen.

Sie hatte es geschafft. Eden war in Sicherheit, sie war am Leben. Sie hatten es beide geschafft. Dakota konnte es kaum fassen. Trotz allem, was in den letzten Tagen geschehen war, schien es Eden gutzugehen. Sie war blass und erschüttert, aber okay.

Vielleicht hatte die Strahlung einfach noch keine Wirkung gezeigt.

Dakota küsste Eden auf die Stirn. Sie hielt ihre kleine Schwester fest und wollte sie nicht mehr loslassen.

Eden zog sich zuerst zurück und fuchtelte wild mit den Händen, was Dakota als Gebärdensprache erkannte. Sie hatte keine Ahnung, was das alles zu bedeuten hatte.

»Nimm den hier.« Dakota zog den Block unter ihrem Oberteil hervor und drückte ihn Eden in die flatternden Hände. Der Einband mit Einhorn und Regenbogen war schweißnass, die Ränder des Papiers von der Hitze gewellt.

»Ich bin in das brennende Haus gegangen, um dich zu suchen«, sagte Dakota heiser, »aber du warst nicht da.«

»Sie war bei mir«, sagte eine vertraute Stimme.

Dakota hörte auf zu atmen. Ein eiskalter Schauer kroch ihr den Rücken hinauf.

»Eden, komm her«, befahl der Mann.

Bevor Dakota reagieren konnte, riss sich Eden aus ihren Armen los, sprang auf die Füße und huschte aus ihrer Reichweite. Sie rannte an Dakota vorbei, in Richtung des Hauses. Auf die Stimme des Mannes zu, von dem Dakota gehofft hatte, dass sie ihn nie wieder sehen würde.

Dakota erhob sich auf zitternden Beinen und drehte sich um, weil ihr die Angst im Nacken saß.

Das konnte nicht sein. Nein. *Nein, nein, nein ...*

Die Welt wurde schärfer. Sie sah alles, jede Farbe, jedes Detail.

Sie standen auf dem gepflegten Vorgarten eines schicken 400-Quadratmeter-Hauses in der exklusiven Wohngegend von Palm Cove. Rauch wogte in den sich verdunkelnden Himmel. Im Osten, am Ende der Straße, wütete das Feuer unerbittlich weiter.

Die Flammen hatten bereits ein halbes Dutzend Häuser verschlungen und würden sie bald erreichen.

Shay Harris, die Krankenpflegeschülerin, kniete ein paar Meter entfernt und beobachtete die beiden still. Ihre braune Haut war aschfahl über ihrer schmutzigen Kleidung, und ein schwacher Schimmer von Blut befleckte den Verband, der um ihren Kopf gewickelt war.

Logan Garcia, der harte kolumbianische Ex-Knacki, lehnte am Kofferraum eines glänzenden roten Tesla, der zehn Meter entfernt in der gepflasterten Einfahrt geparkt war, die Arme vor der Brust verschränkt. Neben ihm aß Julio de la Peña, der stämmige kubanische Barkeeper, seinen Müsliriegel auf und stopfte die Verpackung in seine Tasche. Sein goldenes Kreuz glänzte an der Kette um seinen Hals.

Am Ende der Einfahrt warteten die Ersthelfer, die sie gerettet hatten, geduldig. Yu-Jin Park lag auf der Trage, die neben dem Bordstein abgestellt worden war, sein gebrochener Unterarm war mit zweckentfremdeten Rohrstücken geschient. Nancy Harlow, die weibliche Ersthelferin und Sicherheitsbeauftragte eines Casinos, beugte sich über ihn und hielt seine unverletzte Hand. Die leere M4 lag auf der Bahre neben Parks Bein.

Dakota schwankte, als eine unangenehme Welle von Schwindelgefühl sie überkam. Sie war immer noch ganz benommen von der Rauchinhalation. Ihre Kehle war rau, ihre Lunge verbrannt. In ihrem Kopf pochte ein böser Kopfschmerz, und ihre bandagierten Hände brannten von einem Dutzend Schnitten.

Aber all das spielte keine Rolle.

»Du solltest dich wieder hinsetzen, Dakota«, sagte Shay. »Du musst dich ausruhen ...«

Dakota hörte ihre Stimme wie von einem weit entfernten Ort. Alles verblasste – fast alles. Außer ihm.

Ein Mann stand ein Dutzend Meter entfernt, verdeckt im Schatten eines Magnolienbaums, der in der Mitte des gepflegten Rasens gepflanzt war. Er blieb im Schatten, die Hand locker um die Pistole an seiner Hüfte geschlungen.

Sie wusste genau, wer er war und was das bedeutete. In ihrem Jubel über das Wiedersehen mit Eden hatte sie ihn nicht einmal bemerkt. Im Stillen verfluchte sie ihren Mangel an Situationsbewusstsein. Aber jetzt war nicht der richtige Moment, mit sich selbst zu schimpfen.

Sie konnte kaum Sauerstoff in ihre gequälten Lungen zwingen. Ihr Herz drückte sich wie eine Faust in ihre Kehle.

Nein, nein, nein ...

Sie hatte es so weit geschafft, war so nah dran ...

»Ich habe sie vor dem Feuer gerettet«, sagte der Mann mit einem Lachen in der Stimme, als ob es da etwas zu lachen gäbe. »Gutes Timing, findest du nicht auch? Fast wie eine göttliche Fügung.«

»Er sagte, er sei dein Bruder.« Logan blickte von Dakotas erschrockenem Gesicht zurück zu Eden, die sich an den Mann schmiegte und ihn mit einem erfreuten, aufrichtigen Vertrauen anschaute, das sich wie ein Messer in Dakotas Bauch bohrte.

Natürlich vertraute Eden ihm. Denn sie wusste es nicht.

Dakota hatte die Entscheidung getroffen, Eden nicht die Wahrheit zu sagen. Sie hatte gedacht, sie wüsste es besser und hatte versucht, ihre Schwester so gut wie möglich zu schützen.

Aber wenn sie ganz ehrlich zu sich selbst war, wusste sie, dass es daran lag, dass sie den Gedanken nicht ertragen konnte, dass Eden herausfinden könnte, was sie getan hatte. Es war so viel einfacher gewesen, Eden zu erlauben, ihr weiterhin blind zu vertrauen, ohne die Komplikationen der harten, bitteren Wahrheit, die wie eine unüberbrückbare Kluft zwischen ihnen stand.

Tief in ihrem Inneren hatte Dakota Angst, dass Eden ihr niemals verzeihen würde.

Jetzt hatten ihre Entscheidungen sie eingeholt, um sie beide in den Hintern zu beißen.

»Maddox«, flüsterte Dakota mit erstickter Stimme.

Der Mann trat aus dem Schatten des Baumes hervor, Eden an seiner Seite. Er legte seinen linken Arm um Edens Schulter, die rechte Hand ruhte noch immer scheinbar achtlos auf dem Kolben seiner Waffe.

Als wäre er nur ein freundlicher Familienvater. Als wäre nicht jede seiner Bewegungen eine Bedrohung.

Sie wusste es besser.

Maddox Cage war immer bereit, immer vorbereitet.

Seine Bewegungen wirkten nur auf die anderen träge und lässig. Seine schmalen Schultern waren leicht gekrümmt, sein Nacken und seine Wirbelsäule steif. Jede Faser seines Wesens war angespannt wie ein Gummiband, das gleich reißen würde.

Mit seinen dreiundzwanzig Jahren hatte Maddox die grimmige, raue Ausstrahlung eines Mannes, der einige Jahre älter war. Sein Gesicht war lang und kantig, seine Züge ebenmäßig, sein schmutzig-blondes Haar dicht am Schädel geschoren.

Er war schlank und langbeinig wie ein streunender Hund – hart, kräftig und gefährlich.

In den letzten drei Jahren hatte sie ihn nur zweimal gesehen, aber er sah noch genau so aus, wie in ihren Erinnerungen – und in ihren Albträumen.

Doch jetzt war seine Blässe von einem kränklichen, ungesunden Gelb, seine Lippen trocken und rissig, seine scharfen blauen Augen glasig vor Fieber.

Er war der Strahlung ausgesetzt gewesen. Wie stark, wusste sie nicht.

Nicht genug, um ihn zu töten oder zu verlangsamen. Zumindest jetzt noch nicht. Ansonsten sah er immer noch so stark aus wie eh und je.

Shay klatschte vor Freude in die Hände. »Oh, eine Familienzusammenführung! Wie wunderbar!«

Maddox grinste sie mit einem Aufblitzen seiner weißen Zähne an. »Und was für ein Wiedersehen. Stimmt's, Dakota?«

Dakotas Finger zuckten, sie wollte verzweifelt nach der SIG-Sauer-Pistole an ihrem Gürtel greifen, aber Eden stand genau in der Schusslinie. Und in der Zeit, die sie brauchte, um ihre Waffe zu ziehen, konnte Maddox mit Eden machen, was er wollte. Ihr eine Waffe an den Kopf halten. Ihr die Kehle durchschneiden.

Eden sollte die letzte Person auf Erden sein, die Maddox

jemals verletzen würde. Aber das hatte sie auch einmal von sich selbst geglaubt. Sie wusste, dass sie keine Möglichkeit ausschließen durfte.

Wie sein Vater war auch Maddox Cage zu fast allem fähig.

Sie konnte nichts tun, um ihn aufzuhalten, und Maddox wusste das.

KAPITEL 2
DAKOTA

»Es ist so schön, dich zu sehen, Dakota.« Seine Worte klangen aufrichtig, sein Lächeln schien echt. Es ließ sogar diese fiebrigen blauen Augen aufleuchten und zog sie mit entwaffnender Wärme an. »Ich kann dir gar nicht sagen, wie sehr ich dich vermisst habe.«

Dakota war sich nie ganz sicher, ob es eine List war oder ob er wirklich an seine eigene Güte glaubte. Er war ein Mann mit vielen Gesichtern: Mal freundlich, mal gleichgültig, mal grausam.

Er brachte einen aus dem Gleichgewicht, verwendete die eigenen Schwächen gegen einen, verwandelte Zärtlichkeit und Zuneigung in Waffen, um einen zu kontrollieren und zu beherrschen.

Aber Dakota war keine ängstliche, schüchterne Sechzehnjährige mehr. Sie wusste es jetzt besser.

Sie wusste, was er wollte, weshalb er gekommen war.

Hundert Meter weiter östlich verzehrte das Feuer ein Haus nach dem anderen, zischend und knisternd. Im Westen, am anderen Ende der Sackgasse, stand ein älteres Ehepaar auf seiner Veranda und deutete auf das Feuer.

Ein paar Häuser weiter rannte ein anderes Paar mit mehreren Koffern aus dem Haus und auf den neuen Ford-150 zu, der in ihrer Einfahrt geparkt war. Niemand beachtete sie.

Einige Menschen hatten sich doch hier in Sicherheit gebracht. Jetzt, mit dem Feuer, waren sie gezwungen zu fliehen.

Die Sonne senkte sich langsam dem Horizont entgegen, und an den Rändern des Himmels begann die Dämmerung aufzuziehen. Die Brise kühlte ihre fiebrige Haut, obwohl die Hitze immer noch drückend war. Irgendwo ertönte der Gesang eines Vogels.

Es könnte ein ganz normaler, alltäglicher Abend sein, wäre da nicht der rauchige Gestank, der ihr in die Nase stieg, und die Angst, die wie ein Haken in ihrer Kehle saß.

Sie konnte das immer noch in Ordnung bringen. Sie musste es in Ordnung bringen.

Sie lenkte ihren Blick wieder auf Maddox. Ihre bandagierte Hand bewegte sich auf den Kolben ihrer Waffe zu. Ein Hustenanfall erfasste sie. Als sie wieder zu Atem kam, starrte sie ihn an.

»Du solltest nicht hier sein«, sagte sie heiser. »Du gehörst nicht hierher.«

»Ich habe ein Recht darauf, hier zu sein. Mehr als du«, sagte er und lächelte immer noch. Er leckte sich über die aufgesprungenen Lippen. »Das wissen wir beide.«

Sie schwankte, schwindlig vom Sauerstoffmangel, von dem Schaden, den das Einatmen des Rauches in ihrer Lunge angerichtet hatte. »Eden, geh weg von ihm. Sofort.«

Eden machte eine Geste, die Dakota nicht verstand, ihr Blick war verwirrt. Sie blieb an Maddox' Seite.

»Ganz ruhig, Dakota«, sagte Maddox sanft. »Ich glaube, die Rauchinhalation hat etwas mit deinem Kopf gemacht. Es verursacht Verwirrung und mentale Veränderungen, nicht wahr? Du kennst mich doch. Wir sind doch eine *Familie*, oder?«

Sein Blick schoss zu dem Holster an ihrer Hüfte, zu ihren

Fingern, die sich zum Kolben der SIG schoben. Seine Augen schärften sich, funkelten wie die eines Raubtiers.

Er schüttelte nur leicht den Kopf. *Versuche es gar nicht erst.*

Niedergeschlagen ließ sie die Hand sinken. Hilflose Wut, Angst und Hass schossen durch ihre Adern. »Du bist nichts für mich«, fauchte sie.

Logan löste sich jetzt von dem Kotflügel des Tesla, nervös und wachsam.

Er hatte noch nicht nach seiner eigenen Waffe gegriffen; er war klug genug, um zu wissen, dass dies eine bereits angespannte Situation sofort eskalieren lassen würde. Aber sie bemerkte das Zucken seiner Finger. Er war bereit, seine Pistole zu ziehen, falls nötig.

Shay und Julio starrten Dakota an, zu erschrocken über diese plötzliche Wendung der Ereignisse, um etwas zu sagen oder zu tun. Harlow und Park sahen am Straßenrand schweigend zu, ihre Gesichter waren verwirrt, ihre Augen weit aufgerissen.

Keiner verstand, was gerade wirklich geschah.

»Dakota, was ist hier los?«, fragte Logan.

»Ich kann es erklären«, sagte sie mit brüchiger Stimme, Panik machte sich in ihr breit.

»Warum probiere ich es nicht einfach mal?« Maddox drückte Eden fester an der Schulter. »Ich bin sicher, ich kann alles gut erklären.«

»Nein«, flüsterte sie. »Das kannst du nicht.«

Maddox lächelte sie an, scharf wie eine Klinge. Seine blasse Haut und die eingefallenen Augen gaben ihm ein hageres, fast gespenstisches Aussehen. Selbst wenn er krank war, hatte er immer noch diesen scharfen Hunger in seinem Blick.

Er war die Art von Mann, die nie zufrieden war, die sich immer nach dem sehnte, was sie nicht hatte, die immer mehr wollte.

All die alten Ängste, die sie so hart bekämpft hatte, kamen wieder hoch.

Ein Zittern durchfuhr ihren Körper, als stünde sie zu nahe am Rand einer Klippe und drohte, gleich abzustürzen. Ihre Knochen vibrierten unter ihrer Haut. Ihr Herz zitterte in ihrer Brust.

Die Brandmale auf ihrem Rücken pochten – genau wie in dem Moment, als sie sie durch Maddox' Hand erhalten hatte. Der Gestank von verbrannter Haut und verbranntem Haar. Das glühende Brennen stach in ihr Rückgrat, wie kochendes Öl, das ihr Fleisch brutzelte.

Und seine Worte, die er ihr ins Ohr zischte: *Denn der Herr wird durchs Feuer richten ... Du verdienst viel Schlimmeres. Das weißt du doch, oder? Aber ich bin barmherzig, denn ich liebe dich ...*

Sie schluckte die Säure hinunter, die in ihrer Kehle brannte. Ihre Knie zitterten, aber sie zwang sich, stehen zu bleiben. »Du musst gehen. Drehe dich einfach um und geh, jetzt gleich.«

Maddox wandte sich an die anderen. »Mein Name ist Maddox Cage. Und ich bin *Edens* Bruder.«

»Eden ist ...?« Logans verwirrter Blick huschte von Eden über Dakota zu Maddox.

»Sie hat euch erzählt, dass sie Schwestern sind, nicht wahr?«

»Das sind wir!«, krächzte Dakota.

»Sie ist eine Lügnerin«, sagte er genüsslich. »Und eine Diebin.«

»Nein«, sagte sie schwach. »Nein ...«

»Dakota Sloane ist nicht Edens Schwester«, sagte Maddox triumphierend. »Dakota ist ihre Entführerin.«

KAPITEL 3
EDEN

Eden starrte Dakota verwirrt an.

Sie war überglücklich, als ihr Bruder sie fand, gefangen in dem stickigen, stockdunklen Badezimmer, erstarrt vor Angst, als der Gestank von Gas immer stärker wurde, als sich der üble Geruch von brennendem Stoff, Plastik und Trockenbau mit den Rauchschwaden vermischte, die durch die Ritzen um den Türrahmen drangen.

Sie wusste nicht, was sie tun sollte. Die Schrecken außerhalb der geschlossenen Badezimmertür – tödliche Strahlung, eine zerbombte und zerstörte Stadt, Tod und Zerstörung überall, ihr eigenes Haus in Flammen – waren so groß, dass sie von lähmender Angst und Unentschlossenheit völlig überwältigt war.

Zuerst dachte sie, es sei ein Hirngespinst – eine Halluzination aufgrund von Dehydrierung und Nahrungsmangel oder des erstickenden, verwirrenden Rauchs.

Die Tür öffnete sich ruckartig, eine männliche Stimme fluchte. Das Handtuch, das Eden in die Ritze geschoben hatte, blieb unter der Tür hängen.

Panik schoss durch ihre Adern. Sie zog sich gegen die kühle Porzellanwanne zurück. Das war nicht Dakotas Stimme. Und es waren auch nicht ihre Pflegeeltern, Jorge und Gabriella Ross. Jorges Stimme war höher, fast musikalisch, während diese Stimme tief war und rau wie Kies.

Vielleicht war es jemand, der ihr etwas antun wollte. Ein Dieb, der das Haus ausraubte oder schlimmer noch, der ein Mädchen wie sie suchte, um ihr wehzutun ...

Und dann hörte sie ihren Namen. »Eden! Bist du da drin? Eden!«

Ihr Herzschlag stotterte in ihrer Brust. War das ...? War das überhaupt möglich? Wie konnte das sein? Wenn sie sich im Wahn befand – wenn sie im Sterben lag und in einen fantastischen Traum abdriftete -, wollte sie nicht aufwachen.

Sie konnte nicht nach ihm rufen. Ihre verstümmelte Stimme ließ das nicht zu. Stattdessen pfiff sie. Ihre Zunge war dick und geschwollen, ihre Lippen rissig. Sie gab kaum einen Laut von sich.

»Antworte mir!«, rief die Stimme. »Eden!«

Sie zwang sich dazu, sich aufzusetzen, und kämpfte gegen die Benommenheit an. Sie schlug mit der Faust gegen die geflieste Wand über der Badewanne.

Mit einem Grunzen drückte die Gestalt die Tür auf. Und dann war er da, stand in der Tür und hob sich als Silhouette vom schwachen Tageslicht ab, das in den Flur strömte.

Maddox, ihr Bruder.

Sie schluchzte vor Verzweiflung, Erleichterung und Freude.

»Eden!« Mit zwei Schritten war er im Badezimmer und hob sie in seine starken Arme. Er schmiegte sie an seine Brust. Sein Körper war zu warm, seine Haut klebte heiß und feucht vor Schweiß an ihrer eigenen. »Ich hab' dich. Du bist jetzt in Sicherheit.«

Sie musste ihren Block fallen gelassen haben, aber in der Freude über ihre Rettung bemerkte sie es nicht. Maddox trug sie den langen Flur hinunter und bog in das formelle Wohnzimmer ein.

Rauch stieg ihr in die Nase und den Rachen, und sie hustete gegen seine Brust. Mit müden Augen blickte sie ihm über die Schulter. Die Flammen tanzten über die glänzenden weißen Schränke in der schönen Küche, in der sie in den letzten zwei Jahren so viel Zeit genossen hatte – an der Kochinsel sitzend, beim Hausaufgaben machen, während sie mit Gabriella die Gebärdensprache übte, zusammen wie eine richtige Familie beim Mittagessen, grinsend, wenn sie beide zu Salsamusik tanzten oder über Jorges lahme Witze lachten.

All das war jetzt verschwunden.

Gabriella und Jorge kamen nicht mehr zurück.

Das Feuer würde das Haus niederbrennen, das sie als ihr Zuhause betrachtete. Die Bombe hatte die Stadt zerstört, die sie liebte. War etwas anderes als Asche übrig?

Und wo war Dakota?

Mit Eden, die er immer noch fest im Arm hielt, stürmte Maddox durch das dunkle Wohnzimmer und stürzte durch die doppelte Eingangstür. Sie schloss ihre Augen gegen das grelle Sonnenlicht.

Zweieinhalb Tage lang war sie in völliger Dunkelheit gefangen gewesen. Es kam ihr wie eine Ewigkeit vor.

Maddox trug sie über mehrere Rasenflächen und hielt schließlich zehn Häuser weiter an. Sie zwang sich, die Augen zu öffnen und blinzelte schnell, als er sie unter den sich ausbreitenden Blättern eines riesigen Magnolienbaums nahe der Vorderseite des Hauses absetzte.

Das war das Haus der Westwoods. Sie waren beide Immobilienmakler und hatten einen Sohn, der an der Universität von Miami Ingenieurwesen studierte. Mrs. Westwood hatte einen grünen Daumen und kümmerte sich selbst um ihren Garten, anstatt Gärtner zu engagieren, wie es alle anderen taten.

Aus dem Mulch, der den Baumstamm umgab, ragten leuchtende Zephirlilien und Immergrünblumen hervor. Entlang der Vorderseite des Hauses flatterten üppige tropische Pflanzen wie Caladium Florida Sweethearts, weiße Paradiesvogelblumen und Elefantenpalmen in der Brise.

Es war alles so schön, so friedlich – bis auf den Rauch, der hinter ihnen in den Himmel stieg.

Maddox kniete nieder, zog eine Wasserflasche aus seiner Gesäßtasche und reichte sie ihr. Sie trank die Hälfte davon in einem Schluck hinunter. Es war warm, schmeckte aber trotzdem himmlisch, linderte das Brennen in ihrer ausgedörrten Kehle und befeuchtete ihre rissigen Lippen.

Als sie fertig war, fasste Maddox sie an den Schultern und starrte sie an. Sie blickte in seine leuchtend blauen Augen.

Ihr Bruder. Es war kein Traum. Sie war nicht im Delirium. Er war wirklich hier, direkt vor ihr.

Die Erinnerungen an ihr Leben in der River Grass Kommune wurden wach. Maddox, Jacob, ihr Vater, Schwester Rosemarie, all ihre Freunde ... und der Prophet.

Nachdem sie geflohen waren, sagte Dakota ihr, sie solle nicht mehr an diesen Ort denken und alles in der Vergangenheit lassen, wo es hingehörte.

Sie hatte ihr Bestes getan und versucht, nur an das Hier und Jetzt zu denken, ihr neues Leben zu leben, ohne dem alten nachzutrauern. *Die Vergangenheit bringt nur Herzschmerz*, hatte Dakota ihr gesagt. *Wir werden uns ein neues Leben aufbauen.*

Sie dachte, sie hätte es getan. Bis jetzt.

Maddox schüttelte sie. »Geht es dir gut?«

Langsam nickte sie.

»Wo ist Dakota?«

Sie formte die Worte mit ihren Fingern: *Ich weiß es nicht.*

Er sah sie an, als wären ihr zwei Köpfe gewachsen. »Was machst du da? Das ist nicht der richtige Zeitpunkt für Spielchen, Eden! Antworte mir!«

Frische Angst schnürte ihr die Lunge ein. Er wusste nichts von ihrer Stimme. Würde er weniger von ihr halten? Würde er sie jetzt als beschädigte Ware ansehen? Würde er wütend auf sie werden? Sie hassen?

Sie liebte Maddox, aber er konnte sehr launisch sein und bei jeder Kleinigkeit in Wut geraten, genau wie ihr Vater. In der Kommune hatte sie gelernt, die Zeichen eines aufkommenden Sturms zu erkennen und sich zu verstecken. Aber diesem würde sie nicht ausweichen können.

Sie gebärdete erneut und vergaß, dass er sie nicht verstehen konnte. Stattdessen gestikulierte sie auf ihren Hals, auf den dicken, hässlichen Wurm der erhabenen Narbe.

Seine Augen verengten sich. Sie waren glasig, seine Pupillen geweitet. »Was hat sie mit dir gemacht?«

Eden verstand die Frage nicht. Sie öffnete den Mund, schloss ihn und deutete wieder auf ihren verletzten Hals.

»Du kannst nicht reden.« Ihr Bruder blickte entrüstet drein. »Du bist beschädigt! Du bist behindert!«

Sie wich vor seinem Zorn zurück. *Es tut mir leid*, gebärdete sie. *Bitte, sei nicht böse.*

Er sah ihre Angst, und seine Gesichtszüge wurden weicher – kaum merklich. »Ich wusste nicht, dass es so schlimm ist. Ich habe es gesehen, aber ich wusste nicht, dass ...« Er zog sie in seine Arme. »Ich habe dich gefunden, kleine Schwester. Ich habe dich gefunden und ich werde dich nie wieder loslassen.«

Aus irgendeinem Grund spendeten seine Worte ihr keinen Trost.

»Es macht nichts«, sagte er leise in ihr Haar. »Ich werde es in Ordnung bringen. Ich werde mich darum kümmern.« Er zog sie weg und hielt ihr die Handfläche hin. »Buchstabiere die Worte. Was ist mit dir passiert? Wo zum Teufel ist Dakota? Du musst mir alles erzählen.«

KAPITEL 4
EDEN

»Dakota hat Eden entführt«, sagte Maddox.

Eden wusste genau, dass sie und Dakota keine Blutsschwestern waren, sie hatten einander als Schwestern gewählt. Damals bei Ezra hatte Dakota geschworen, sie zu lieben und Eden zu beschützen, als wäre sie ihr eigenes Fleisch und Blut. Eden liebte Dakota und war auf sie angewiesen, wie es jede echte Schwester wäre.

Als sie die Kommune verlassen hatten, erklärte Dakota, dass es für sie beide sicherer wäre, wenn sie sich als Schwestern ausgaben. In einer grausamen, rauen Welt hatten sie nur einander.

Sie hatten schon so viel zusammen durchgemacht. Dakota hatte schon so viel für sie geopfert. Es war ganz natürlich, dass sie einander als Schwestern betrachteten. Für Eden war es Wirklichkeit geworden.

Aber Entführung?

»Kann uns jemand sagen, was hier los ist?«, fragte der Kubaner mittleren Alters und blickte misstrauisch zwischen Dakota und Maddox hin und her.

Dakota stand da, sprachlos und mit völlig blassem Gesicht.

Maddox' Hand drückte schwer und heiß gegen Edens Schulter. Sie konnte die Fieberhitze spüren, die von seinem Körper ausging und sich mit der schwülen Temperatur vermischte.

»Meine Familie ist in den Everglades zu Hause.« Maddox' Stimme war ruhig, aber sie konnte die kaum unterdrückte Wut spüren, die knapp unter der Oberfläche vibrierte. »Eine Gemeinschaft gleichgesinnter Seelen, die in Frieden zusammenarbeiten, leben und Gott ehren.

Dakota ist ein Waisenkind, das zu uns kam, nachdem ihre eigenen Eltern bei einem tragischen Autounfall ums Leben gekommen waren. Ihre Tante ist eines unserer treuen Gemeindemitglieder. Mein Vater hätte sie abweisen können. Stattdessen nahm er sie auf, gab ihr ein Zuhause, Essen und Schutz und hieß sie in unserer Gemeinschaft willkommen.«

Er hustete und räusperte sich. »Statt Dankbarkeit, statt Verpflichtung, hat sie sich entschieden, mich zu verraten, das zu stehlen, was meiner Familie am meisten wehtat. Eden war zwölf, als Dakota sie entführt hat, wusstet ihr das?«

»Du bist der Lügner«, sagte Dakota mit zitternder Stimme. »So ist es nicht gewesen, und das weißt du verdammt gut.«

»Sie ist auch eine Mörderin«, sagte Maddox gleichmütig.

Alles Blut wich aus ihrem Gesicht.

»Sie hat unseren Bruder getötet«, sagte Maddox. »Sie hat ihn kaltblütig erstochen.«

Edens Hände flatterten in der Luft wie aufgeschreckte Vögel. *Was? Jacob ist ...? Nein, oh, nein ...*

Ihr Verstand hatte Mühe, die Worte zu begreifen. Jacob ... war tot? Der ältere Bruder, den sie anhimmelte, der immer ein Lächeln und funkelnde Augen hatte, der nie die Beherrschung verlor oder sie wie ein lästiges Kind behandelte?

Jacob war so groß und stark, wie der Stamm eines mächtigen, uralten Baumes. Als sie klein gewesen war, hatte sie zu ihm aufgeschaut und sein Kopf hatte die Sonne verdeckt.

So hatte sie ihn in Erinnerung – sein Gesicht leuchtete förmlich, die Sonne schien um ihn herum wie ein Heiligenschein.

Wenn sie an die Kommune dachte, stellte sie sich alle so vor, wie sie es verlassen hatte – niemals alternd oder sich verändernd, niemals sterbend.

»Dakota hat Jacob ermordet«, sagte Maddox, und aus jedem seiner Worte tropfte Gift.

»So ... so ist es nicht gewesen«, stammelte Dakota.

Aber Eden kannte sie zu gut. In ihrem Gesicht lag etwas Verschlossenes, etwas, das sie verbarg.

Du wusstest es?, gebärdete sie. *Du wusstest die ganze Zeit, dass er tot war?*

Aber Dakota konnte ihre Worte nicht verstehen. Es schenkte ihr sowieso niemand Beachtung. Sie starrten alle über ihren Kopf hinweg auf Maddox.

Die anderen in der Gruppe – zwei Männer, die neben dem Auto der Westwoods in der Einfahrt standen, zwei weitere Leute am Straßenrand, einer von ihnen lag in einer Trage – sahen schweigend zu, zu fassungslos, um einzugreifen.

Edens Puls dröhnte so laut in ihrem Kopf, dass sie ihre eigenen Gedanken kaum hören konnte. Es gab so vieles, an das sie sich nicht erinnern konnte. Die Ereignisse jener Nacht waren immer noch ein verschwommener Fleck in ihrem Gedächtnis. Ein schwarzes Loch.

Dakota hatte nie erklärt, was geschehen war. Sie hatte Eden nie erzählt, dass ihr eigener Bruder tot war ... Wut und Verwirrung mischten sich mit der Trauer, die sie innerlich zerfraß. Sie wusste nicht, was sie fühlen sollte. Es war alles zu viel.

Sie wollte sich die Hände über die Ohren schlagen und es übertönen, es verdrängen, zurück an den Ort in ihrem Kopf gehen, an dem Dakota sie gerettet und nicht gestohlen hatte. Sie wollte in der Zeit zurückgehen, bis ihr kostbarer Jacob noch glücklich und am Leben war.

»Vielleicht ist das nicht der beste Zeitpunkt, um dieses Gespräch zu führen«, sagte der Kubaner behutsam. »Wir müssen einen sichereren Ort finden. Es wird dunkel. Wir haben Verwundete in unserer Gruppe. Sir, Sie sehen auch nicht so gut aus. Sie müssen medizinisch versorgt werden. Wir haben eine Krankenpflegeschülerin ...«

»Das ist der perfekte Zeitpunkt.« Maddox' Finger schlossen sich so fest um Edens Schulter, dass sie spürte, wie sich seine Nägel wie Krallen in ihre Haut gruben. »Hast du es ihr gesagt? Hast du Eden erzählt, was mit ihrem Hals passiert ist, warum sie nicht sprechen kann?«

»Sei still!«, flüsterte Dakota.

»Hast du ihr gesagt, dass es deine Schuld war?«

»Hör auf!«

»Was hat sie dir erzählt, kleine Schwester? Dass sie dich vor etwas Schrecklichem bewahrt hat?« Er gab erneut dieses flache und gefährliche Lachen von sich. »Hat sie vergessen zu erwähnen, dass sie dieses Schreckliche *ist*? Sie hat nicht nur das Leben deines geliebten Bruders beendet und dich gestohlen, sie hat dich auch geschnitten, um sicherzustellen, dass du völlig abhängig von ihr bist und nicht zu uns zurücklaufen kannst.«

Edens Augen weiteten sich vor Schreck. Sie hatte nicht gedacht, dass es noch schlimmer werden könnte. In ihrem Kopf herrschte ein Wirrwarr aus verworrenen Fragen und zerfledderten Gedanken.

Sie sehnte sich danach, Dakota um die Wahrheit zu bitten,

aber ohne ihren Block, ein Handy für SMS oder jemanden, der ihre Gebärdensprache verstand, war sie praktisch sprachlos.

Sie konnte nur entsetzt zusehen und zuhören, wie ihr Leben in einer Kaskade von Lügen zusammenbrach.

Selbst wenn sie mit Dakota sprechen könnte, würde sie die Wahrheit erfahren? Wer sagte überhaupt die Wahrheit? Ihr eigener Bruder oder das Mädchen, das sie wie eine Schwester liebte? Oder logen sie beide?

Aus dem Augenwinkel nahm sie eine Bewegung wahr. Einer der Männer bei dem roten Auto, ein großer, muskulöser Hispanoamerikaner, zog rasch seine Waffe.

Doch bevor er die Waffe heben und auf jemanden richten konnte, hatte Maddox seine eigene Pistole gezückt. Anstatt auf den anderen Mann zu zielen, drückte die kalte Spitze der Mündung gegen ihre rechte Schläfe.

»Eine Bewegung und ich jage ihr eine Kugel ins Hirn.« Maddox' Stimme war kalt, gefühllos. Als würde er es wirklich tun, ohne auch nur eine Sekunde zu zögern.

Der Hispanoamerikaner erstarrte.

»Ich dachte ... ich dachte, sie sei Ihre Schwester?«, stammelte der Kubaner.

»Das ist sie. Und wenn sie jetzt stirbt, wird sie den Märtyrertod erleiden und die Ewigkeit im Paradies verbringen. Und das werde ich auch. Der Tod macht uns keine Angst. Nicht so, wie er den meisten anderen Angst machen sollte.«

»Julio«, warnte Dakota mit leiser Stimme.

Langsam hob Julio die Arme in die Luft. »Wir sind keine Feinde. Keiner muss heute sterben. Bitte, sagen Sie uns einfach, was sie wollen, und wir werden unser Bestes tun, um zu helfen.«

Maddox lachte freudlos. »Was ich will? Ich will, dass meine Schwester zu mir zurückkehrt, wo sie hingehört.« Seine rechte Hand hielt ihr immer noch die Waffe an den Kopf. Mit der freien

Hand zog er ein Klappmesser aus seiner Tasche und schnippte es auf.

Geschickt setzte er das Messer an Edens Kehle an und zielte mit der Pistole direkt auf Dakotas Brust. »Oh, und noch eine Sache.«

»Mich«, sagte Dakota. »Er will mich.«

KAPITEL 5
LOGAN

Logan starrte ungläubig auf die unglaubliche Szene, die sich vor ihm abspielte. Er hatte kaum Zeit gehabt, nach dem Kampf, den er nur knapp überlebt hatte, zu Atem zu kommen, und nun das.

»Legt eure Waffen ab, ganz langsam«, sagte Maddox. »Wenn ich es mir recht überlege, entladet die Kammer, werft das Magazin aus und werft sie in entgegengesetzte Richtungen.«

Dakota nahm ihre Pistole aus dem Halfter, tat, wie ihr geheißen, und legte sie auf den Rasen. Sie warf das Magazin ein paar Meter weit weg, blickte Logan mit verzweifelten Augen an und forderte ihn stumm auf, ihrem Beispiel zu folgen.

Logan hatte keine Ahnung, was hier vor sich ging. Wer auch immer dieser Typ für Dakota war, es war etwas Schlimmes. Ihr Gesicht hatte alle Farbe verloren, und sie zitterte.

Der Mann hatte sie des Mordes und der Entführung beschuldigt.

Vielleicht war es wahr. Vielleicht war es nicht wahr.

Aber da der Mistkerl gerade seiner eigenen Schwester ein

Messer an den Hals hielt, entschied sich Logan in Sekundenbruchteilen, Dakota zur Seite zu stehen.

Dennoch verachtete Logan den Gedanken, auch nur ein bisschen einzulenken. Wut durchströmte ihn, als er seine Glock ins Gras fallen ließ, das Magazin ein paar Meter von der Pistole entfernt hinwarf und sich aufrichtete, beide Hände erhoben, Handflächen nach außen.

Er presste seinen Kiefer zusammen und konnte die Wut, die in ihm kochte, kaum unterdrücken. Dakota hatte eine Menge zu erklären. Hatte sie gewusst, dass dieser Kerl hier draußen nach ihnen suchte? Sie musste es gewusst haben. Sie schien nicht sonderlich überrascht gewesen zu sein, ihn zu sehen. Entsetzt, aber nicht überrascht.

Als Dakota in Richtung des Rauchs davongerannt war, war Logan gezwungen gewesen, ihr zu folgen. Sie war schneller, als er erwartet hatte, und er hatte immer noch Schmerzen von der Wunde an seinen Rippen und den zahlreichen Prellungen.

Als er den Bellview Court erreichte, standen mehrere Häuser in Flammen. Er war sich nicht sicher, welches davon der Schwester gehörte. Dakota war nirgends zu sehen.

Er war die Straße entlang gejoggt, auf der Suche nach einer offenen Tür, nach einem Zeichen oder Hinweis.

Er sah eine Bewegung in einem Garten, der einige Häuser weiter vom Feuer entfernt lag. Ein Mann und ein junges Mädchen. Der Mann hatte ihm zugewunken, so ruhig und lässig wie nur möglich.

Hallo, Freund, hatte er gesagt. *Hallo, mein Freund.*

Der Mann hatte wie ein anderer Überlebender ausgesehen – erschöpft, krank, dankbar, am Leben zu sein. Er hatte gesagt, er sei Edens Bruder. Da er wusste, dass Dakota und Eden Schwestern waren, nahm Logan an, dass dieser Typ auch Dakotas Bruder war.

Warum hätte er das nicht tun sollen? Das Mädchen schien

glücklich, Maddox zu sehen. Sie stand dicht bei ihm, ganz entspannt, und sah ihn an, als wäre er ihr Retter.

Wenn Logan ausgeruht gewesen wäre, wenn ihm nicht gerade fast der Kopf eingeschlagen worden wäre, wenn er sich nicht so große Sorgen um Dakota gemacht hätte ... dann wäre er voll bei der Sache gewesen. Er hätte die Szene nicht für bare Münze genommen.

Er hätte es besser gewusst.

Er hätte besser aufpassen müssen. Aber seine letzten Energiereserven waren aufgebraucht, und er war so sehr darauf konzentriert, Dakota zu finden, dass er kaum etwas anderes als sein Ziel wahrnahm.

»Welches Haus ist deins?«, hatte er dem Mädchen zugerufen.

Der Mann hatte die Straße hinunter gezeigt. »Blaue Fensterläden. Es brennt.«

Aber Logan war schon weg und rannte die Straße hinunter, um die verrückte Kellnerin zu retten, von der er genau wusste, dass sie das Haus nie ohne ihre Schwester verlassen würde, selbst wenn sie dabei umkäme.

Sie würde eher verbrennen, bevor sie sich ihre Niederlage eingestand.

Und was noch verrückter war: Er wusste, dass er sie rausholen musste. Er *wollte* sie rausholen.

Und das hatte er. Sie war in Ordnung – prustend wie ein Raucher von der Inhalation und überall zerschnitten – aber am Leben.

Er redete sich ein, es sei eine Gegenleistung, nichts weiter; sie hatte ihn gerettet, indem sie Tank in den Kopf geschossen hatte. Jetzt war er ihr etwas schuldig. Er wollte sich nur revanchieren.

Ein kleiner, hartnäckiger Teil von ihm wusste, dass es mehr als das war.

Jetzt war er hier – erschöpft, völlig erschöpft, verletzt und krank – und sah sich mit einer weiteren Bedrohung konfrontiert: Einer, die er nicht einmal hatte kommen sehen, zum großen Teil, weil Dakota Sloane sich nicht die Mühe gemacht hatte, ihn vor ihrem offenbar psychopathischen Nicht-Bruder zu warnen.

Frische Wut durchzuckte ihn. Was auch immer sie für ein Spielchen trieb, es würde jemanden umbringen. Möglicherweise sogar ihn selbst.

Er verdrängte seine Wut. Wenn man sich in einer Situation mit tödlicher Gewalt von Emotionen leiten ließ, wurden Menschen getötet.

»Was willst du?«, fragte er mit zusammengebissenen Zähnen.

»Nur was mir gehört«, sagte Maddox. »Nur das, was fair ist.«

Das blonde Mädchen – Eden – fing an zu weinen. Laut Dakota war sie fünfzehn, aber das Mädchen war klein und pummelig, ihr engelsgleiches Gesicht war mit Sommersprossen übersät. Sie sah nicht einen Tag älter als dreizehn aus. Sie war noch ein Kind.

»Wir machen, was Sie wollten.« Julio sprach mit bemerkenswerter Ruhe, als würde er gerade ein weiteres geprelltes Ego in seiner Bar besänftigen. »Wir nehmen unsere Waffen runter, keine Diskussion. Wie wäre es, wenn Sie uns einen Gefallen tun und Ihre eigene Waffe senken? Vielleicht könnten Sie auch das Messer runternehmen. Wir wollen keine Unfälle. Ihre kleine Schwester sieht im Moment sehr verängstigt aus.«

Maddox legte den Kopf schief, als würde er es sich überlegen. Er spuckte gelblich gefärbten Speichel aus seinem Mundwinkel. »Nein. Ich nehme beide.«

»Nein, tust du nicht!«, rief eine andere Stimme.

Logan zuckte zusammen und drehte seinen Kopf in Richtung des Geräusches.

Nancy Harlow stand am Straßenrand, die Füße schulterbreit auseinander, und hielt die M4 mit beiden Händen fest. Sie richtete sie auf Maddox' Brust.

KAPITEL 6
LOGAN

»Du stiehlst kein Kind, Schwester hin oder her«, sagte Harlow tapfer. »Nicht, solange ich etwas dazu zu sagen habe.«

Maddox stieß ein hohles Lachen aus. Schweiß rann ihm über die Stirn und das stoppelige Kinn. Seine Haut sah feucht aus und hatte einen kränklichen Gelbstich. »Bist du sicher, dass du mich treffen kannst und nur mich?«

Die Mündung der M4 zitterte in Harlows Händen. Die Frau war mutig – das rechnete Logan ihr hoch an – aber sie war auch leichtsinnig. In der Waffe waren keine Kugeln mehr.

Maddox wusste das nicht, aber er schien keine Angst zu haben. Als ob er sich darauf verließ, dass die meisten Frauen – die meisten Menschen – nicht gut mit einem Sturmgewehr umgehen konnten.

Noch weniger waren bereit, auf einen Mann zu schießen, der ein Kind als Geisel hatte.

»Stell mich nicht auf die Probe, du Drecksack!«, spuckte Harlow regelrecht aus.

»Hast du mich beim ersten Mal nicht verstanden? Ich bin hier nicht der Bösewicht.« Er deutete mit dem Kinn auf Dakota. »Sie ist es. Ich rette nur, was mir gehört. Ihr habt mit der Sache nichts zu tun. Wir haben alle unseren eigenen Teil der Hölle auf Erden überlebt. Wenn ihr am Leben seid, dann hat das einen Grund. Ich habe kein Verlangen, dich zu töten. Nimm deine Waffe runter und geh.«

»Was auch immer Dakota getan oder nicht getan hat, Rache in die eigenen Hände zu nehmen, ist nicht richtig«, sagte Julio. »Genauso wenig, wie dieses Mädchen mit einem Messer am Hals zu entführen.«

Dakota ließ Maddox nicht aus den Augen, aber Logan sah, wie sich ihre Nasenflügel angesichts von Julios und Harlows Unterstützung leicht blähten. Als hätte sie nicht damit gerechnet oder geglaubt, dass sie sie verdient hätte.

»Erinnert euch später daran, dass ich es beim ersten Mal auf die nette Art versucht habe.« Maddox veränderte seine Haltung und schluckte schwer. Sein Mund verzog sich, als hätte er gerade etwas Ekliges geschmeckt.

Dunkle Schweißränder befleckten seine Achselhöhlen. Er litt eindeutig an der Strahlenkrankheit. Aber wie stark? Würde sie ihn aggressiver machen oder wäre er leichter auszuschalten?

Logans eigener Magen krampfte sich zusammen. Er schluckte die Säure hinunter, die in seiner Kehle brannte. *Du wirst auch krank.*

»Sie müssen das nicht tun«, sagte Julio. »Wir sollten innehalten und alles durchdenken. Wir befinden uns immer noch in einem verstrahlten Gebiet. Wenn wir in Sicherheit sind, können wir das wie Gentlemen besprechen, ohne Waffen. Wir sollten weitergehen ...«

»Halt die Klappe, alter Mann!« Maddox gestikulierte mit der Pistole auf Dakota. »Komm mit. Sofort.«

»Beruhigen wir uns alle«, versuchte Julio erneut.

Maddox zuckte mit dem Messer. Eden atmete scharf ein. Einige Blutstropfen tröpfelten auf die erhabene Narbe, die ihren Hals umgab.

»Sehe ich nicht ruhig aus?«, fragte Maddox düster.

Dakota machte einen Schritt auf ihn zu. »Ich komme mit dir. Tu ihr nicht weh.«

Jede Faser von Logans Körper pulsierte vor Spannung. Adrenalin schoss durch seine Adern. Er wollte Dakota anschreien, sich nicht zu bewegen, nicht einen verdammten Zentimeter.

Er war ein erfahrener Straßenkämpfer, aber er war kein Soldat. Er besaß weder taktische Fähigkeiten, noch kannte er sich im Kampfsport aus. Es gab einen Ausweg, aber er wusste nicht, welcher das war.

Seine Möglichkeiten waren begrenzt. Solange Maddox die Klinge am Hals des Mädchens festhielt, sah Logan keine Möglichkeit, ihn auszuschalten, ohne Edens Leben zu riskieren.

»Wisst ihr«, sagte Maddox, seine Waffe immer noch auf Dakota gerichtet, »Dakota wäre mir lebend lieber, aber das muss sie nicht sein. Und ich brauche sie auch nicht in einem Stück. Gewehr runter, Lady, oder ich schieße ihr in die Kniescheibe. Das wird einigen Schaden anrichten, vor allem, weil im Moment nicht viele Krankenhäuser Patienten aufnehmen.«

Harlow zögerte.

Wut zeichnete Dakotas Züge. Wenn die M4 geladen gewesen wäre, hätte die Kellnerin Harlow gesagt, sie solle schießen, ohne Rücksicht auf Verluste. Logan war sich dessen sicher.

Aber das hier war nur ein Bluff, auf den Maddox Cage nicht hereingefallen war.

»Ihr habt mich noch nie schießen sehen, aber glaubt mir, wenn ich sage, dass ich eine Kugel dahin schieße, wo ich sie haben will.« Er sprach mit flacher Stimme, als würde er eine

Einkaufsliste aufsagen. So krank er auch war, seine Hand war ruhig.

Anders als Harlow schien er nicht der Typ zu sein, der bluffte.

Logan konnte an Dakotas starrem Gesichtsausdruck erkennen, dass sie Angst vor diesem Kerl hatte. Und Dakota war nicht leicht zu verschrecken. Es spielte keine Rolle, dass er sie noch nicht einmal drei Tage kannte. Sie hatten bereits eine Atombombe überlebt, waren dem Fallout entkommen und hatten sich mit einem durchgeknallten Mob angelegt.

Es gibt nichts Besseres, als Seite an Seite mit jemandem zu kämpfen, wenn beide Leben auf dem Spiel stehen, um die Schichten des Blödsinns zu beseitigen und das wahre Maß eines Mannes – oder in diesem Fall einer Frau – zu erkennen.

Dakota Sloane war in seinen Augen ein Musterbeispiel. Trotz der Lügen, die sie sich ausgedacht hatte, trotz der Spiele, die sie gespielt hatte – das Mädchen hatte Mumm und Courage.

Wenn sie diesem Kerl gegenüber misstrauisch war, dann war Logan es auch.

Sie durften keine Dummheiten machen. Das war das Risiko nicht wert.

»Harlow«, sagte Logan. »Halt' dich zurück.«

»Hör auf ihn, verdammt noch mal!«, drängte Park sie. Er zerrte mit seiner guten Hand an ihrem Ärmel. »Sei nicht so ein Vollidiot wie ich.«

Die Frau atmete tief durch und ließ das Gewehr sinken, ein finsterer Blick verdeckte ihre Angst. »Fick dich.«

Maddox' Lächeln schwand. »Wenn du nicht willst, dass ich dir gleich einen doppelten Treffer in die Brust verpasse, Dakota, schlage ich vor, dass du deinen Arsch in Bewegung setzt. Geh direkt auf die Waffe zu. Genauso.«

Julio warf Logan einen zögernden Blick zu, als Dakota zu

gehorchen begann, aber Logan hatte keine Antworten für ihn. Er verachtete dieses ekelhafte, hilflose Gefühl genauso wie Julio.

Logan suchte ihre Umgebung ab, um einen Vorteil zu finden. Wenn Maddox anfing, sich mit den Mädchen zu bewegen, würde er ihnen Öffnungen und Schwachstellen zeigen. Bis zu ihrer Flucht konnten noch eine Menge Fehler passieren.

Sobald Logan auch nur die kleinste Lücke sah, würde er sie nutzen.

Sein Magen kribbelte, er sog den Atem ein und ignorierte den heißen Anflug von Übelkeit.

Eine blitzartige Bewegung lenkte seine Aufmerksamkeit auf sich. Hinter Maddox, drei Häuser weiter auf der rechten Seite, war ein Paar dabei, seine Sachen in sein Fahrzeug zu laden. Sie luden gerade einen schweren Koffer auf den hinteren Beifahrersitz auf der gegenüberliegenden Seite des Fahrzeugs, als Maddox seine Waffe zog.

Beim Anblick der Waffe waren sie schnell verschwunden.

Jetzt aber lugte der Lauf eines Gewehrs über die glänzende graue Motorhaube, gefolgt vom Kopf und den Schultern eines Weißen mit einer dicken, schwarz gerahmten Brille und zurückgegeltem, grau meliertem Haar.

Maddox' Körper wurde teilweise durch den Stamm des Magnolienbaums verdeckt, der vielleicht einen Durchmesser von fünfundzwanzig Zentimetern hatte. Wenn der Kerl schoss, konnten die Kugeln leicht daneben gehen und stattdessen Logan, Dakota oder Julio treffen. Selbst wenn die Kugel Maddox traf, könnte er sich erschrecken und dem kleinen Mädchen den Hals aufschlitzen, ohne es überhaupt zu wollen.

Logan schüttelte dezent den Kopf und versuchte, den Schützen zu warnen. Der Mann gab keine Anzeichen dafür, dass er den Hinweis verstanden hatte.

Wahrscheinlich war er ein reicher Finanzchef, der zweimal im

Jahr mit seinen Kumpels auf Hirschjagd ging und glaubte, dass er deshalb ein hervorragender Schütze in einer gefährlichen, unglaublich stressigen Situation sein könnte. Irgendein wohlgenährter, weichbäuchiger Büroangestellter mit Rambo-Wahnvorstellungen, der nur jemanden umbringen würde.

Bevor Logan sich entscheiden konnte, was er tun sollte, erschütterte der Knall eines Schusses die Luft.

KAPITEL 7
DAKOTA

Aus dem Augenwinkel sah Dakota das Glitzern des Gewehrlaufs in der untergehenden Sonne.

Es blieb keine Zeit zu reagieren. Der Mann zielte über die Motorhaube seines F150 Pick-ups und schoss.

Der Schuss ging weit und schlug in den hinteren Kotflügel des Tesla ein, der zehn Meter hinter ihr stand. Ein zweiter und dritter Schuss segelte über ihre Köpfe hinweg.

»Runter!«, rief sie.

Shay ließ sich ins Gras fallen, die Hände über dem Kopf. Logan griff nach der Pistole und dem Magazin, die nur wenige Meter von ihm entfernt lagen.

Gleichzeitig schwang sich Maddox in Richtung Straße. Er hielt Eden dicht an seinen Körper gedrückt, die Klinge immer noch an ihrer Kehle, konzentrierte sich auf Harlow und richtete seine Waffe auf ihre Brust.

»NEIN!«, rief Dakota.

Aber es war zu spät.

Maddox drückte den Abzug. Einmal, zweimal, dreimal.

Harlows Körper schwankte wie eine Marionette an einer

Schnur. Sie taumelte rückwärts und sah an sich hinunter, auf die zwei roten Flecken, die sich bildeten: Einer auf ihrer rechten oberen Schulter, der zweite in der Mitte ihrer Brust. Das M4 glitt ihr aus den Fingern und fiel klappernd auf den Bürgersteig.

Harlow brach zusammen.

Shay schrie.

Park rief etwas Unverständliches.

Maddox drehte sich, trat einen Schritt nach links aus dem Schutz des Baumes und feuerte zwei Schüsse auf den Mann hinter dem Pick-up ab. Eine Kugel schlug in die Windschutzscheibe ein. Die zweite streifte die Motorhaube und verfehlte den Kopf des Mannes nur knapp.

Der Mann schrie auf und duckte sich hinter der relativen Sicherheit des Motorblocks. Die Frau, die bei ihm war, stieß einen durchdringenden Schrei aus.

Die Schüsse dröhnten in Dakotas Trommelfell. Mit klingelnden Ohren suchte sie im Gras verzweifelt nach ihrer Pistole und dem Magazin, wobei ihre tastenden, bandagierten Hände vor Wut, Adrenalin und Angst zitterten.

Nein, nein, nein. Wenn Harlow tot war, würde Dakota Maddox mit bloßen Händen umbringen.

Logan sprang auf die Glock zu, schob das Magazin ein, ließ den Schlitten zurücklaufen und legte eine Patrone ein. Er hob seine Waffe halb hoch und erstarrte.

Maddox hatte sich bereits hinter die Deckung des Baumstamms zurückgezogen, drehte sich im Kreis und wandte sich wieder Logan zu.

Die Mündung seiner Beretta war auf Logans Kopf gerichtet. »Keine Bewegung. Lasst die Waffen fallen.«

Logan fluchte, gehorchte aber.

Das tat Dakota auch. Sie war auf den Knien, eine Hand umschloss das Magazin ihrer SIG.

»Steh auf«, sagte Maddox zu ihr.

Sie ließ das Magazin fallen, die Schnittwunden an ihren Handflächen brannten, und stand langsam auf.

Maddox erhob seine Stimme. »An den Helden hinter dem grauen F-150: Ich rate dir, zurückzubleiben. Diese Leute beherbergen einen Kidnapper und Mörder. Du stehst auf der falschen Seite der Gerechtigkeit. Ich habe kein Problem mit dir, Mann. Aber wenn du noch einmal auf mich schießt, bringe ich dich um.«

Der Mann spähte nicht über die Motorhaube des Wagens. Wahrscheinlich hatte er sich zusammengekauert, völlig verängstigt. Er sollte besser auch dort bleiben, sonst wäre Dakota versucht, ihn selbst zu erschießen.

Sein Leichtsinn hatte dazu geführt, dass Harlow angeschossen worden war.

War sie noch am Leben? Dakota wusste es nicht. Sie konnte es sich nicht leisten, Maddox auch nur eine Sekunde lang aus den Augen zu lassen.

»Sie haben Harlow erschossen!« Julio stand neben dem zerbrochenen Fensterrahmen, die leeren Hände baumelten an seinen Seiten. Sein Mund stand offen, seine Augen waren vor Entsetzen und Schock weit aufgerissen. »Sie haben sie umgebracht!«

»Es war Selbstverteidigung«, sagte Maddox ohne Umschweife. »Ich hatte jedes Recht dazu.«

Shay gab ein leises Stöhnen von sich. Sie kroch über das Gras auf Harlow zu.

»Finger weg von dem Gewehr, Mädchen, sonst jage ich dem Kerl eine Kugel in die Oberschenkelarterie, und du kannst zusehen, wie er verblutet.«

»Die Waffe ist leer!«, rief Dakota. »Es war ein Bluff.«

»Ich glaube dir.« Maddox trat einen Schritt zurück und

lehnte sich gegen den Baumstamm. Er stieß mehrere tiefe, rasselnde Atemzüge aus, bevor er wieder sprach. »Macht nur. Kümmert euch um eure Verwundeten. Ich bin sehr barmherzig. Stimmt's, Dakota?«

Dakota machte sich nicht die Mühe zu antworten.

Shay erreichte Harlow. Sie überprüfte den Puls der Frau und sah dann erschrocken auf. »Sie ist tot.«

Das konnte nicht wahr sein. Es war alles ganz falsch. Dakotas ganzer Körper wurde erst heiß, dann kalt. Ihre Ohren klingelten, ihr Atem kam in kurzen, flachen Atemzügen.

Nancy Harlow war tot.

Sie war tot wegen Maddox, der nur wegen Eden und Dakota hier war.

Es war Dakotas Schuld.

Etwas in ihr schrumpfte. Schwarzer Hass färbte ihre Sicht. Die Narben auf ihrem Rücken brannten mit weiß glühendem Feuer. »Fahr zur Hölle.«

Maddox lächelte. »Lass uns zusammen gehen.«

Sie zwang sich zu atmen und sich zu konzentrieren. Dakota hatte ihr Messer immer noch an der Hüfte, aber sie war nicht bereit, Edens Leben zu riskieren. Solange Maddox das Messer an Edens Hals hielt, war sie hilflos. Das waren sie alle. Sie musste den Spieß irgendwie umdrehen, und zwar schnell.

Entgegen jedem Instinkt, der ihr sagte, sie solle in die entgegengesetzte Richtung laufen, machte sie einen Schritt auf Maddox zu.

»Dakota, was machst du da?«, fragte Logan mit angespannter Stimme.

»Es hat keinen Sinn«, sagte sie leise und spielte mit Maddox' Ego. »Er ist besser als du, Logan. Er hat uns besiegt. Wenn wir versuchen, ihn zu bekämpfen, wird er noch mehr unschuldige Menschen töten.«

»Immer noch genauso schlau, wie ich sehe«, sagte Maddox.

»Ich verstehe nicht, was hier los ist«, sagte Julio.

Dakota hustete und räusperte sich. Sie begegnete Edens erschrockenem Blick. »Es ist in Ordnung. Alles wird gut werden. Wenn wir mit ihm gehen, wird er dir nicht wehtun. Es ist nur zu deinem Besten, okay?«

Eden konnte mit der Klinge an ihrer Kehle nicht nicken. Sie starrte Dakota nur ausdruckslos an, als wäre sie eine völlig Fremde, als würde Eden sie überhaupt nicht kennen.

Langsame Tränen liefen über ihre pausbäckigen Wangen. Ihre Augen waren voller Verwirrung – und Verrat.

Es fühlte sich an, als würde eine Klinge zwischen ihre Rippen gleiten. Dakota konnte es ihr nicht verdenken. Maddox verdrehte die Wahrheit zu seinem eigenen Vorteil, aber er log auch nicht. Sie *hatte* Jacob ermordet. Sie *hatte* Edens Wunde verursacht.

Vielleicht würde Eden ihr nie verzeihen. Vielleicht würde sie sie sogar hassen. Damit musste Dakota leben. Aber zuerst musste sie sie hier lebendig herausholen.

Jeder Muskel schmerzte vor Erschöpfung. Aber sie konnte sich nicht ausruhen. Noch nicht. Sie machte einen weiteren Schritt und stellte sich zwischen die Waffe und Logan. »Nimm mich als Geisel.«

Maddox verstärkte seinen Griff um Edens Schultern und Brust. »Warum sollte ich das tun?«

»Du musst deine Aufmerksamkeit auf Eden und mich richten. Wenn deine Aufmerksamkeit – und das Messer – auch nur für eine Sekunde nachlässt, greife ich an. Aber wenn ich deine Geisel bin, musst du dich nur um mich sorgen. Eden wird nichts versuchen, das weißt du. Aber ich werde es tun.«

Seine strahlend blauen Augen leuchteten auf. »Du bist seit unserem letzten Gespräch noch lebhafter geworden. Das hat mir schon immer an dir gefallen.«

Sie unterdrückte ein Zusammenzucken. Sie wollte nicht, dass er ihre Angst sah.

Seine Augen waren glasig vor Fieber. Sie bemerkte ein leichtes Zittern in seiner Waffenhand. Er wurde schwächer. Das konnte sie gegen ihn verwenden.

»Ich bin die Entbehrliche.« Sie machte einen weiteren Schritt. Der Metalllauf berührte ihre Stirn. »Nimm mich.«

Mit einer schnellen Bewegung ließ Maddox Eden los, packte Dakota und zog sie zu sich, sodass ihre Wirbelsäule gegen seine Brust gedrückt wurde. Die ganze Zeit über hielt er die Waffe auf sie gerichtet.

Etwas Großes krachte hinter ihnen. Sieben Häuser weiter stürzte ein Teil des Daches eines brennenden Hauses in sich zusammen. Flammen schlugen in den Himmel, spuckten und sprühten Funken.

Maddox fluchte und schubste Dakota zurück. »Eden, folge mir. Wenn jemand versucht, mich aufzuhalten, kriegt Dakota die erste Kugel ab.«

KAPITEL 8
DAKOTA

Anstatt sich zur Straße und Harlows zusammengesunkenem Körper umzudrehen, eilte Maddox mit Dakota und Eden zwischen den Häusern hindurch, durch mehrere Gärten bis zur nächsten Straße und dann zur nächsten, wobei er demselben Weg folgte, den Dakota vor weniger als einer Stunde genommen hatte, um Eden zu erreichen.

Eden stolperte neben ihnen und weinte leise.

Maddox' schweißnasses Hemd rieb an Dakotas Haut. Sie atmete den sauren, stechenden Gestank ein, der von ihm ausging, und unterdrückte den Drang, sich zu übergeben.

Der Rauchdunst löste sich auf, als sie sich weiter von der brennenden Sackgasse entfernten. Sie bogen um die Ecke einer kleinen, beigefarbenen, verputzten Villa, umrundeten die riesige überdachte Veranda und den Pool und stolperten zwischen zwei großen Gärten, die von zwei Meter hohen Zäunen gesäumt waren.

»Da.« Maddox schob sie grob in Richtung eines Hauses, in dessen kreisförmiger Einfahrt aus Backstein drei Fahrzeuge geparkt waren. »Die Schlüssel zu mindestens einem von ihnen sollten stecken. Gehen wir.«

Maddox würde Eden wahrscheinlich auf den Rücksitz setzen, selbst den Beifahrersitz nehmen und Dakota zwingen, mit einer auf ihren Kopf gerichteten Waffe zu fahren.

Wenn sie erst einmal im Auto saßen, wäre es noch viel schwieriger, etwas zu unternehmen. Sie konnte nicht riskieren, einen Unfall zu verursachen, wenn Eden mit ihnen im Auto war.

Um ihr eigenes Leben war sie nicht besorgt. Aber Eden konnte nicht zum Propheten zurückkehren. Dakota würde alles tun, was in ihrer Macht stand, um Eden vor diesem Schicksal zu bewahren.

Ganz gleich, was passierte.

»Beeil dich«, keuchte Maddox. Er atmete schwer. Saurer Schweiß floss von seinem fiebrigen Körper.

Was auch immer sie tun würde, es musste bald geschehen.

Sie gingen zwischen zwei Häusern hindurch, deren Rasenflächen durch einen kleinen Teich geteilt wurden, der etwa sieben Meter breit und ebenso lang war. Der grasbewachsene Gehweg zwischen der Seite des nächstgelegenen Hauses und dem Teich war nur einen Meter breit.

Jeder Einwohner Floridas wusste, dass man sich von allen Gewässern fernhalten musste, egal wie groß es war. Alles, was tiefer als eine Pfütze war, konnte einen oder zwei Alligatoren beherbergen.

Maddox, Dakota und Eden drängten sich zusammen.

Dies war ihre Chance. Vielleicht die Einzige, die sie bekommen würde.

Panik krallte sich um ihre Kehle. Einen Moment lang konnte sie nicht atmen. Was, wenn sie einen Fehler machte? Was, wenn es der falsche Schritt war?

Sie musste ruhig bleiben. Sie musste sich konzentrieren. *Eins, zwei, drei. Atmen.*

Was, wenn Maddox beschloss, dass sie mehr Ärger machte, als sie wert war, und ihr einfach eine Kugel ins Gehirn jagte? Dann konnte er Eden zurück in das Schlangennest bringen, das er sein Zuhause nannte.

Und Dakota wäre bei der einzigen Sache, auf die es ankam, gescheitert.

Atme, verdammt noch mal! Atme.

Ihre Muskeln spannten sich an. Dakota ließ ihre rechte Hand zu dem Messer an ihrer Seite gleiten, dem Messer, das Maddox entweder nicht bemerkt oder nicht als legitime Bedrohung angesehen hatte.

Sie streckte ihr Bein aus und brachte Eden zum Stolpern.

Eden verlor das Gleichgewicht und stürzte gegen Maddox, wobei sie den Arm traf, der die Waffe an Dakotas Kopf hielt. Sie spürte, wie das kalte Metall über ihre Kopfhaut schabte und dann verschwand.

Maddox hatte einen Angriff von Dakota erwartet, aber nicht von Eden. Es überraschte ihn. »Was zum ...«

Aber Dakota wirbelte bereits herum und schlitzte das nächstgelegene Stück Haut von Maddox auf, das sie erreichen konnte – sein Gesicht. Ihre Hände brannten, als sich der Messergriff in die Schnitte in ihren Handflächen bohrte.

Er warf rechtzeitig den Arm hoch und die Klinge glitt an seinem Unterarm ab.

Maddox griff nach ihrer Hand mit dem Messer. Er packte ihr Handgelenk und schleuderte ihre Hand gegen die Stuckwand des nächsten Hauses.

Ihre Finger wurden taub. Das Messer fiel ins Gras.

Sie riss ihr Bein hoch und trat ihm, so fest sie konnte, gegen die Kniescheibe.

Sein Bein knickte ein. Er ließ ihren Arm los.

»Eden, lauf!«, schrie sie.

Eden bewegte sich nicht. Sie stand neben dem Teich, die Arme hingen schlaff an ihren Seiten, eine stumme Träne rann über eine blutverschmierte Wange. Starr vor Schreck.

Dakota stürzte sich erneut auf Maddox und griff nach der Waffe, als er sie hob. Sie duckte sich unter seinem Waffenarm hindurch und verpasste ihm einen Kopfstoß in den Bauch, als die Waffe abgefeuert wurde.

Die Explosion dröhnte in ihren Ohren. Der Schmerz vibrierte in ihrem Schädel. Geräusche verblassten.

Sie kämpften um die Waffe. Sie sog röchelnd Luft ein, ihre verbrannte Lunge bettelte um Sauerstoff. Selbst mit einer Strahlenvergiftung war Maddox körperlich stärker als sie. Er riss ihr die Waffe aus den Händen.

»Stell dich hinter mich, Eden!«, rief sie. »Jetzt!«

Eden schlurfte wie eine Schlafwandlerin auf Dakota zu und schreckte aus ihrer Starre auf.

Dakota schob das Mädchen hinter sich gegen die Wand.

Maddox stand auf, aber er ging nicht auf sie los. Er hielt die Waffe in der Hand, aber sie zielte tief auf ihre Knie. Er schwankte. Sein Gesicht war so blass, dass sie die blauen Adern unter seiner Haut erkennen konnte.

Er spuckte einen Strang gelblichen Speichel aus.

»Du bist krank«, sagte sie. »Du hast akute Strahlenkrankheit.«

»Ich sollte schon tausendmal tot sein.«

Diesem Teil konnte sie nicht widersprechen. Maddox Cage war eine gerissene Kreatur. Vielleicht ging er nie als Sieger hervor, aber er überlebte immer irgendwie, selbst wenn weniger gute Männer gefallen wären.

»Der Herr hat mich verschont«, sagte er.

»Die Strahlung wird dich trotzdem töten.«

So krank er auch war, er schaffte es noch, zu grinsen. Seine stahlblauen Augen bohrten sich in ihre. »Das wird sie nicht. Ich habe eine heilige Mission. Dies ist nur eine Prüfung. Eine, die ich bestehen werde.«

»Du hättest mich töten sollen, als du die Chance dazu hattest. Hast du das nicht versprochen?«

Er lachte, wobei ihm Speichel von den Lippen flog. »Ich wollte es. Ich habe mir hundert Möglichkeiten ausgemalt, dich leiden zu lassen.«

»Warum hast du es dann nicht getan?«

»Ich habe dich vermisst«, sagte er und ignorierte ihre Frage. »Weißt du das?«

Ihr Magen krampfte sich zusammen. In ihrem Kopf schwirrten Erinnerungen herum – die beiden in ihren frühen Teenagerjahren, wie sie um die Docks herumschlichen, eines der Luftboote klauten, um die Glades an einem faulen Nachmittag zu erkunden, für ein paar Momente der Flucht aus ihrem erdrückenden, eingeschränkten Leben.

Maddox' Gesicht war damals jünger, jugendlicher und weicher, sein dunkelblondes Haar fiel in seine schlauen blauen Augen. Seine Züge waren eher schelmisch als gerissen, aber selbst als Junge hatte er eine gewisse Schärfe.

Sie waren früher einmal so etwas wie Freunde gewesen.

Er war derjenige, der ihr eine Auszeit von der anstrengenden Arbeit der endlosen Aufgaben bot, die der Prophet den Frauen der Gemeinschaft auferlegte. Er war derjenige, der ihre Zweifel teilte, der es zu schätzen wusste, wenn sie der Leitung der Gemeinschaft – und sogar Gott selbst – gelegentlich einen Seitenhieb versetzte.

Als schwarzes Schaf seiner Familie war Maddox der Einzige, der die Scham, die Einsamkeit und das Gefühl, ausgegrenzt, zum

Sündenbock gemacht und für die Sünden eines anderen bestraft zu werden, verstand. Obwohl er einige Jahre älter war als Dakota, hatte diese gemeinsame Erfahrung sie irgendwie miteinander verbunden.

Zumindest so lange, bis sein Vater Maddox anordnete, ihre Bestrafungen im Raum der Barmherzigkeit durchzuführen.

Dann begann Maddox, sie fast so sehr zu hassen wie sich selbst.

»Es hätte nicht so kommen müssen«, sagte sie.

»Wieder falsch.« Er schüttelte langsam und resigniert den Kopf. »Es musste immer so sein.«

Einen Meter über Maddox' Kopf schlug eine Kugel in die Hauswand ein.

KAPITEL 9
DAKOTA

Maddox fluchte und ging in die Hocke. Eine weitere Kugel zischte durch die Luft und zersplitterte einen Ziegel vom Dach über ihnen. Scherben regneten auf Maddox' Kopf nieder.

Dakota drehte sich und eilte auf Eden zu. Sie zog das Mädchen neben sich zu Boden und zeigte hinter den Teich, den Weg, den sie gekommen waren, aber nach rechts, aus der Schusslinie.

Auf der anderen Seite des Gartens nahm sie eine Bewegung wahr. Logan hockte an der Seite eines großen, zweistöckigen Hauses hinter einem großen Klimagerät.

Weitere Kugeln flogen über ihre Köpfe hinweg, als Maddox das Feuer erwiderte.

Logan konnte nicht mehr viele Kugeln übrig haben. Wenn sie das Beste aus der Situation machen wollten, mussten sie jetzt gehen. »Komm schon!«

Eden krümmte sich, keuchte, ihre Augen waren glasig. Sie war in Panik, hyperventilierte, war starr vor Angst. Dakota schlang ihren Arm unter Edens Achseln und zog sie zurück. »Beeil dich!«

Halb gebeugt flitzten sie um den Teich und über die gepflegten Rasenflächen. Dakotas Muskeln schmerzten vor Erschöpfung, ihr Herz schlug ungleichmäßig. Sie konnte nicht mehr lange so weitermachen, bevor ihr Körper aufgeben würde.

Sie rannten zwischen zwei Häusern hindurch und kamen eine Straße weiter am Bellview Court heraus. Sie blickte zurück, während sie rannte, und suchte nach Maddox. Logan hatte ihn festgenagelt. Keiner verfolgte sie. Aber sie hatte schreckliche Angst, stehenzubleiben. Er war immer noch zu nah. Er könnte ...

Plötzlich war Julio da und packte sie an den Schultern. »He! Ich habe dich! Ist ja gut!«

Sie sehnte sich danach, in seine Umarmung zu sinken. Stattdessen nutzte sie ihre verbleibende Kraft, um Eden neben sich hochzuziehen. »Wir müssen von hier verschwinden. Wir brauchen ein Auto.«

»Kommt mit mir.«

Sie drehte sich um und schaute wieder zurück. »Aber Logan ...«

»Er kann auf sich selbst aufpassen. Kommt mit.«

Ausnahmsweise gab sie nach. Sie ließ sich von Julio am Arm packen und zu den anderen zurückziehen.

Shay hockte neben Harlows Leiche. Park hatte sich auf der Bahre in eine sitzende Position gebracht, die Schultern hochgezogen, die Beine hingen über die Seiten. Er starrte auf Harlows schlaffe Gestalt hinunter.

»Sie ist tot«, sagte er ungläubig. Tränen liefen aus seinen Augenwinkeln. »Gerade war sie noch hier, und dann plötzlich nicht mehr. Sie ist einfach ... weg.«

Julio bekreuzigte sich. »Mein herzliches Beileid, Park. Darf ich ein Gebet für ihre Seele sprechen?«

»Sie war nicht religiös. Sie hat immer gesagt, dass sie Buddhistin werden wollte, weil sie die Vorstellung von Reinkarnation liebte, dass man in der Form zurückkommt, die man verdient, weißt du? Aber ich schätze, das spielt jetzt keine Rolle mehr, oder?«

»Als was würde sie zurückkommen?«, fragte Shay, während sie sanft Harlows leere Augen schloss.

»So wie ich sie kenne?« Park stieß ein halb schluchzendes, halb lachendes Geräusch aus. »Wahrscheinlich als Nashorn.«

Dakotas Magen verdrehte sich. Sie empfand keine Trauer. Sie kannte die Frau nicht gut genug, um um sie zu trauern. Aber Wut, die kannte sie gut.

Maddox hatte kein Recht, Harlows Leben zu nehmen. Oder das Leben von irgendjemandem. Er redete so tugendhaft und selbstgerecht, als ob er den ganzen Mist, den er von sich gab, glaubte – genau wie sein Vater, der Prophet, Jacob und all die anderen.

Sie hätte einen Weg finden müssen, ihn zu töten. Sie hätte nicht weglaufen sollen. Sie hätte es mit ihm beenden sollen, hier und jetzt. *Aber Eden ...*

Das Mädchen hatte in der Schusslinie gestanden. Es waren immer die Unschuldigen, die mit ihrem Leben bezahlten. Sie hatte sich entschieden, Eden zu beschützen, anstatt Rache zu üben. Ganz gleich, wie sehr es jetzt an ihr nagte, sie würde diese Entscheidung wieder treffen.

Eden zog sich zurück. Dakota ließ sie los.

Eden stapfte zu der Stelle, an der sie ihren Block fallen gelassen hatte, der Stift war in der Ringbindung verstaut, und hob ihn auf. Sie drückte den Block an ihre Brust, stand da und starrte mit glasigen Augen ins Leere.

Dakota holte ihre SIG heraus, schob das Magazin vorsichtig mit ihrer bandagierten Handfläche ein und lud die Waffe. Sie steckte sie nicht ins Halfter, sondern hielt sie in ihren Händen, bereit.

Ihre Sicht wurde vor Müdigkeit unscharf. Sie blinzelte angestrengt und suchte die Häuser und Gärten hinter ihnen ab, auf der Suche nach Logan und Maddox. In den letzten paar Minuten hatte sie keinen Schuss mehr gehört.

Etwas bewegte sich auf der Rückseite eines gelben Hauses gegenüber, etwa vierzig Meter entfernt. Sie versteifte sich, ihr Adrenalinspiegel schoss in die Höhe. Sie hob ihre Pistole, den Finger am Abzug, und visierte die Eckwand an. »Komm langsam heraus, keine schnellen Bewegungen.«

Logan betrat den Garten, beide Arme erhoben, die Glock in einer Hand. »Ich bin's.«

Erleichtert senkte sie ihre Waffe.

Logan stürmte auf sie zu, sein Gesicht war wütend. Wut strahlte in Wellen von ihm ab. »Wer zum Teufel war dieses Arschloch, das ich gerade – unter Beschuss – vertrieben hab'? Was zum Teufel machst du?«

Schuldgefühle durchzuckten sie, aber sie hob ihr Kinn. »Nicht jetzt. Wir haben keine Zeit.«

Logan lehnte sich dicht an sie heran, seine Augen sprühten vor Wut. »Wir sind hier noch nicht fertig.«

Sie ignorierte seine Empörung. Es gab dringendere Sorgen. »Was ist mit Maddox passiert?« Ihre Kehle schnürte sich zu. »Hast du ihn getötet?«

»Er ist entkommen.«

»Was meinst du mit *entkommen*?«, fragte Dakota und ihr stockte der Atem bei dem Gedanken, dass Maddox noch immer da draußen war. Er kreiste um sie herum, jagte, kam näher.

Logan steckte seine Glock in den Halfter. »Ich habe keine Munition mehr. Er schon. Zum Glück hat er den Schwanz eingezogen und ist weggelaufen, anstatt wieder anzugreifen. Sonst würde ich jetzt eine ganz andere Geschichte erzählen.«

Dakota schüttelte den Kopf. Angst und Verwirrung wirbelten

in ihrem Bauch herum. »Nein. Das ergibt keinen Sinn. Das macht Maddox nicht. Er rennt nicht weg.«

Logan zuckte mit den Schultern, sein Blick war hart. »Ich weiß nicht, was ich dir sagen soll. Ich bin ihm mehrere Blocks lang gefolgt. Er taumelte, hielt sich den Bauch. Vielleicht habe ich ihn getroffen, aber ich bezweifle es. Er sah aus wie ein kranker Hund. Hoffentlich verkriecht er sich irgendwo in ein Loch und stirbt.«

»Er mag jetzt weg sein, aber er wird zurückkommen«, sagte sie. »Er wird nicht aufgeben. Maddox gibt niemals auf. Ich habe Kugeln. Ich sollte ihm nachgehen. Ich sollte ihn töten.«

»Wir haben keine Zeit mehr.« Julio deutete auf die Sonne, die gerade über der Baumgrenze schwebte. »Wir befinden uns immer noch in der Gefahrenzone. Wir haben mehrere Verwundete, die in die Notfalleinsatzzentrale gebracht und medizinisch versorgt werden müssen, dich eingeschlossen.«

»Mir geht es gut«, röchelte Dakota.

»Und deiner so genannten Schwester?«, fragte Logan.

Dakota drehte sich um.

Eden war auf ihre Knie gesunken. Ihr Gesicht war grau. Sie drehte den Kopf, würgte und erbrach eine kränkliche gelbe Flüssigkeit ins Gras.

KAPITEL 10
LOGAN

Logan beobachtete, wie Dakota zu ihrer Schwester lief.

»Sie hat die Strahlenkrankheit«, sagte er. »Und ich glaube, ich habe sie auch.«

Seine Eingeweide fühlten sich an, als ob eine unsichtbare Hand sie zu Knoten zusammenschnürte. Sein Schädel pochte. Obwohl die Abendluft abgekühlt war, fühlte er sich, als wäre er in einer Sauna gefangen.

»Ich fühle mich gut«, sagte Julio. »Was heißt das?«

»Nichts«, sagte Shay dumpf neben Harlows Körper. Sie stand schwer auf und lehnte sich an die Bahre, um ihr Gleichgewicht zu halten. »Bei einer Strahlenbelastung zwischen ein und zwei Gray werden einige Menschen krank, andere nicht. Einige werden ein langes, gesundes Leben führen, aber fünf Prozent werden innerhalb weniger Monate sterben.«

Sie neigte ihr Kinn zu Eden. »Sie war einer höheren Strahlung ausgesetzt, aber ich kann dir nicht sagen, wie viel, nicht bevor wir sie zu einem Arzt gebracht haben.«

Shay versuchte, aus eigener Kraft aufzustehen und zu Eden zu gehen. Sie schwankte und sank zurück auf den Bordstein.

Julio eilte zu ihr hinüber. »Geht es dir gut?«

Sie berührte ihren bandagierten Kopf. »Ja ...«

»Dies ist nicht der richtige Zeitpunkt für Optimismus«, sagte Julio. »Wenn es dir schlecht geht, müssen wir das wissen.«

Park zu helfen, seine gebrochenen Knochen zu richten, und dann Dakota nach dem Feuer zu versorgen, hatte ihr viel abverlangt. Ihr Gesicht war aschfahl. Sie schnappte schnell und flach nach Luft.

»Mir ist ... schwindelig vom Blutverlust«, gab Shay zu. »Es tut mir leid.«

Dakota blickte noch einmal zurück in die Richtung, in die Maddox geflohen war. Sie wollte ihm offensichtlich nachlaufen und ihm ein Magazin in die Brust schießen oder Schlimmeres. Das Verlangen war ihr ins Gesicht geschrieben.

Logan hatte ihn auch nicht gehen lassen wollen. Er hasste die Bedrohung durch einen Feind irgendwo da draußen. Selbst wenn Maddox krank genug war, dass Logan ihn ohne Waffe jagen, überfallen und überwältigen konnte, würde das wertvolle Zeit kosten, die sie nicht hatten.

Dakota atmete frustriert aus und schob ihren Unterkiefer nach vorne. »Du hast recht. Wir müssen medizinische Versorgung finden. Das ist unsere oberste Priorität.«

»Was ist mit Harlow?« Park starrte mit glasigen, unscharfen Augen auf ihren Körper hinunter. »Sie ist – war – ein guter Mensch. Wir können sie nicht einfach so zurücklassen.«

Julio tauschte einen Blick mit Logan aus. »Wie wäre es, wenn wir sie in ein Haus auf der anderen Straßenseite tragen, sie in eine Decke wickeln und auf einem Bett liegen lassen? Wir schreiben uns die Adresse auf, und sobald wir in der Notfalleinsatzzentrale sind, können wir es den Behörden melden. Sie werden kommen und sich darum kümmern.«

Park nickte in müder Resignation.

Hinter ihnen polterte etwas.

Logan und Dakota wirbelten zu dem Geräusch herum.

Jemand bewegte sich hinter dem grauen F-150.

»Ist es sicher?«, fragte ein Mann mit zitternder Stimme.

»Ja«, sagte Shay und Dakota blaffte gleichzeitig: »Nein!«

»Komm heraus, aber lass deine Waffen zurück«, rief Logan, dessen Adrenalinspiegel in die Höhe schoss. »Behalte deine Hände dort, wo wir sie sehen können.«

»Ich lege meine Remington weg. Nur ... nicht schießen.« Ein hellhäutiges Paar stand langsam auf, ging um den Wagen herum und kam auf sie zu.

»Das ist meine Frau Vanessa«, sagte der Mann, angespannt, aber nicht feindselig. Er trug gebügelte Khakihosen und ein Golf-hemd, war durchschnittlich groß und schwer, hatte eine schwarz umrandete Brille und graues Haar. »Wir leben seit zwölf Jahren in dieser Gegend. Wer seid ihr, und was wollt ihr?«

»Ich bin hier, um Eden zu holen«, sagte Dakota. »Wir wurden von ... einem Plünderer angegriffen. Und jetzt verschwinden wir aus der Gefahrenzone.«

Die Frau, Vanessa, sah von Dakota zu Eden. Sie war um die vierzig und schlank, hatte kurzes, sorgfältig frisiertes kastanien-braunes Haar und trug geschmackvolles Make-up. Sie trug Diamantohrringe und eine Perlenkette, die um ihren Hals geschlungen war. Die Angst verblasste nur teilweise aus ihrem Gesichtsausdruck, als sie erkannte, dass sie keine Bedrohung darstellten. »Und woher kennst du diese Leute, meine Liebe?«

»Eden ist meine ...« Dakota räusperte sich unbehaglich und schaute dann finster drein. »Sie ist meine Schwester.«

Vanessa strich sich mit zitternden Fingern das Haar glatt und gewann ihre Fassung zurück. »Oh, die Schwester! Wir haben schon so viel von dir gehört. Eden ist so ein liebes Mädchen. Sie ist jeden Tag nach der Schule mit unserem kleinen Yorkshire Terrier Munchkin Gassi gegangen, bis er letzten Monat gestorben ist.«

»Es war cool, dass du versucht hast, uns zu verteidigen, aber du hättest mich fast erschossen.« Dakota sah aus, als würde sie sich zurückhalten, dem Kerl die Zähne einzuschlagen.

»Ich *habe* versucht, dich zu erschießen. Ich dachte, ihr wäret Diebe und Plünderer.«

»Wart ihr hier, seit es passiert ist?«, fragte Julio Carson und versuchte, das Thema zu wechseln.

»Wir haben uns an Ort und Stelle verschanzt«, sagte Vanessa, »so wie es in den Notfalldurchsagen angekündigt wurde. Die ersten anderthalb Tage waren wir in Carsons Büro, aber wir wollten einfach nur zu Hause sein. Wir sind gestern Nachmittag zurückgefahren ...« Ihre Stimme geriet ins Stocken. »Ich ... ich arbeite auf Brickell Key als Anwältin für Juniper, Hollandale und Associates. Ich hatte gerade einen großen Fall abgeschlossen und mir den Vormittag freigenommen, um Carson in seinem Büro zum Mittagessen zu überraschen ... Ich sollte genau dort sein, als es passierte. An jedem anderen Tag wäre ich dort gewesen.«

Sie wirkte erschüttert, betroffen. »Alle meine Kollegen sind tot. Alle von ihnen ... Ich habe gehört, was sie im Radio gesagt haben. Das Gebäude, in dem ich gearbeitet habe ... es ist nicht mehr da.«

Sie schlang die Arme um sich, ihre Bewegungen waren langsam und ruckartig, wie die einer Schlafwandlerin, die sich durch einen Albtraum bewegt, dem sie nicht entkommen kann.

Keiner von ihnen konnte das.

Carson legte seinen Arm um ihre Schulter, um sie zu trösten. »Wo sind Gabriella und Jorge Ross?«, fragte er, als hätte er gerade festgestellt, dass seine Nachbarschaft völlig verlassen war. »Eden ist ihr Pflegekind.«

Eden kritzelte etwas auf ihren Block und hielt ihn hoch. *Sie kamen nie zurück.*

Vanessa blinzelte schnell, ein distanzierter, leerer Blick in ihren Augen. »Ich bin sicher, dass es ihnen gut geht ... Vielleicht sind sie in einem Hotel ...«

»Wir sind auf dem Weg zum Flughafen, um einen Flug zu Vanessas Bruder in Chippewa Falls, Wisconsin, zu nehmen«, sagte Carson. »Wir können bei diesem Feuer nicht hier bleiben, und es gibt keine Möglichkeit, den Notruf zu kontaktieren, wenn der Strom ausfällt. Dort sollte es sicher sein.«

»Der Flugverkehr im ganzen Land ist eingestellt.« Julio erklärte schnell alles, was sie bisher wussten, und Park fügte ein paar Dinge hinzu, die er ausgelassen hatte. »Der Flughafen ist die amtierende Notfalleinsatzzentrale. Dort gibt es Lebensmittel, Unterkünfte und medizinische Versorgung.«

Julio sagte nichts darüber, dass Dakota, Eden, Shay und Logan zu Dakotas Freund in den Everglades weiterzogen, was klug war. Es ging sie nichts an.

Vanessa hob eine zitternde Hand zum Mund. »Die Regierung ist dort, an diesem Notfallort? Wird es dort sicher sein?«

»Ja«, sagte Dakota. »Da gehen wir jetzt hin.«

Das Ehepaar tauschte gewichtige Blicke aus. Die Frau neigte ihr Kinn, immer noch zitternd, aber der Mann schüttelte den Kopf in einer seit Langem geübten nonverbalen Kommunikation, die nur sie verstanden.

Carson rückte seine dicke Brille zurecht und räusperte sich. »Ich bin Kieferorthopäde, ich führe ein erfolgreiches Familienunternehmen in Buena Vista. Wir sind auf das, was uns da draußen erwartet, nicht vorbereitet. Ich bin klug genug, um das zu wissen. Ich habe meine Remington, aber ich gebe zu, ich bin kein guter Schütze. Meine Frau kann nicht schießen, und wenn ich Auto fahre, haben wir keine Möglichkeit, uns zu schützen, wenn

Banditen versuchen, unser Auto zu stehlen oder unsere Sachen zu entwenden.

Ihr scheint alle anständige Leute zu sein, die wissen, was sie tun. Und ihr seid gut bewaffnet. Wenn ihr uns zur Notrufeinsatzzentrale begleitet, können wir euch den Transport anbieten. Wir haben einen Ford F-150 SuperCrew mit sechs Plätzen in der Fahrerkabine und Platz auf der Ladefläche, falls nötig.«

Er schaute Logan an, sein besorgter Blick wanderte zu den Tätowierungen, die sich über seine Arme schlängelten. Er räusperte sich erneut. »Mir scheint, es wäre als Gruppe sicherer.«

Julio und Shay sahen zu Dakota und Logan. Logan vermutete, dass Dakota den Mangel an Kugeln und fähigen Männern in ihrem Kopf zusammenrechnete, genau wie er selbst.

Ihnen gingen die Möglichkeiten aus. Sie könnten Zeit damit verschwenden, in der Nachbarschaft nach einem Truck oder einem Geländewagen und dem passenden Schlüssel zu suchen, aber die Sonne würde bald untergehen.

Wenn sie schnell von hier verschwinden wollten, hatten sie keine andere Wahl.

»Gut«, sagte Dakota. »Aber in Sicherheitsfragen unterstehen wir Logan.«

Logan zog angenehm überrascht die Augenbrauen hoch, sagte aber nichts. So einfach konnte sie ihn nicht für sich gewinnen.

»Abgemacht«, sagte Carson.

»Ich brauche mehr Munition«, sagte Logan.

»Was ist mit meiner .308 Remington 700?«, bot Carson an. »Mein Vater hat sie mir vererbt, als er starb. Du kannst sie gerne benutzen. Ich habe vier Schachteln mit Munition.«

Ein Repetiergewehr war präzise, zuverlässig und störungsfrei. Logan würde nicht so viele Schnellfeuerschüsse abgeben wie mit einer Halbautomatik, aber das Gewehr würde sein Ziel treffen.

»Abgemacht«, sagte er mit spürbarer Erleichterung.

Dakota warf einen scharfen Blick auf den sich verdunkelnden Himmel. »Und wir fahren in fünf Minuten los.«

KAPITEL 11
DAKOTA

Dakota und die anderen beeilten sich, während sie sich zum Aufbruch bereit machten. Vanessa holte mehrere Decken aus ihrem Gästezimmer, und Julio und Logan halfen Park und Eden auf die Ladefläche des Pick-ups, damit sie sich dort hinlegen konnten.

»Was ist mit der Strahlungsverseuchung?«, fragte Julio und deutete auf die Decken.

»Wir werden alles loswerden, was wir entbehren können, sobald wir aus der Gefahrenzone herauskommen«, sagte Shay. »Aber sie brauchen im Moment Komfort. Die harte Ladefläche könnte Parks Arm anstoßen und weitere Verletzungen verursachen.«

Während Julio und Logan sich schnell um Harlows Leiche kümmerten, sah Dakota nach Eden. Das Mädchen starrte ausdruckslos in den Himmel, lustlos, vielleicht unter Schock. Vielleicht war sie aber auch zu wütend auf Dakota, um sie anzuschauen.

Dakota öffnete die hintere Beifahrertür. Mehrere teuer aussehende Koffer und Reisetaschen füllten die Sitze und jeden freien

Zentimeter der Kabine. Es gab nicht einmal Platz für eine Person, geschweige denn für drei.

»Das wird nicht funktionieren.« Sie schnappte sich den ersten großen Koffer, zog ihn über den Sitz und kippte ihn auf die Auffahrt, wobei sie ihn so wenig wie möglich berührte. Er musste an die fünfundzwanzig Kilo wiegen.

Die Anstrengung ließ ihre Lungen und ihre Kehle noch mehr brennen. Ihre Handflächen schmerzten, aber sie ignorierte den Schmerz. Sie hatte bereits einen zweiten und dritten Koffer auf den Stapel geworfen, als Vanessa um den Wagen herumlief und aufgeregt mit den Armen fuchtelte.

»Was machst du da?«, fragte sie entsetzt.

»Du kannst das Zeug nicht mitnehmen.«

»Es ist *meins*. Das kann ich ganz sicher!«

Dakota hörte nicht auf, die Rückbank zu entladen. Sie drehte sich um und ließ eine schicke Vera-Wang-Tasche fallen, die wahrscheinlich ein kleines Vermögen gekostet hatte.

Vanessa versuchte, ihr die Sachen aus den Händen zu reißen. »Ihr seid *unsere* Gäste! Wir sind diejenigen, die euch helfen ...«

Dakota ließ die Tasche los. Die Frau hatte nicht damit gerechnet und stolperte rückwärts.

»Lady«, sagte Dakota mit kaum zu bändigender Ungeduld, »alles im Haus ist verstrahlt. *Alles*. Verstanden? Auch diese Tasche.«

Vanessas Gesicht verlor an Farbe. Sie ließ die Tasche fallen, als hätte sie gerade Reißzähne und Krallen bekommen. »Was?«

»Ihr werdet nichts mit in die Notfalleinsatzzentrale nehmen können, wahrscheinlich nicht einmal die Kleidung, die ihr gerade tragt. Sie wird dekontaminiert werden müssen.«

»Alles, was ich besitze, ist in diesem Haus«, sagte Vanessa mit zitternder Stimme. »Alles, was *wichtig* ist.«

»Ihr könnt gerne bleiben«, sagte Dakota. »Aber wir gehen jetzt.«

Vanessa begann zu weinen. »Ich kann nicht einfach alles zurücklassen! Ich habe zwölf Jahre hier gelebt! All meine Erinnerungen sind hier. Die feine Porzellansammlung meiner Großmutter. Mein Hochzeitskleid. Die Briefe von meiner Mutter, bevor sie starb ...«

»Es tut mir leid, Liebes, es tut mir so leid«, wiederholte Carson immer wieder, als sei er persönlich für diese Hölle verantwortlich.

Vielleicht hätte Dakota mehr Mitgefühl für eine Frau empfinden sollen, die gerade Freunde und Kollegen verloren hatte und nun alles hinter sich ließ, was ihr gehörte, aber das tat sie nicht. Es hieß *überleben oder sterben.*

Sie hatte weder Zeit noch Geduld für so etwas. Sie kippte die letzte Tasche auf die Auffahrt und deutete auf die offenen Türen des Pick-ups. »Steigt ein oder bleibt draußen. Entscheidet euch.«

Carson nahm Vanessas Arm und führte sie sanft auf den mittleren Vordersitz. »Es ist alles in Ordnung. Alles wird wieder gut.«

Logan nahm den Beifahrersitz mit dem Remington-Gewehr und den Munitionsschachteln zu seinen Füßen. Dakota rutschte mit ihrer Pistole und den sechs verbliebenen Kugeln auf die gegenüberliegende Seite. Shay und Julio folgten.

Die Sonne verschwand hinter den Palmen, als sie vom Bellview Court wegfuhren.

Dakota drehte sich in ihrem Sitz und starrte durch die Heckscheibe auf den roten Fleck, der die Straße beschmutzte.

Harlow war tot. Maddox hatte sie getötet.

Vergiss das nie. Nicht eine Sekunde lang. Vergiss nicht, was er getan hat.

Dakotas begrabene Vergangenheit war gar nicht so tief begraben. Maddox war aus ihren Albträumen in die reale Welt gestürzt und hatte alles verwüstet, was sich ihm in den Weg stellte.

Er war immer noch da draußen. Immer noch gefährlich. Immer noch tödlich.

Wenn sie ihn jemals wiedersah, würde sie ihn jagen und töten.

Kein Zögern. Keine Gewissensbisse.

Sie hatten noch einen langen Weg vor sich, bis sie in Sicherheit waren. Sie mussten sich alle am Flughafen medizinisch versorgen lassen. Dann mussten sie es zu Ezra und seiner Hütte in den Everglades schaffen – ihrem Zuhause.

Es gab so viele Möglichkeiten, wie etwas schiefgehen konnte. So viele Möglichkeiten für Maddox, sie wiederzufinden und anzugreifen.

Dakota schüttelte die dunklen Gedanken aus ihrem Kopf. Sie hatte einen schweren Fehler begangen, und jemand anderes hatte dafür bezahlt. Sie konnte nicht noch einmal so dumm sein.

Wie leicht hätte es Edens Blut sein können, das sich in einem purpurfarbenen Heiligenschein um ihren leblosen Körper ausbreitete. Dakota sah Edens Gesicht wieder vor ihrem geistigen Auge, ihren fassungslosen, ungläubigen Ausdruck, als sie erkannte, dass Dakota sie angelogen hatte, dass die Frau, die sie liebte und der sie vertraute, nicht die war, für die sie sie hielt ...

Der Blick des Verrats in ihren Augen ließ Dakota bis ins Mark erschaudern.

Sie zwang sich, steif und wachsam zu bleiben – und ignorierte die Müdigkeit, die brennenden Muskeln, den Schmerz in ihrem Körper, in ihrer Seele. Es spielte keine Rolle, ob Eden sie hasste; sie war immer noch darauf angewiesen, dass Dakota sie am Leben erhielt. Genau wie Shay und Julio und die anderen.

Dakota würde weiterkämpfen, mit allem, was sie hatte. Und wenn sie völlig erschöpft war, würde sie tief in sich gehen und noch weiter kämpfen.

KAPITEL 12
LOGAN

Wie Logan erwartet hatte, war die Florida State Road SR 112 ein einziger Parkplatz.

»Wir könnten die US 27 oder sogar die SR 944 nach Westen zum Flughafen nehmen«, schlug Carson vor.

»Wir müssen uns von allen Hauptstraßen fernhalten.« Logan warf einen Blick auf Carson. »Nur Wohngebiete, bis wir die Lage besser einschätzen können.«

Er sah verdammt nervös aus, obwohl er darauf bestanden hatte, zu fahren. Schweiß stand ihm auf der Stirn und befleckte den gebügelten Kragen seines Golfhemdes. »Okay, ja. Das ist wahrscheinlich eine gute Idee.«

»Wenn wir die 28th Street nehmen, können wir zum South River Drive fahren«, sagte Julio, während er die Papierkarte studierte, die er in seiner Umhängetasche aufbewahrt hatte. »Dann können wir der 21st Street für den Rest des Weges folgen, ohne die Highways zu benutzen.«

»Tu es«, sagte Dakota.

Vorsichtig manövrierten sie sich über die Nebenstraßen nach

Westen, bis sie die 28th Street erreichten. Sie hatten kaum genug Platz, um den Pick-up durch die verstopften Straßen zu zwängen. An einem Punkt war die 28th Street so vollgestellt mit verlassenen Fahrzeugen, dass sie zurückfahren und mehrere Schleifen durch die Seitenstraßen des Viertels drehen mussten.

Die Fahrt war zäh und langsam, vor allem in der zunehmenden Dunkelheit. Oft waren sie gezwungen, auf den Bordstein auszuweichen, wobei der Wagen holperte, und die Fahrgäste gegeneinander stießen. Mehr als einmal mussten sie anhalten, damit Eden sich übergeben konnte.

Logan fühlte sich selbst krank, und bei jedem Ausweichmanöver und Ruckeln des Wagens wurde ihm übel. Das Fahrerhaus stank nach Erbrochenem. Die feuchte Luft war klebrig und süßlich. Logans Nerven waren angespannt. Er war nicht klaustrophobisch, aber er würde sein linkes Ei opfern, um aus diesem Pick-up herauszukommen.

Carson schaltete die Scheinwerfer ein.

»Mit diesen Lichtern sind wir leichte Beute«, knurrte Logan. »Jeder kann uns auf einen Kilometer Entfernung sehen.«

»Und ohne sie können wir gar nichts sehen«, argumentierte Carson. »Es ist zu dunkel ohne die Straßenlaternen oder das Umgebungslicht der Häuser und Gebäude. Wir müssen etwas sehen.«

»Es ist trotzdem keine gute Idee«, sagte Logan.

Aber Carson bestand darauf. Es war sein Pick-up.

Logan war nicht bereit, den Mann in seinem eigenen Fahrzeug zu überwältigen. Noch nicht. Aber es gefiel ihm nicht. In all der Dunkelheit machten die Scheinwerfer sie zur Zielscheibe.

Sie schafften einen Kilometer. Dann noch einen.

Vereinzelte Lichter, die von Generatoren betrieben wurden, leuchteten in der Nacht, aber der Rest der Stadt war völlig schwarz, soweit er sehen konnte. Auf allen Seiten beugten sich die Gebäude dunkel und schattenhaft, wie riesige Kreaturen – Bestien und Monster – die in seiner Vorstellung neue, unheimliche Formen annahmen.

Der Himmel sternlos. Dicke Wolken bedeckten den Mond.

Es fühlte sich an, als wären sie die einzigen Menschen auf der ganzen Welt – aber das waren sie natürlich nicht. Es gab immer noch Menschen hier, versteckt hinter ihren Vorhängen und geschlossenen Türen. Verängstigt, betäubt, trauernd und wütend. Einige brodelten vor Hass und Rache.

Nicht alle von ihnen waren freundlich.

Carson stieß einen gemurmelten Fluch aus. Das Weiße in seinen Augen war riesig. Der Mann sah aus, als würde er am Rande der Panik balancieren.

Unter seinen zitternden Händen schlingerte und rüttelte der Ford. Er konnte das Lenkrad kaum noch gerade halten. Immer wieder trat er ruckartig auf das Gas, dann auf die Bremse.

»Vorsichtig, bitte!«, sagte Shay. »Wir haben hier Verletzte.«

»Ich weiß, ich weiß.« Mit dem Quietschen von brennendem Gummi riss Carson das Lenkrad herum und wich zwischen zwei Reihen von Autos auf beiden Seiten der Straße aus.

Die Kotflügel schrammten an beiden Seiten des Pick-ups entlang. Ein moosgrüner Hyundai drückte gegen die Beifahrertür. Auf der anderen Seite wurde ein Civic gegen den Hinterreifen geklemmt.

Carson fluchte leise vor sich hin.

»Ich fahre gerne, wenn du eine Pause brauchst«, bot Julio vom Rücksitz aus an.

Carsons Hände krallten sich am Lenkrad fest. »Es ist mein Wagen. Ich fahre ihn. Es geht mir gut. Alles ist in Ordnung.«

Logan drehte sich in seinem Sitz und überprüfte immer

wieder die dunklen Gärten und Gebäude, die leeren Autos, die am Straßenrand aufragten.

Sein Puls hämmerte in seiner Kehle. Dies war ein perfekter Ort für einen Hinterhalt. Wenn Gegner aus einem dieser dunklen Gebäude heraussprangen, saßen sie in der Falle und waren leichte Beute wie ein Fisch in der Tonne.

Er verachtete es, sich so hilflos zu fühlen. »Wir müssen hier raus.«

Carson fuhr rückwärts und zuckte zusammen, als das Knirschen von Metall auf Metall zu hören war und sich der Pick-up von den Fahrzeugen auf beiden Seiten losriss. Sie schrammten an einigen weiteren Autos vorbei und bogen an der nächsten Ampel links ab. Ohne Strom war sie nichts weiter als ein dunkler Fleck in noch mehr Dunkelheit.

»Könnten wir das Radio einschalten?«, fragte Julio, seine Stimme war angespannt. »Vielleicht gibt es eine Notfalldurchsage.«

»Gute Idee.« Carson schaltete das Radio ein und drehte an der Wählscheibe.

Nach einem statischen Rauschen meldete sich eine weibliche Stimme. »... Begeben Sie sich in das nächstgelegene Notfallzentrum. Dort erhalten Sie Nahrung und Wasser, medizinische Versorgung und eine Unterkunft. Persönliche Gegenstände dürfen nicht mitgenommen werden. Bitte tragen Sie Schutzkleidung, Augenschutz und Handschuhe, um sich vor der Strahlung zu schützen. Verwenden Sie nur versiegelte Lebensmittel und Wasser.

Dies ist eine Notfall-Warnmeldung. Wenn Sie in den folgenden Bezirken wohnen, begeben Sie sich bitte nur dann zum nächstgelegenen Notfalleinsatzzentrum, wenn Sie verletzt sind oder Hilfe benötigen. Sie befinden sich in einer sicheren Zone und müssen nicht evakuieren. Bitte geraten Sie nicht in Panik. Hören Sie weiter zu, um eine Liste der Notfallzentren zu erhalten ...«

Sie ratterte eine Liste von Orten ab, die mehrere Kilometer entfernt in Hialeah Gardens, Kendall und Miramar lagen. »Wenn Sie sich in einem Umkreis von fünf Kilometern von der Küste nördlich des Hobie Island Beach Park und östlich der 22nd Avenue nördlich von Fort Lauderdale befinden, evakuieren Sie bitte und suchen Sie das nächstgelegene Notfallzentrum auf. Überlebende in Downtown Miami, Brickell, East Little Havana, Overtown und Wynwood evakuieren Sie bitte zum Internationalen Flughafen von Miami, wenn Sie dies sicher tun können ...«

»Siehst du?«, sagte Carson zu seiner Frau. »Das ist der Weg, den wir gehen, Schatz. Alles wird gut werden.«

»Nichts ist gut«, wimmerte Vanessa. »Siehst du das nicht?«

»Ich versuche nur, das Beste aus der Situation zu machen.«

Vanessa zitterte und starrte geradeaus durch die Windschutzscheibe. »Es funktioniert nicht.«

Logan fuhr sich mit der Hand durch sein widerspenstiges Haar und biss die Zähne zusammen, um einen Fluch zu unterdrücken.

Die beiden rissen sich gerade noch so zusammen. Es war eine ganz andere Welt, in der sie lebten – eine Welt, in der das Leben einen nicht bei jeder Gelegenheit zu Boden warf, in der hoch dotierte Beförderungen, luxuriöse Urlaube und Häuser, die auf die Titelseiten von Zeitschriften gehörten, die Norm waren.

Wahrscheinlich hatten sie noch nie ein Problem gehabt, das sie nicht mit Geld hatten beheben können. Bis jetzt.

Vielleicht war es ein Fehler, sich mit diesen Leuten zusammenzutun. Aber da Park, Shay und Eden verletzt waren, brauchten sie das Fahrzeug. Dakota hatte so viel Rauch eingeatmet, dass es ein Wunder war, dass sie überhaupt noch auf den Beinen war. Und Logan wollte sich nicht eingestehen, wie krank er war, nicht einmal sich selbst gegenüber.

Sie brauchten den Pick-up, bis sie den Flughafen und das Notfalleinsatzzentrum erreicht hatten.

Dann war jeder auf sich gestellt.

KAPITEL 13
LOGAN

Carson suchte nach weiteren Radiosendern. Noch mehr rauschende Durchsagen. Dann meldete sich eine tiefe männliche Stimme mit britischem Akzent: »… in dieser größten Katastrophe und humanitärem Desaster, das die Vereinigten Staaten je erlebt haben.

Allein bei dem Angriff in L.A. schätzen Experten, dass der radioaktive Fallout eine Region von knapp achthundert Quadratkilometern kontaminiert hat. Zwei bis drei Millionen Einwohner müssen umgesiedelt werden und können erst in drei bis zwanzig Jahren wieder in den betroffenen Krisengebieten leben und arbeiten.«

»Was können Sie uns zu den erstaunlichen Flüchtlingszahlen sagen?«, fragte eine Radiosprecherin mit ernster, rauer Raucherstimme.

»Im Los-Angeles-Becken sind mehr als die Hälfte der sechs Millionen Menschen, die aus ihren Häusern geflohen sind, entlang der großen Interstates nördlich der San Gabriel Mountains und an der Nord- und Südküste von L.A. gestrandet.«

»Heilige Scheiße«, hauchte Logan.

»Wo wollen sie all diese Menschen unterbringen?«, fragte Julio ungläubig. »Das ist nur eine Stadt ... Es gibt noch zwölf weitere ...«

»Hunderte von Schulen, Hotels, Lagerhallen und Stadien sind für die Vertriebenen geöffnet worden«, fuhr der Sprecher fort, als hätte er Julios Frage gehört, »aber diese Einrichtungen sind bereits überlastet. Die meisten Flüchtlinge haben kaum noch Wasser und Lebensmittel. Einige haben Zelte aufgeschlagen oder kampieren einfach in ihren Fahrzeugen am Straßenrand, in Parks und auf öffentlichem Grund. Viele haben kein Benzin mehr und können nirgendwo anders hin.«

»Ähnliche Meldungen gibt es aus allen angegriffenen Städten, von Charleston und New York City bis New Orleans, Norfolk und Seattle«, sagte die Sprecherin. »Die umliegenden Bundesstaaten berichten von massiven Lebensmittelengpässen, Stromausfällen, erhöhter Kriminalität und Plünderungen, während die Behörden versuchen, mit Hunderttausenden von Flüchtlingen fertig zu werden.

FEMA, die Bundesbehörde für Krisenmanagement, arbeitet rund um die Uhr mit dem Roten Kreuz und anderen humanitären Hilfsorganisationen zusammen, um Notunterkünfte zur Verfügung zu stellen, aber die Nachfrage nach Unterkünften für zig Millionen Menschen im ganzen Land hat ihre Kapazitäten bei Weitem überstiegen.«

»Wie sieht es mit der medizinischen Versorgung der Verletzten aus, Rebecca?«, fragte der männliche Moderator.

»Staatliche Stellen berichten, dass funktionsfähige Krankenhäuser in einem Umkreis von über dreihundert Kilometern um die dreizehn betroffenen Städte überfordert sind und es an Personal und medizinischem Material mangelt. Dutzende mobiler medizinischer Einheiten des Militärs wurden eingesetzt, um die

Überlastung zu lindern, und nützen Stadien und Turnhallen als Notfallkliniken.«

»Meine Eltern sind in Charleston«, sagte Vanessa. In ihrer Stimme war jetzt kein Wimmern mehr zu hören, nur noch Trauer. »Wir konnten sie nicht erreichen, bevor unsere Telefone kaputtgingen. Ich habe keine Ahnung, ob es ihnen überhaupt gut geht.«

»Es tut mir so leid«, sagte Julio.

»Es wird ihnen gut gehen«, sagte Carson. »Ich bin sicher, dass es ihnen gut geht.«

»Das kannst du nicht wissen«, sagte Vanessa. »Niemand kann das wissen.«

Sie verstummten wieder und lauschten den schrecklichen Nachrichten, von denen eine schlimmer zu sein schien als die andere.

»... Die Kritik verschärfte sich mit der Aufforderung an Präsident Harrington, einen erheblichen Teil unserer vierhundertfünfzigtausend im Einsatz befindlichen Truppen zurückzurufen. Das Zitat des texanischen Gouverneurs Omar Harris in der gestrigen Ausgabe der Washington Post hat sich herumgesprochen: *Wir brauchen sie nicht in Syrien, um Syrer zu schützen, wir brauchen sie auf amerikanischem Boden, um Amerikaner zu schützen.*«

Die Moderatoren sprachen weiter, aber Logan hörte nur Bruchstücke. »... allein in Miami werden über hunderttausend Tote vermutet, nicht mitgezählt die Verletzten oder diejenigen, die an einer Strahlenvergiftung sterben werden ... In den sozialen Medien kursieren Bilder von Massengräbern mit Tausenden von Toten ... Nächtliche Unruhen in Miami-Dade haben den Siedepunkt erreicht ... Landesweite Ausgangssperren wurden verhängt, während Gouverneur Blake Präsident Harrington auffordert, das Kriegsrecht zu verhängen ...«

»Möge Gott uns allen beistehen«, sagte Julio.

Für Logan waren die erdrückenden Zahlen und erschreckenden Statistiken nur weißes Rauschen. Er konnte es nicht begreifen und wollte es auch gar nicht.

Was in L.A., New York und D.C. geschah, bedeutete ihm nichts. Selbst die Katastrophe im Großraum Miami bedeutete ihm wenig.

Ihn interessierte nur, was in diesem Viertel, in dieser Straße, in diesem Auto passierte.

Alles andere war eine Ablenkung.

Und Ablenkungen könnten tödliche Folgen haben.

»Das Land geht in die Brüche!«, sagte Vanessa schockiert. »Was sollen wir nur tun?«

»Wir müssen uns jetzt um uns selbst kümmern«, sagte Dakota.

»Was ist, wenn alles vorbei ist?« Ein Hauch von Hysterie schwang in Vanessas Stimme mit. »Was ist, wenn wir uns nie wieder erholen? Was, wenn die USA ein weiteres kollabierendes, kriegsgebeuteltes Land wie Syrien und Venezuela werden ...«

»Vielleicht sollten wir es abschalten«, sagte Julio sanft. »Nur für eine Weile.«

Stille erfüllte den Wagen. Vanessa starrte geradeaus, zitternd, verloren in den zukünftigen Schrecken, die ihre Fantasie beherrschten.

Logan hatte keine Zeit, sich die Schrecken der Zukunft auszumalen. Im Hier und Jetzt gab es schon genug davon.

Er hielt seinen Blick auf die vorbeiziehenden Häuser gerichtet.

Zwei Schatten standen auf einer dunklen Veranda. Sie waren groß und massig – Männer. Einer hielt eine Taschenlampe in der Hand.

Als der Pick-up vorbeifuhr, richtete der Mann das Licht auf

sie. Der Lichtstrahl überflog langsam den Wagen und blieb auf Logan und dem Remington-Gewehr in seinen Händen stehen.

Er blinzelte gegen das grelle Licht an. Die Männer hatten keine Gewehre, aber sie hatten Waffen. Der Mann mit der Taschenlampe hielt ein Brecheisen in der anderen Hand. Der zweite Mann hatte ein langes Küchenmesser.

»Wir könnten Probleme bekommen«, murmelte er. »Bleibt wachsam.«

Neben ihm sog Vanessa den Atem ein.

Logan spannte sich an und beobachtete sie aufmerksam, während sie vorbeifuhren.

Die Männer bewegten sich nicht, sondern sahen sie nur an.

Wahrscheinlich beschützten sie eher ihre eigenen Familien vor Feinden, als selbst ein Chaos anzuzetteln. Aber wer wusste das schon?

»Wir sollten jetzt aus der Gefahrenzone der Strahlung heraus sein«, sagte Julio ein paar Minuten später. »Harlow hat gesagt, es sei nur eineinhalb Kilometer westlich von uns, nicht wahr?«

»Ja«, sagte Shay, »das hat sie.«

Logan wusste, dass er erleichtert sein sollte, dass die Strahlung keine Gefahr mehr für sie darstellte, aber er fühlte nichts dergleichen. Die radioaktiven Partikel waren bereits auf ihnen, in ihnen – unsichtbar, tödlich, und verrichteten ihre schmutzige Arbeit mit lautloser, tödlicher Präzision.

Es ließ seine Haut kribbeln, er wollte sich übergeben, bis sich sein Magen umkrempelte, in dem vergeblichen Bemühen, seinen Körper von den widerlichen Giftstoffen zu befreien.

Verdammt, er wollte einen Drink. Er wollte für ein paar Minuten vergessen, dass Gift in seinen Eingeweiden brodelte und Tausende von Leichen in der Dunkelheit versteckt waren. Er wollte den Tod und die Zerstörung hinter sich lassen, die wie ein schwarzes Leichentuch über der Stadt hingen, das sich an ihn schmiegte wie ein Schatten, dem er nicht entkommen konnte.

Aber den Drink würde er nicht bekommen. In einem fehlgeleiteten Moment galanter guter Absichten hatte er dummerweise alles auf die Straße gekippt. Idiot. Für einen Schluck Wodka würde er jeden Schwur und jedes Versprechen, das er je gegeben hatte, sofort zurücknehmen.

Sie waren schon weit über eine Stunde unterwegs, als er es hörte. Das Geräusch war unverkennbar – das *Tat Tat Tat* von Maschinengewehrfeuer.

KAPITEL 14
MADDOX

Wut brannte durch Maddox Cages Adern.

Er flüchtete aus der Palm-Cove-Wohngegend, taumelte zwischen den Häusern hindurch, um riesige, abgeschirmte Terrassen und Pools herum, über gepflegte Rasenflächen und Gärten, mit einer Hand die Waffe umklammernd, mit der anderen den rumorenden Magen.

Eine Kugel hatte seinen Arm gestreift, aber das war nur eine oberflächliche Wunde. Die Krankheit, die seine Eingeweide zerriss, war eine andere Sache. Saurer Schweiß klebte sein Haar an seine Kopfhaut. Jeder Zentimeter seiner Eingeweide fühlte sich an, als stünde er in Flammen. Wellen von Schwindelgefühl durchliefen seinen Körper.

Er war gezwungen gewesen zu fliehen. Wenn er das nicht getan hätte, hätte der Mann bei Dakota – Logan, wie er sich nannte – ihn gejagt und getötet.

Normalerweise konnte sich Maddox gut behaupten. Er war von Kampfsoldaten ausgebildet worden. Sein Vater hatte ihm das Schießen, Kämpfen und Töten beigebracht, seit er zehn Jahre alt war.

Er fürchtete niemanden.

Aber jetzt war alles anders.

Er hatte geglaubt, er könne es aus eigener Kraft überwinden, durch schiere Willensstärke – und Maddox Cage hatte einen beachtlichen Willen -, aber er hatte sich wieder einmal geirrt. Die lähmende Strahlung hatte ihn geschwächt. In seiner Schwäche hatte er zugelassen, dass ihm diese Schlampe wieder einmal durch die Lappen ging.

Wie konnte sie es wagen? Wie konnte sie nur? Er hatte ihr einmal vertraut. Aber jetzt? Sie hatte ihn verraten. Jetzt verdiente sie nichts als Leid.

Seine Sicht wurde schwarz vor Wut und rechtschaffener Entrüstung. Er hielt inne, lehnte sich schwer gegen die Stuckwand eines beigen Monstrums und fluchte, bis ihm der Speichel über das Kinn lief.

Es dauerte mehrere Minuten, bis er sich so weit beruhigt hatte, dass er klar denken konnte. Dies war ein Test. Er hatte gedacht, er hätte ihn bestanden. Aber waren die härtesten Prüfungen nicht den treuesten Anhängern vorbehalten?

Solange er noch Luft in den Lungen hatte, würde er sich durch nichts aufhalten lassen.

Wenigstens hatte er eine Information erhalten, die er vorher nicht gehabt hatte. Das würde reichen, um seinen Vater zu besänftigen. Da war er sich sicher.

Er stieß sich von der Wand ab und ging weiter, wobei er ein schwaches, zitterndes Bein vor das andere zwang.

Es wurde dunkler. Lange violette Schatten zogen sich über den Bürgersteig.

Ab und zu sah er Menschen. Eine Familie starrte aus einem zerbrochenen Fenster, mehrere brennende Kerzen auf der Fensterbank. Eine magere, zerlumpte Frau hatte einen Arm um sich geschlungen und rauchte auf ihrer Veranda, während zwei kleine

Kinder in schlaffen Windeln auf dem rissigen Bürgersteig Dreirad fuhren. Ein altes Ehepaar ließ sich in Liegestühlen nieder, schwitzend und mit stumpfen Augen, vom Hitzschlag gezeichnet.

Vielleicht wussten sie, dass sie nicht mehr in der Strahlenzone waren. Vielleicht waren sie zu betäubt und resigniert, um sich darum zu kümmern.

Mehrere Autos schlängelten sich zwischen den festgefahrenen Fahrzeugen auf der Straße hindurch, deren Kofferräume vollgestopft waren mit Koffern, Kissen, Kleidung, Spielzeug, Fotoalben – den Überbleibseln eines Lebens. Ohne Strom, ohne Klimaanlage und ohne Wasser hatten einige der Familien, die zurückgeblieben waren, um Schutz zu suchen, aufgegeben und sich wie alle anderen zur Flucht entschlossen.

Ein übergewichtiger, hemdloser Mann in gestreiften Boardshorts stand an der Straßenecke neben dem Verkehrsschild. Er war Ende dreißig, mit einem Bräunungsabdruck an Hals und Armen, sein weicher, schlaffer Bierbauch war schneeweiß. Mit beiden Händen hielt er ein Handy hoch in die Luft.

Maddox taumelte auf ihn zu.

Der Mann bemerkte ihn und wich zurück, sein Gesicht wurde bleich. »Hey, Mann, du siehst gar nicht gut aus.«

Maddox blieb einen halben Meter entfernt stehen, um ihn nicht zu erschrecken. Er zwang ein entwaffnendes Lächeln auf seine Lippen. »Hast du Empfang?«

Der Mann entspannte sich. »Gerade so. Es ist wirklich scheiße. Ich habe es nur geschafft, einen Anruf durchzukriegen. Dafür aber mehrere SMS. Das Signal kommt und geht. Die ersten paar Tage ging gar nichts. Ich habe mein Handy ausgeschaltet und alle anderen haben ihre Akkus verbraucht, weil sie jede Sekunde versucht haben, eine Verbindung herzustellen.«

»Schlau.«

»Ja, Mann.« Der Typ grinste über seine eigene Genialität.

»Wenn wir jetzt nur den verdammten Strom wieder anschalten könnten. Meine Alte ist kurz davor, einen Ziegelstein zu scheißen, weißt du? Aber mal im Ernst. Meiner Mutter geht es in der Hitze ohne Klimaanlage nicht so gut. Niemand kann in Südflorida ohne Klimaanlage leben. Nicht für lange.«

Maddox verbarg ein Zusammenzucken mit einem breiteren Lächeln. Er ging weiter und wich dem Verlierer mit dem Telefon auf dem Bürgersteig aus.

»Hey, Mann, pass auf dich auf, okay?«, rief der Typ ihm nach. »Miami muss sich um sich selbst kümmern, hab' ich recht?«

Am Ende der Straße erblickte Maddox eine Grundschule. Neben der Schule erstreckte sich ein riesiger Fußball-, Football- und Softballplatz.

Er blieb stehen und nahm den Anblick in sich auf. Er blinzelte, um seine verschwommene Sicht zu klären, und ließ seinen Blick über die leeren, verdunkelten Felder schweifen.

Das brachte ihn auf eine Idee.

KAPITEL 15
LOGAN

Logan versteifte sich. Er schaute aus dem Fenster und blickte nach vorne und hinten. Sie verließen ein Wohngebiet.

In jeder Straße gab es vielleicht drei oder vier Häuser auf jeder Seite, in denen Kerzen leuchteten oder gelegentlich der Strahl einer Taschenlampe über ein Fenster streifte.

Der Rest war dunkel. Das bedeutete aber nicht, dass sie leer waren.

Die Klugen würden ihre Anwesenheit nicht verraten, nicht in einer Nacht wie dieser.

Rufe und Schreie hallten durch die Nacht, gefolgt von einer weiteren Reihe von Schüssen, dieses Mal aus einer anderen Richtung. Ein schwacher Lichtschein flackerte über dem Dach eines besetzten Wohnkomplexes in etwa hundert Metern Entfernung.

Ein weiteres Feuer.

»Oh, verdammt«, murmelte er.

»Das waren Schüsse!«, rief Vanessa.

»Aufruhr«, sagte Julio vom Rücksitz aus. »Oder Plünderungen. Vielleicht beides.«

»Oder ein Bandenkrieg«, sagte Logan.

»Es war nur eine Frage der Zeit«, sagte Dakota.

»Glaubst du, es sind die Blood Outlaws?« Shays Stimme war schwach. Sie klang zerbrechlich und verängstigt.

»Hoffentlich müssen wir das nicht herausfinden«, sagte Julio.

»Schalte die Scheinwerfer aus«, sagte Logan. »Stell den Wagen ab.«

Carson gehorchte. Er verlangsamte das Tempo und kam vor einem Stoppschild an einer ruhigen Kreuzung zum Stehen. »Können wir drumherum fahren?«

Logan behielt seine Augen auf der Straße. »Julio, halte die Taschenlampe niedrig. Siehst du etwas auf der Karte, eine Möglichkeit, das hier zu vermeiden?«

»Wir sind in Allapattah«, sagte Julio. »Im Norden sieht es aus wie ein Wohngebiet. Im Süden gibt es Geschäfte, Lebensmittelläden, Apotheken und Lagerhäuser. In einem halben Kilometer erreichen wir die 22nd Street. Dort wird es mehr Verkehr geben, mehr Leute. Es ist wahrscheinlicher, dass wir dort auf Probleme stoßen.«

»Welche Möglichkeiten haben wir?«, fragte Shay.

»Wir sollten weiterfahren«, sagte Carson. »Wir haben ein Fahrzeug. Wir können Gas geben und durch alle gefährlichen Gebiete fahren.«

»Der Pick-up wird Aufmerksamkeit erregen«, sagte Dakota. »Selbst im Dunkeln.«

»Wir könnten einen Ort finden, an dem wir die Nacht verbringen können«, schlug Julio vor.

»Was ist mit unseren Kranken und Verletzten?«, fragte Dakota. »Wir müssen Eden, Park und Shay so schnell wie möglich zu einem Arzt bringen.«

»Und wenn wir unterwegs erschossen werden?«, fragte Logan. »Das würde niemandem helfen.«

»Wir können nicht hier draußen bleiben«, sagte Vanessa. »Diese Gangs sind verrückt. Wir hören es die ganze Zeit in den Nachrichten. Das sind Tiere! Es ist nicht sicher.«

Während sie debattierten, scannte Logan die Straße vor und hinter ihnen, dann die Gärten, die Häuser und dann wieder die Straße.

Dreißig Meter weiter auf der rechten Seite materialisierten sich zwei dunkle Gestalten hinter der Ecke eines kleinen Hauses. In der Dunkelheit waren sie kaum zu erkennen. Logan blinzelte und versuchte, Einzelheiten auszumachen. Sie gingen zusammengekauert und bewegten sich verstohlen. Sie führten nichts Gutes im Schilde.

»Ich habe drei – nein, vier – mögliche Probleme in einem Garten direkt hinter uns«, sagte Dakota angespannt. »Sie sind gerade über den Zaun geklettert.«

Etwas schlug gegen das Heck des Pick-ups.

Logans Adrenalinspiegel schnellte in die Höhe. Er wirbelte herum, die Waffe im Anschlag, auf der Suche nach dem Täter.

»Was war das?«, rief Vanessa.

»Pssst!«, zischte Julio. »Bitte.«

Ein lauter Knall hallte durch die Nachtluft. Etwas zerbrach.

»Oh nein. Nein, nein, nein ...« Vanessa duckte sich und bedeckte ihren Kopf mit den Händen. »Sie schießen auf uns!«

»Ich glaube, das war unser Rücklicht, das kaputtgegangen ist«, sagte Dakota. »Sie werfen mit Steinen.«

Ein weiterer faustgroßer Stein schlug gegen die Heckscheibe. Ein winziger, im Zickzack verlaufender Riss entstand.

Logan hatte nicht die Absicht, wertvolle Kugeln gegen Steine zu verschwenden. Das hieß aber nicht, dass die Dinge nicht schnell eskalieren würden. Er konnte nicht sagen, ob sie alle unbewaffnet waren oder ob dies nur ein Testlauf war – so wie ein Hai seine potenzielle Beute umkreist und anstößt, bevor er zubeißt.

»Los!«, sagte er. »Fahr los!«

KAPITEL 16
LOGAN

Mit zitternden Fingern drehte Carson den Schlüssel und startete den Ford erneut. Der Motor brummte vor sich hin. Ein paar weitere Steine prallten harmlos vom Dach und den Seiten des Pick-ups ab, als sie losfuhren.

»Pass auf!«, rief Julio.

Carson riss das Lenkrad nach links, die Reifen quietschten, als er überkorrigierte. Er wich scharf nach links aus und entging nur knapp einem Zusammenstoß mit dem Heck eines Toyota Forerunners.

Die Fahrerseite schrammte an einer Reihe von geparkten Autos vorbei. Der Spiegel stieß gegen etwas und verbog sich mit einem Quietschen, Glas zerbrach, der Rahmen wurde verbeult.

Carson trat hart auf die Bremse und schleuderte damit alle gegen ihre Sicherheitsgurte. Logan war nicht angeschnallt, falls er schnell aus dem Fahrzeug springen musste, um die Gruppe zu verteidigen. Er stieß gegen die Seitentür und schlug mit der Schulter und dem Kopf gegen die Scheibe. Schmerz kroch seine Wirbelsäule hinauf.

»Verdammt noch mal!«, rief Dakota. »Kannst du nicht fahren?«

»Sei vorsichtig!«, sagte Shay. »Du könntest Parks Arm dauerhaft schädigen!«

»Haltet alle die Klappe!«, brüllte Logan.

Im Süden hatte er freie Sicht auf die breite Durchgangsstraße der 22nd Street. Vier oder fünf Gebäude standen in Flammen. Dutzende von Schatten huschten hin und her. Die Schreie und Rufe wurden immer lauter.

Dutzende von Menschen kletterten auf verlassene Autos, johlten und schrien, hoben Bierflaschen und Brechstangen über ihre Köpfe. Einige hielten halbautomatische Gewehre und Pistolen in der Hand.

Eine Gruppe von Typen schlug mit Baseballschlägern auf verschiedene Fahrzeuge ein, prügelte Windschutzscheiben und Rücklichter ein und verbeulte Motorhauben und Kotflügel.

Die Zerstörung beschränkte sich nicht nur auf Autos. Weitere Personen drängten sich durch die Eingänge von Geschäften, die die Straßen säumten, und trugen Kisten mit Elektronik und anderen Waren heraus. Mindestens zehn Leichen lagen auf den Gehwegen oder auf der Straße – entweder tot oder halb tot geprügelt.

Da konnten sie nicht durchfahren. Es war Selbstmord.

»Fahr weiter«, sagte Logan. »Bieg hier rechts ab, weg von diesem Wahnsinn.«

»Es ist auch nördlich von uns«, sagte Dakota. »Und im Westen. Ich kann es hören. Nur ein bisschen weiter weg. Und nicht so verrückt. Noch nicht.«

»Wir müssen irgendwo anhalten«, sagte Logan, ohne es als Frage zu formulieren.

Er rechnete fast damit, dass Dakota mit ihm streiten würde –

es schien etwas zu sein, das ihr Spaß machte – aber sie tat es nicht. »Ein Haus?«, war alles, was sie sagte.

Logan schüttelte den Kopf. »In einigen dieser dunklen Häuser sind immer noch Menschen. So wie es hier draußen aussieht, würden sie uns wahrscheinlich erschießen, bevor wir überhaupt an die Tür geklopft haben. Ich würde das zumindest tun.«

»Wo dann?«

»Ist das da vorne links etwas?«, fragte Julio, beugte sich vor und deutete durch die Windschutzscheibe. »Sind das Lichter?«

Zwei Häuserblocks weiter tauchte ein kleines, heruntergekommenes zweistöckiges Best Value Motel auf, dessen Schild auf Spanisch geschrieben war. In der Lobby und in einigen Fenstern leuchteten Lichter.

Auf der anderen Straßenseite stand eine Feuerwache. Auch sie wurde mit Generatorstrom betrieben. In den Fenstern flackerten ein paar Lichter, und eines der Feuerwehrautos war seitlich vor dem Eingang geparkt, um Schutz und Deckung zu bieten, falls die Banden sich weiter hinauswagten.

»Ich glaube, das Motel ist noch offen«, sagte Dakota.

»Vielleicht«, erwiderte Logan.

Jeder Muskel in seinem Körper schmerzte vor Anspannung. Seine Augen brannten vor Erschöpfung. Er musste sich ausruhen – sein Körper verlangte es. Wenn sie jetzt keine Pause einlegten, würde er nicht mehr in der Lage sein, sie zu verteidigen.

Es war seine Aufgabe, seine Pflicht, sie zu beschützen. In seinem alten Leben war er ein Vollstrecker gewesen, ein Killer an der Leine. Dakota war hart und clever und konnte sich behaupten. Aber Logan verfügte über die nötigen Fähigkeiten, um sie alle am Leben zu erhalten.

Irgendetwas war während des vergangenen Tages passiert. Er fühlte sich irgendwie mit ihnen verbunden, mit Julio und Shay und Dakota, sogar mit Park und dem Mädchen, Eden. Er fühlte sich verpflichtet, die Sache zu Ende zu bringen, wie er es seit Jahren nicht mehr erlebt hatte.

Er musterte das Gebäude und bemühte sich, aufmerksam zu bleiben. »Fahr zuerst um den Block, langsam. Und lass das Licht aus. Ich will vermeiden, in eine Falle zu laufen.«

Carson folgte seinen Anweisungen. Neben dem Motel gab es eine Tankstelle, einen heruntergekommenen Dollar-Store und einen orange gestrichenen Waschsalon, beide mit spanischen Schildern.

Hinter dem Motel stand eine lange, niedrige Reihe einstöckiger Bürogebäude, die alle dunkel waren. Auf dem Hotelparkplatz standen mehrere Dutzend Autos. Das Motel selbst war eines dieser billigen Gebäude mit Außentüren und wackeligen Metalltreppenhäusern.

Er bemerkte nichts Verdächtiges – außer dem Knall von Schüssen und Schreien in der Ferne.

Beim zweiten Durchgang wies Logan Carson an, in die Einfahrt zu fahren.

Zwei Autos blockierten den Straßenrand, sodass jeweils nur ein Fahrzeug durchfahren konnte.

Eine dunkle Gestalt lehnte an der Seite eines weißen Kia Rio. Er versteifte sich und stand stramm, als der Wagen von der Straße abfuhr. In einem Holster an seiner Taille steckte eine Handfeuerwaffe, und in seinen Armen hielt er ein amerikanisches Ruger-Gewehr.

Er richtete die Waffe nicht auf sie, aber die Drohung war nur allzu deutlich.

KAPITEL 17
LOGAN

Vanessa keuchte. »Dreh um!«

»Noch nicht.« Logan schaltete die Innenbeleuchtung ein, um der Gestalt mit dem Gewehr zu zeigen, dass sie nichts Böses im Schilde führten. »Bleibt ruhig.«

»Carson, kurble das Fenster herunter«, wies Dakota an. »Schön langsam.«

Es war schwierig, das Gewehr in der Kabine zu drehen und zu zielen, also ließ Logan es locker an den Rahmen der Beifahrertür gelehnt. Er wusste, dass Dakota den Mann vom hinteren Beifahrerfenster aus im Visier hatte.

Mit zitternder Hand kurbelte Carson das Fenster auf der Fahrerseite herunter, als ein Inder auf sie zukam. Er war jung, vielleicht Mitte zwanzig, bekleidet mit Jeans und einem alten Metallica-T-Shirt, und hatte einen freundlichen, aber zurückhaltenden Gesichtsausdruck. »Wie kann ich Ihnen helfen?«

»Wir brauchen einen Platz zum Übernachten«, stammelte Carson und starrte auf die Ruger, die nur einen Meter von seinem Gesicht entfernt war. »Wir sind auf dem Weg aus der Stadt. Aber es wird gefährlich.«

Der Mann schaute in das Innere des Fahrerhauses und überprüfte sie. Er nickte sich selbst zu, zufrieden mit dem, was er sah. »Da haben Sie recht. Ich würde davon abraten, jetzt nachts zu fahren.«

»Wie schlimm ist es?«, fragte Carson.

»Sie können es selbst hören«, sagte der Mann. »Ich habe kein Polizeiauto mehr gesehen, seit es passiert ist.«

»Haben die Unruhen und Plünderungen Sie schon getroffen?«, fragte Julio.

»Nein. Hier gibt es nicht viel, was sie wollen.«

»Jedenfalls noch nicht«, sagte Dakota.

Es würde nicht lange dauern, alle Lebensmittel und Waren in den gehobenen Geschäften und Läden auszuräumen. Dann würden die Mobs überall suchen. Vor allem an Orten mit Strom.

Aber sie brauchten nur eine Nacht. Es war ein Risiko, aber es war auch ein Risiko, weiterzufahren.

»Wie kommt es, dass Sie nicht geschlossen haben wie alle anderen?« Logan beugte sich leicht über Vanessa, um den Mann besser sehen zu können.

Er hatte kurze Haare und einen schwarzen Flaum auf der Oberlippe und am Kinn. Er zuckte ein wenig mit den Schultern. »Mein Vater ist der Besitzer. Wir haben einen guten Generator. Die meisten Leute haben keinen Strom, kein Wasser, keine Klimaanlage. Er wollte den Flüchtlingen helfen, die versuchen, aus der Stadt herauszukommen.«

»Wie wohlwollend von ihm«, murmelte Dakota vom Rücksitz aus.

Der Mann neigte sein Kinn zu der Feuerwache auf der anderen Straßenseite. »In der ersten Nacht sind sie losgezogen, um die örtlichen Geschäfte zu schützen. Nicht alle von ihnen kamen zurück. Vier von ihnen sind in der Wache geblieben. Es ist zu gefährlich, nach Hause zu gehen, und sie haben keine Familien, nach denen sie suchen könnten. Wir haben aufeinander aufgepasst.«

»Wir bleiben über Nacht«, sagte Carson.

»Nur Bargeld«, sagte der Mann. »Die Kreditkartenmaschinen funktionieren nicht.«

»Gut«, sagte Dakota. »Wir brauchen zwei Zimmer. Wie viel?«

»Zweihundert bar pro Nacht. Pro Zimmer.«

»Doch nicht so wohlwollend«, sagte Dakota.

»Ist das Ihr Ernst?«, stotterte Carson. »Ein Ort wie dieser kostet normalerweise, was, siebzig Dollar pro Nacht, wenn überhaupt?«

Der Typ sah ihn nur an, ohne zu lächeln. Er hatte diese Diskussion wohl schon oft genug geführt. »Das Benzin für den Generator ist sehr teuer und schwer zu finden. Mein Bruder und ich werden die ganze Nacht aufbleiben und für Sicherheit sorgen. Sie können bezahlen oder gehen. Es liegt bei Ihnen.«

»Wir werden bezahlen«, sagte Logan.

»Ich muss das Geld sehen. Nur um sicherzugehen, wissen Sie.«

Carson murmelte etwas vor sich hin, als er seine Brieftasche herauszog. »Ich habe zweihundert.«

»Ich habe fünfzig«, bot Julio an.

»Ich hab' den Rest.« Hektisch zückte Vanessa mehrere knackige Zwanziger und schob sie ihm zu. »Hier. Nehmen Sie.«

Der Mann schüttelte den Kopf und trat zurück. »Gehen Sie schon mal vor in die Lobby, mein Vater wird sich um Sie kümmern. Ich wünsche Ihnen einen schönen Abend.«

Carson legte den Gang ein und rollte vorsichtig zwischen den beiden geparkten Autos hindurch. Er fuhr unter den Dachüberhang vor den Türen der Lobby. Das Glas in den Tür- und Fensterrahmen war zerbrochen, aber alles war zusammengefegt worden.

Ein anderer junger Inder, wahrscheinlich der Bruder, lehnte mit einer Mossberg-Schrotflinte in der Hand am Check-in-Schalter. Seine Taschen waren prall gefüllt – wahrscheinlich mit Ersatzpatronen.

»Bleibt im Wagen«, sagte Logan. »Ich werde reingehen.«

Dort angekommen, bezahlte er den glatzköpfigen, älteren Mann hinter dem Tresen. »Geben Sie uns zwei Endzimmer mit je zwei Betten, nebeneinander im zweiten Stock, möglichst weit weg von der Lobby. Haben die Zimmer eine Verbindungstür? Können wir sie öffnen lassen?«

»Ja, natürlich.« Der Besitzer legte vier Schlüsselkarten auf den Tresen. »Zimmer 239 und 240. Wir haben begrenzten Strom, aber das Leitungswasser ist abgestellt. Meine Frau hat Eimer mit Wasser in jedes Zimmer gestellt. Nicht zum Trinken. Für die Toilette.«

»Verstanden.« Logan steckte die Schlüsselkarten mit der freien Hand in seine Tasche. Mit der anderen Hand hielt er die Remington immer noch auf den Boden gerichtet. »Wie steht's um den Geruch?«

»Den Geruch?« Der Mann rümpfte die Nase. »Es ist in Ordnung.«

Das würde nicht lange so bleiben. Nicht, wenn die nicht funktionierenden Abwasserkanäle bald verstopft wären. Nicht, wenn sich Berge von nicht abgeholtem Müll auftürmen. Aber das war im Moment nicht Logans Sorge.

»Der Check-out ist um zehn Uhr morgens«, sagte der Mann, als Logan zur Tür ging.

Logan nickte dem Bruder zu, der ihn teilnahmslos anstarrte

und versuchte, hart und einschüchternd zu wirken, um das Geschäft seines Vaters zu schützen.

Logan brauchte ihren Schutz nicht. Er sorgte für seinen eigenen.

KAPITEL 18
LOGAN

Als sie die Außentreppe zu ihren Hotelzimmern im zweiten Stock erreichten, boten Logan und Julio an, Park zu tragen.

»Ich kann gehen«, murmelte Park schwach. »Mein Arm ist gebrochen, nicht meine Beine.«

»Dein Stolz ist offensichtlich auch verletzt«, sagte Dakota.

»Es wird schon wieder werden«, sagte Park. »Nach einer Woche Schlaf. Vielleicht einem Monat.«

»Du bekommst zehn Stunden. Tut mir leid, dass ich dich enttäuschen muss.«

Park war immer noch darauf angewiesen, dass Julio ihn stützte, während er die Treppe hinaufstolperte. »Warum sind wir noch mal im ersten Stock?« Sein Gesicht war kreidebleich von der Anstrengung des Aufstiegs. »Das ist buchstäblich eine Folter.«

»Wenn es Ärger gibt, wird er wahrscheinlich in der Lobby anfangen«, erklärte Logan. »Die meisten Leute, die rauben und plündern wollen, beginnen immer mit den einfachsten Zielen, also dem Erdgeschoss. Wir hören sie, bevor sie uns erreichen, und können die Treppe am Ostende, am Westende oder durch das zentrale Treppenhaus nehmen. Wenn es sein muss, können wir auch über das Geländer springen. Und wenn wir uns verteidigen müssen, haben wir hier oben einen höheren Standort und können die Feinde besser ausschalten.«

»Ich bin beeindruckt.« Park ließ sich auf der Matratze nieder, schüttelte den Kopf und zuckte zusammen. »Nun, das war ein echter Knaller von einem Tag.«

Julio half Shay, während Logan Eden seinen Arm anbot. Das Mädchen übergab sich auf dem Bürgersteig – und verfehlte dabei nur knapp Logans Schuhe — schaffte es aber ohne weitere Zwischenfälle ins Zimmer 240.

Kinder bereiteten ihm Unbehagen. Zu viele schlechte Erinnerungen. Zu viele Albträume. So schnell er konnte, löste er sich von ihr und ging schnell weg.

Dakota schaute ihn an, ihre Augen verengten sich.

Er starrte sie an. Sie hatte kein Recht, ihn zu verurteilen. Nicht im Geringsten.

Sie wandte sich wieder an das Mädchen. »Eden, komm, wir sollten dich ins Bett bringen.«

Vanessa ließ sich zögernd auf dem nächstgelegenen Bett nieder und starrte es bestürzt an, als erwarte sie, dass Flöhe auf ihrem Kissen zu tanzen begannen. Ihr Gesicht verzerrte sich, und frische Tränen liefen ihr über die Wangen und verschmierten ihre Wimperntusche. Mit einem Wimmern sprang sie auf, eilte ins erste Badezimmer und knallte die Tür zu.

»Benutz' die Wassereimer zum Spülen«, rief Logan ihr nach.

Sie antwortete nicht. Die Geräusche gedämpften Schluchzens drangen durch die dünne Tür.

»Bitte hab Nachsicht mit meiner Frau«, sagte Carson leise zu Logan. »Sie ist eine erfolgreiche, hochrangige Anwältin in ihrer Kanzlei. In der Welt, die sie kennt, ist sie selbstbewusst, effizient und hat alles unter Kontrolle. Aber das hier – mit so etwas hat sie noch nie zu tun gehabt. Ich auch nicht.«

Logan hatte weder die Zeit noch die Geduld, jemanden zu verhätscheln. »Niemand hat das.«

»Wir müssen immer noch zusammenhalten«, sagte Dakota. »Wir alle.«

»Das werden wir.« Carson nickte steif. »Wir verstehen das.«

»Bringen wir alle unter«, sagte Julio. »Die Frauen nehmen die Betten, die Männer den Boden. Außer Park, der ist ja verletzt.«

»Ich nehme es an«, sagte Park. »Ich habe keine Scham. Nicht mehr.« Er sah sich einen Moment lang um, als ob er erwartete, dass Harlow einen sarkastischen Kommentar abgab. Er versteifte sich und atmete scharf ein, als würde ihm wieder bewusst, dass sie nicht zurückkam.

»Mein aufrichtiges Beileid, Park«, sagte Julio und beobachtete ihn.

Danach sagte Park nichts mehr. Er lag nur flach auf dem Rücken, stützte seinen gebrochenen Arm und starrte mit feuchten Augen an die Decke.

»Es gibt genug Platz für alle, wenn wir uns die Betten teilen«, sagte Shay.

»Ich bin mit dem Boden zufrieden«, sagte Logan.

»Shay, du musst dich hinlegen«, sagte Julio. »Du kannst kaum aufrecht stehen.«

Shay schüttelte müde den Kopf. »Ich muss Parks Vitalwerte überwachen und seine Wunden versorgen. Logan braucht einen neuen Verband für seine Schnittwunde. Ich muss nach Eden und Dakota sehen.«

»Und wir müssen auch deine Verbände wechseln«, sagte Julio. »Lass mich dir helfen. Sag mir einfach, was ich tun soll.«

»Bist du sicher?«, fragte Shay. »Es könnte bluten.«

»Ich werde mich wohl daran gewöhnen müssen, nicht wahr?«, fragte Julio mit einem kleinen, reumütigen Lächeln.

»Danke«, erwiderte Shay mit einem zittrigen Grinsen.

Während die beiden ihre Aufmerksamkeit auf die Verletzungen der Gruppe richteten, konzentrierte sich Logan auf die Sicherheit. Er suchte das billige Motelzimmer ab: Meeresdrucke an den beigen Wänden, abgenutzter brauner Teppich, ein kleiner runder Tisch und zwei Stühle am Fenster, zwei Doppelbetten mit dünnen, blumenbedruckten Bettdecken und ein Unterhaltungszentrum aus Holzimitat an der gegenüberliegenden Wand mit einem winzigen Kühlschrank und einem uralten Fernseher.

Am Ende des Raumes befand sich der vergilbte Tresen mit dem Waschbecken. Die Toilette und die Dusche befanden sich in einem eigenen kleinen Raum auf der rechten Seite. Das zweite Zimmer hatte die gleiche Aufteilung, aber spiegelverkehrt.

Wie gewünscht, war die Verbindungstür entriegelt.

Dakota winkelte ihr Kinn zur Tür. »Mehr Ausgänge?«

»Ganz genau. Das hält unsere Optionen offen und alle zusammen.«

In jedem Zimmer schnappte er sich einen der Stühle und klemmte ihn unter die Türklinke.

»Verschlossene Türen machen keinen großen Unterschied, wenn die Fenster zerbrochen sind«, sagte Dakota.

»Deshalb werden wir abwechselnd Wache halten«, sagte Logan. »Zwei Fünf-Stunden-Schichten. Wir müssen schlafen. Wir sind alle erschöpft, das senkt die Wachsamkeit und die Reaktionszeit. Morgen wird ein langer Tag werden.«

Ein Schrei hallte in der Ferne wider, gefolgt von dem Geräusch von Schüssen. Es klang fast feierlich, wie ein Feuerwerk.

Dakota starrte mit steinerner Miene auf das Fenster. »Heute Nacht wird lang werden.«

»Ich übernehme die erste Schicht.« Logan senkte seine

Stimme. »Du übernimmst die zweite. Ich kenne die Wilburns nicht und traue ihnen nicht. Wir müssen das übernehmen.«

Er hatte ein mulmiges Gefühl bei dem Gedanken an *wir*.

Dakota schien sein Unbehagen nicht zu bemerken. Sie nickte energisch. »Gut.«

KAPITEL 19
DAKOTA

Dakota saß neben dem zerbrochenen Fenster in einem der Stühle in Zimmer 240, ihre Pistole auf die Tür gerichtet. Die Lichter in den Motelzimmern waren ausgeschaltet, um besser nach draußen sehen zu können. Die Luft war heiß und stickig. Jemand schnarchte.

Die Nacht vor dem Fenster war schwarz. Ein Feuer flackerte irgendwo in der Nähe auf. Dann ein weiteres. Sie hielt seit über einer Stunde Wache und hatte keine Bewegung gesehen. Den Eingang des Motels hatte sie von hier aus nicht im Blick, aber sie hatte auch keine Autos einfahren hören.

Gedämpfte Stimmen hallten draußen wider. Gelächter und Rufe. Gelegentlich ertönten Schüsse. Manche in der Ferne, manche viel näher. Und andere Geräusche: Das Krachen und Zerschlagen von Gegenständen, das Kreischen von Autoalarmen.

Und dann waren da noch die Schreie – tief, kehlig, erschreckend.

Eden schlief in dem Bett, das ihr am nächsten stand und das sie mit Dakota geteilt hatte, bis Dakota an der Reihe war, Wache zu halten. Shay und Park teilten sich das zweite Bett.

Im anderen Zimmer schliefen Vanessa und Carson in einem Bett, während Julio allein im anderen schlief. Anstatt mit Julio im Bett zu schlafen, lag Logan auf dem Boden neben Dakotas Stuhl, nur mit einem Kissen unter dem Kopf, das Jagdgewehr gesichert und geladen an seiner Seite.

Keiner hatte viel gesprochen, bevor er erschöpft in den Schlaf fiel – jeder kämpfte gegen seine eigenen Dämonen der Verzweiflung und Hoffnungslosigkeit. Sie waren der Strahlungszone entkommen, aber das war nur ein schwacher Trost.

Die Welt um sie herum war immer noch am Zerfallen.

Abgesehen von Julio, Vanessa und Carson waren die meisten von ihnen krank. Dakotas Lunge fühlte sich verbrannt an, ihre Kehle war rau vom Einatmen des Rauchs. Die Beule an ihrem Kopf schmerzte heftig. Shay war schwach und hatte glasige Augen. Logan hatte zugegeben, dass ihm übel war, aber erst, nachdem Shay auf ihn eingeredet hatte.

Die Strahlenbelastung hatte sie eingeholt. Der Unterschlupf im Kino hatte ihr Leben gerettet, aber es hatte sie nicht vollständig geschützt. In den letzten Tagen war die Strahlenbelastung zwar gering, aber nicht völlig verschwunden. Das alles summierte sich.

Außer Julio und Dakota hatten sie kaum etwas zu Abend gegessen. Dakota hatte zwei Schokoriegel und eine Tüte Baked-Lays-Chips verschlungen, nur um ihre Energie aufrechtzuerhalten.

Vor dem Schlafengehen hatten sich alle, so gut es ging, mit Wasser und Seife und den Alkoholtüchern abgeschrubbt. Es gab nichts weiter, was sie tun konnten.

Logan sagte ihnen, sie sollten ihre Schuhe anbehalten, falls sie mitten in der Nacht schnell fliehen müssten. Vanessa klagte über Blasen und zog ihre Schuhe trotzdem aus – ein Paar unpraktisch hochhackige, rote Riemchensandalen -, aber alle anderen schliefen vollständig bekleidet.

Nachdem sie die Medikamente, das Wasser und die Lebensmittel wieder eingepackt hatte, stellte Dakota die Taschen neben die Tür. Sie wischte Eden, so gut es ging, sauber und half ihr in das Bett, das am nächsten zum Fenster stand. Sie legte den Block auf den Nachttisch neben ihr.

Dakota betrachtete sie mit wachsender Sorge. Edens Gesicht war entspannt. Ihre Arme und Beine waren schlaff, ihre Augen starrten unkonzentriert und leer an die Decke.

Sie hatte sich ein paar Mal in den Papierkorb des Motels übergeben. Shay hatte ihr etwas Pepto-Bismol aus ihrem Erste-Hilfe-Vorrat gegeben, aber sie hatte Dakota gewarnt, dass es wahrscheinlich nichts nützen würde. Eine Strahlenvergiftung ging viel tiefer, war viel heimtückischer als eine einfache Magenverstimmung.

Aber es war noch schlimmer als eine Strahlenvergiftung.

Eden stand unter Schock. Das alles war zu viel für sie gewesen. Zwei Tage lang war sie in einem Badezimmer eingeschlossen gewesen und hatte nur knapp ein Feuer überlebt. Sie hatte einen Bruder nach Jahren wiedergefunden – nur um sich von ihm ein Messer an die Kehle halten zu lassen und zu erfahren, dass ihr anderer Bruder tot war. Dann hatte sie mit ansehen müssen, wie jemand vor ihren Augen erschossen wurde.

»Eden«, flüsterte sie. »Bitte sprich mit mir.« Sie würde sogar die Gebärdensprache akzeptieren, die sie nicht verstand, wenn es bedeutete, dass Eden ihr *etwas* mitteilte. »Du weißt, dass ich dich nie verlassen werde, oder?«, flüsterte sie. »Nie und nimmer.«

Edens Augen glänzten und blickten ins Leere. Sie blinzelte nicht. Sie zeigte keine Anzeichen dafür, dass sie Dakota überhaupt gehört hatte oder dass sie es wollte.

Es spielte keine Rolle, dass Eden nicht ihre richtige Schwester war; Eden war Dakotas einzige Familie, alles, was sie hatte. In den letzten drei Jahren war ihr einziger Gedanke gewesen, dieses Mädchen zu beschützen.

Was, wenn Eden sie jetzt hasste? Was, wenn sie sie verloren hätte? Der Gedanke war unerträglich. Dakota spürte ihn wie einen unglaublichen Druck, wie einen riesigen Felsen, der ihre Lunge zerdrückte. Noch ein bisschen mehr Gewicht und sie würde aufplatzen.

Es war zu heiß. Sie hasste es, den Atem der anderen zu hören. Die Angst in ihrer Brust zog sich immer fester zusammen, bis ihr ganzer Körper davon durchdrungen war.

Sie brauchte Luft.

Sie ließ den Stuhl an seinem Platz und die Tür verschlossen. Leise und vorsichtig schob sie den Vorhang beiseite, trat über den niedrigen, zerklüfteten Fensterrahmen und glitt auf den Balkon hinaus.

Mit der SIG in der Hand ging sie zehn Meter den Balkon hinunter zu den klapprigen Metallgittertreppen und setzte sich steif hin. Sie hatte einige Stunden des dringend benötigten Schlafs bekommen, aber es war ein angespannter, unruhiger Schlaf gewesen, erfüllt von Albträumen von Maddox und ihren Jahren in der Kommune, Jahre, die sie am liebsten aus ihrem Gedächtnis löschen würde.

Sie suchte die Dunkelheit ab – die schemenhaften Umrisse der Autos auf dem Parkplatz, die Straße und die gedrungenen Gebäude dahinter – und lauschte den Geräuschen der Stadt, die langsam im Chaos versank.

Was machte Ezra wohl gerade? War er sicher in seiner Hütte, in seinem Schaukelstuhl auf der Veranda, sein Gewehr im Schoß, während er den nächtlichen Geräuschen der Glades lauschte? War er an seinem Amateurfunkgerät und informierte sich über den Stand der Dinge im Land?

Oder dachte er an sie und fragte sich, ob sie auch in Sicherheit war? Wollte er überhaupt, dass sie zurückkam? Sie hoffte es mit jeder Faser ihres Wesens. Sie schloss für einen Moment die Augen und stellte sich die Wärme und den Frieden des einzigen Ortes vor, den sie je als ihr Zuhause betrachtet hatte.

Ein dumpfer Schlag ertönte hinter ihr.

Ihr Adrenalinspiegel schoss in die Höhe und sie wirbelte herum, die Waffe im Anschlag, aber der Finger noch nicht am Abzug.

Sie erkannte die Gestalt, die sich auf sie zubewegte. Ihr Herz machte einen kleinen Hüpfer. Sie leckte sich über die trockenen Lippen und ließ die Waffe in ihren Schoß sinken.

Er war nicht glücklich. Er hatte jedes Recht, wütend zu sein.

Sie war wütend auf sich selbst.

Logan sagte: »Wir müssen reden.«

KAPITEL 20
DAKOTA

Dakota sagte nichts, sondern rutschte einfach zur Seite, um Platz für ihn zu machen. Sie schluckte schwer, ihre Kehle brannte. Ihre Muskeln spannten sich an, als bereitete sie sich auf einen Kampf vor.

Logan hielt zwei Wasserflaschen in einer Hand und das Gewehr neben seinem Oberschenkel. Er bot ihr eine an. Sie nahm sie entgegen.

Ein leichter Windhauch rauschte durch ihr Haar und kühlte ihre heißen Wangen. Es waren immer noch über fünfundzwanzig Grad, eine typische schwüle Julinacht.

Logan ließ sich neben ihr nieder, sein Körper war angespannt und steif. Er streckte seine Beine auf der Treppe aus, sodass sie nur Zentimeter von ihren entfernt waren. Er war nah genug, dass sie die Hitze spüren konnte, die von ihm ausging – und die Wut.

Er nahm einen großen Schluck Wasser, verschloss die Flasche und stellte sie neben dem Gewehr ab.

»Dieser Kerl ist der Grund, warum du so versessen darauf warst, eine Waffe zu haben.« Seine Stimme strotzte vor Wut. »Er ist der Grund, warum du mich bei dir haben wolltest, zum Schutz. Matt oder wie auch immer er heißt. Dein Bruder.«

Sie versteifte sich. »Maddox. Und er ist nicht mein Bruder.«

»Du wusstest, dass er hier draußen war. Du wusstest, dass er nach dem Mädchen sucht, und hast es mir nicht gesagt.«

Sie blickte ihn trotzig an. »Ich muss mich vor dir nicht verteidigen.«

»Da hinten in der Straße liegt eine Leiche, die sagt, dass du es doch tust.«

Es war, als hätte man sie mit einem Schlag niedergestreckt. Der Schmerz ließ sie atemlos werden. Ein dumpfes Klingeln hallte in ihren Ohren wider. Sie war kein Monster; sie fühlte sich verdammt schuldig wegen Harlows Tod.

Er hatte recht. Sie wusste, dass er recht hatte. Was zum Teufel war mit ihr los? Sie sehnte sich danach, abzuhauen, wegzulaufen, irgendetwas zu tun, um diesem Gespräch aus dem Weg zu gehen, aber sie widerstand. Sie hatte das verdient.

Außerdem wusste sie, wie man Wut, Verachtung, Hass und sogar Gewalt ertrug. Sie hatte die Narben, um es zu beweisen. Sie konnte alles ertragen, was er ihr vorwarf.

»Ich liebe dieses Mädchen wie meine eigene Schwester«, zwang sie sich zu sagen. »Was spielt es für eine Rolle, ob sie blutsverwandt ist oder nicht? Meine eigene Tante – mein *eigenes* Fleisch und Blut – hat nichts getan, als sie ... Sie hat nichts getan. Wir hatten nur einander, und wir haben getan, was wir tun mussten, um zu überleben. Es ist mir egal, was andere sagen. Dieses Mädchen ist in meinem Herzen und in meiner Seele meine Schwester, und ich bin ihre.«

»Das ist mir egal«, sagte er langsam, jedes Wort betont, als kämpfte er darum, seine Stimme gleichmäßig zu halten. »Du wusstest, dass jemand da draußen nach dir sucht, jemand Gefährliches, und hast dir nicht die Mühe gemacht, es mir zu sagen?«

»Ich habe dir nicht getraut.«

»Du hast mich zum Schutz mitgenommen, mich aber im Dunkeln gelassen.«

»Das klingt lächerlich.«

»Das ist lächerlich!«

»Ich dachte, ich hätte es unter Kontrolle.«

»Unter Kontrolle?«, zischte er. »Willst du mich verarschen? An dieser Aussage sind so viele Dinge falsch, dass ich gar nicht weiß, wo ich anfangen soll.«

Sie spürte, wie er sie in der Dunkelheit anstarrte. Die Härchen in ihrem Nacken sträubten sich. Wieder musste sie all ihre Willenskraft aufbringen, um nicht wegzulaufen, ihm zu entkommen, dem Zorn und dem Urteil in seinen Augen zu entfliehen – und der heißen, sich windenden Scham in ihr.

Sie starrte geradeaus, ihre Augen brannten. »Vielleicht hätte ich die Dinge anders angehen sollen.«

Er schnaubte. »Du hast diesen Heldenkomplex, Dakota.«

»Was soll das denn bedeuten?«

»Du willst alle retten. Die Leute im Beer Shack und im Kino. Die Frau mit dem toten Baby. Die Sanitäter. Eden.«

»Wo ist das Problem?«

»Das Problem ist, dass du so stur bist, dass du versuchst, alles alleine zu machen.«

»Tu nicht so, als ob du mich kennst. Du weißt nichts über mich.«

»Ach nein?« Seine Stimme erhob sich. »Du denkst, du hast dich unter Kontrolle, aber du willst so verzweifelt den Helden spielen, dass dein Herz dein Gehirn durcheinander bringt und dich impulsiv und rücksichtslos macht. Am Ende bringst du Menschen in Gefahr, anstatt sie zu retten. Wie mache ich mich bis jetzt?«

Sie zuckte zusammen. Seine Worte ließen sie taumeln, als

hätte man ihr einen Tritt in den Hintern verpasst. »Wenigstens bin ich kein Säufer«, schoss sie zurück.

»Wage es nicht, mich hier ins Spiel zu bringen«, schnauzte er wütend. »Es geht hier um dich und um das, was du getan hast. Du spielst den Helden, aber du vertraust niemandem, dir zu helfen. Du versuchst, alles zu kontrollieren, aber das kannst du nicht. Du wolltest mir nicht vertrauen, also hast du mich absichtlich im Dunkeln gelassen, obwohl du mich zu deinem Schutz benutzen wolltest.«

Es war wahr. Jedes Wort davon. Sie hatte ihm nicht getraut.

Sie konnte niemandem ihr Schicksal anvertrauen. Das hatte sie auf die harte Tour gelernt. Die Menschen, die sich wirklich um einen kümmern sollten, waren diejenigen, die die meiste Macht hatten, einem weh zu tun. Diejenigen, die starben und einen zurückließen, allein und schutzlos. Diejenigen, die einen in eine Falle lockten, die einen belogen und betrogen. Diejenigen, die einen verletzten, nur weil sie es konnten.

»Du kannst nicht beides haben!«, sagte Logan.

Sie biss sich auf die Lippe und war plötzlich unfähig zu sprechen.

»Ich wusste nicht, dass ein Verrückter hinter dir her war. Ich wusste nicht, dass er gefährlich ist, weil *du* es mir nicht gesagt hast. Ich war unvorbereitet. Ich war unvorbereitet und jemand wurde getötet. Verstehst du das? Nancy Harlow ist tot. Und es hätte auch Eden sein können. Es hätte jeden von uns treffen können.«

Das sickerte endlich zu ihr durch.

Ihre Maske löste sich auf. Ihr Gesicht verzog sich. Alles, was sie hinter einer harten, stoischen Mauer zurückgehalten hatte, brach zusammen.

Sie war so wund und verletzlich wie eine offene Wunde.

»Ich weiß.« Ihre Stimme brach. »Ich weiß.«

KAPITEL 21
DAKOTA

Dakota war nicht gut darin, sich zu entschuldigen, aber es *tat* ihr leid. Es tat ihr mit jeder Faser ihres Wesens leid. Sie würde es ungeschehen machen, wenn sie könnte. Alles.

Logan hatte recht. Er hatte sie wie ein Buch gelesen. Sie war stur, kurzsichtig und verschlossen. Sie misstraute jedem, und ihre sprunghafte, misstrauische Art hatte sie alle in Gefahr gebracht. Sie hatte versucht, eine Situation unter Kontrolle zu bringen, die weit über das hinausging, was sie bewältigen konnte.

Es hatte ein Leben gekostet. Das nächste Mal könnte der Preis noch höher ausfallen.

Aber der Gedanke, sich ihm anzuvertrauen, verletzlich zu sein, erfüllte sie mit blankem Entsetzen.

»Ich verlange nicht, dass du mir deine Lebensgeschichte erzählst«, sagte er, als ob er ihre Gedanken lesen könnte. Seine Stimme wurde weicher. »Aber ich kann nicht tun, was ich tun muss, wenn ich nicht weiß, was los ist.«

Ihr Herz pochte, es war aufgerissen und wund. Heiße Tränen

brannten in ihren Augen. Sie blinzelte sie wütend zurück. »Das ist ... fair.«

»Wird er weiterhin hinter dir her sein?«

»Solange er lebt.«

»Noch jemand? Oder ist er allein?«

Sie fuhr mit dem Finger über das kühle, harte Metall der SIG in ihrem Schoß. »Ich weiß es nicht.«

Die alte Angst krallte sich in sie, schnürte ihr die Kehle zu und erfüllte sie mit kaltem Schrecken. Sie sehnte sich danach, zu rennen, bis ihre Beine nicht mehr konnten, zu schreien und zu kreischen, bis ihre Stimme versagte, zu schlagen und zu hämmern und mit bloßen Händen auf etwas einzuschlagen, bis ihr Fleisch zerfetzt, zerschrammt und blutig war.

Bis ihr Äußeres genauso schmerzte wie ihr Inneres.

Ihre Angst gab ihnen immer noch Macht über sie. Sie hasste das. Sie hasste es, wie sie sie verändert hatten, wie sie Angst davor hatte, sich auf jemanden außer sich selbst zu verlassen, wie sie misstrauisch und argwöhnisch gegenüber allem und jedem wurde – wie ein geprügelter Hund, erbärmlich und zusammengekauert, immer den nächsten Schlag erwartend.

Es war erbärmlich und demütigend und hatte nur dafür gesorgt, dass sie unglücklich, verbittert und allein war.

Sie riskierte es Logan, einen Blick zuzuwerfen. Er beobachtete sie immer noch. Ruhig, abwartend.

Sie wandte den Blick schnell ab. Ihre Kehle war trocken und schmerzte. Sie öffnete die Flasche Wasser, die er ihr angeboten hatte, und nahm einen Schluck.

Im Osten war ein weiteres Feuer ausgebrochen. Jetzt brannten fünf Feuer am Horizont. Aus dieser Entfernung sahen sie wie Lagerfeuer aus, die Glut warm und einladend.

Vielleicht konnte sie sich alles zurückholen – alles, was die Kommune ihr gestohlen hatte. Sich selbst zurückholen, einen langsamen, zögerlichen Schritt nach dem anderen. Vielleicht fing es damit an, dass sie mit den Lügen aufhörte – Schichten über Schichten von Lügen, die sich so hoch auftürmten, dass sie sie gar nicht mehr abbauen konnte.

Aber sie könnte es. Sie könnte damit beginnen, die Wahrheit zu sagen. Wenn nicht die ganze, dann wenigstens einen Teil davon.

Ihre Entschlossenheit wuchs mit jedem rauen Atemzug.

Einfach atmen. So hast du die Dinge durchgestanden. Ein Atemzug, dann noch einer. Sie würde auch das hier überstehen. *Eins, zwei, drei. Atmen.*

»Du hättest mir nicht geglaubt.« Sie konnte nicht verhindern, dass ihre Stimme bebte. Sie hasste diese Schwäche in sich, aber sie konnte es nicht verhindern. Alles, was sie tun konnte, war weiterzumachen. »Du wärst nicht mitgekommen. Wenn ich gesagt hätte: *Hey, ich war in einer gewalttätigen Sekte gefangen, aber ich bin mit der Tochter des Sektenführers weggelaufen. Ich hatte nicht ihre Erlaubnis, also ja, nenn es Entführung, wenn du willst. Ach ja, der Sohn des Sektenführers ist auch hinter mir her, und er hat mich zufällig gefunden, kurz bevor die ganze verdammte Stadt explodiert ist. Er ist ein hartnäckiger Psychopath, also ist er wahrscheinlich immer noch hinter mir und dem Mädchen her, das ich gestohlen habe. Willst du bei diesem heiklen Scheiß mitmachen?* Was hättest du getan? Du wärst so schnell wie möglich in die andere Richtung gelaufen. Du hättest mich für verrückt gehalten. Das tust du wahrscheinlich auch jetzt.«

Er sagte lange Zeit gar nichts.

Sie lauschte auf sein langsames, gleichmäßiges Atmen und den Schlag ihres eigenen Herzens.

»Erzähl es mir«, sagte er schließlich.

Sie fröstelte trotz der Hitze. Es fühlte sich an, als hänge sie über dem Rand einer Klippe, ohne Seil und niemanden, der sie sicherte. Eine falsche Bewegung und sie würde Hunderte von Metern in die Tiefe stürzen und sich den Schädel an den rauen, unbarmherzigen Felsen aufschlagen.

Sie konnte ihr hartes, undurchdringliches Erscheinungsbild nicht durchbrechen, das sie sich hatte aneignen müssen, um im Heim, auf der Straße und in den Wohngruppen zu überleben, konnte die Überzeugungen, die sie am Leben hielten, nicht einfach vergessen: *Jeder ist darauf aus, dich zu benutzen und zu missbrauchen. Vertraue niemandem außer dir selbst. Überlebe um jeden Preis.*

Rosemaries Worte von vor all den Jahren kamen ihr wieder in den Sinn. »Ich habe Angst«, hatte Dakota in den Momenten gesagt, bevor Rosemarie ihr die Torschlüssel in die zitternden Hände drückte und ihr sagte, sie solle Eden nehmen und weglaufen. »Die Angst will nicht verschwinden.«

»Kind, die Angst geht nie weg«, hatte Rosemarie sanft gesagt. »Du musst es einfach trotzdem tun. Tu es trotz der Angst.«

Tu es trotz der Angst.

Etwas löste sich in ihrer Brust. Sie öffnete den Mund, und bevor sie es sich anders überlegen konnte, sprudelten die Worte heraus. »Ich bin dorthin zu meiner Tante gezogen, als ich zehn war, nachdem meine Eltern und meine Familie bei einem Autounfall ums Leben gekommen sind. Ich hatte keine andere Wahl.

Sie leben wie die Amish – auf dem Land, auf einem Bauernhof. Ich sage nicht, dass das schlecht ist, das war es nicht ... Es war alles anders. Das sind verrückte religiöse Leute. Streng und ... schrecklich.«

»Was hat Eden mit all dem zu tun?«

»Edens Vater ist Solomon Cage. Er ist der Anführer der River Grass Kommune. Er ist ein furchtbarer Mann. Aber er ist nicht der Anführer des Ganzen. Das ist der Prophet, sein Bruder. Er ist noch schlimmer. Er sagt, Gott habe ihn geschickt, um Amerika zu retten. Alle beten ihn an, als wäre er ein Engel ... oder vielleicht sogar Gott selbst.

Der Prophet reist umher. Er hat andere Kommunen. Es ist eine große Gruppe. Ich weiß nicht, wie groß. Sie sind Hirten, die sich die *Auserwählten* nennen. Sie haben Waffen. Sie handeln wie Soldaten. Die Armee Gottes. Ich kenne die Details nicht. Die Frauen durften davon nichts wissen.

Ich weiß nur, dass Solomon seine Tochter nicht vergessen wird. Und der Prophet ... wird sie auch nicht aufgeben.«

Einen Moment lang war es still.

Ein Autoalarm ging los. Sie sah die Brände am Horizont glühen.

»Was meinst du?«

Ihre Worte waren bitter wie Asche auf ihrer Zunge. »Das tut doch jede Sekte in der Geschichte der Welt, oder? Sie benutzen und missbrauchen ihre Frauen und Mädchen. Es ist die gleiche alte, verdrehte Geschichte. Der Anführer manipuliert seine anbetenden, gehirngewaschenen Anhänger für Geld und Sex.

Der Prophet sucht sich bestimmte Mädchen als Ehefrauen aus und sagt, Gott habe sie auserwählt. Er predigt, dass die Bibel wörtlich zu nehmen ist. Wenn die sogenannten Helden der Bibel es getan haben, dann ist es für ihn als auserwählten Propheten des Herrn auch in Ordnung. Jacob hatte zwei Ehefrauen. David hatte einen Haufen. Solomon hatte etwa siebenhundert.«

»Sind sie Mormonen?«, fragte Logan leise.

»Nein, sie sind etwas anderes. Erinnerst du dich an die David-Koresh-Sekte in Waco, Texas? All diese Kinder, die starben? Wir hatten ein paar Männer, die diese Sekte überlebt haben, in der Kommune. Sie haben sich vor etwa zwanzig Jahren von einer anderen Religion abgespalten. Ich weiß nicht mehr, welche es war. Mennoniten oder so etwas in der Art. Ich bezweifle, dass das wichtig ist.

Der Prophet begann zu predigen, dass Gott ihm eine neue, gegenwärtige Wahrheit offenbart hat, dass bestimmte Menschen etwas Besonderes sind, die Reinen, die Auserwählten, die aus der Kirche herausgerufen wurden, um etwas Neues zu beginnen, das von Gott bestimmt wurde, um sie vor der Zeit des Unheils zu bewahren – der kommenden Herrschaft von Feuer und Schwefel.«

Sie starrte auf ihre Hände hinunter, die sich um den Griff der SIG schlossen. Sie war nicht hilflos. Sie war nicht mehr dort. Doch selbst darüber zu reden erfüllte sie mit Angst und überflutete ihren Geist mit den schrecklichen Erinnerungen – der ständigen Angst, Scham und Schuld.

Ihre Brust zog sich zusammen. Es fiel ihr schwer, zu atmen.

»Es klingt verrückt, wenn man es laut ausspricht«, flüsterte sie. »Aber es zu erleben ... Diese Menschen glauben tatsächlich an ihn. Sie glauben, dass er für Gott spricht. Sie glauben, dass er sie vor dem Ende der Welt bewahren wird. Was auch immer er sagt ... es ist, als würde Gott selbst es sagen.«

Sie nahm einen tiefen Atemzug. »Kurz bevor wir geflohen sind ... sagte der Prophet, Gott habe ihm gesagt, er solle Eden zu seiner Braut machen.«

Logan erstarrte neben ihr. »Sie ist die Nichte dieses Propheten.«

»Maddox hat mir einmal erzählt, dass sein Vater adoptiert wurde, dass sie keine leiblichen Brüder waren und er deshalb nicht ihr Blutsverwandter ist. Aber das macht für mich keinen Unterschied. Nicht, wenn Eden noch ein Kind war. Sie ist fünfzehn, aber sie ist so behütet und traumatisiert worden, dass sie geistig eher zwölf ist.«

»Mit fünfzehn ist sie immer noch ein Kind, egal wer sie ist oder was sie erlebt hat.«

»Maria war erst vierzehn, als sie Josef heiratete. So haben sie es gerechtfertigt.« Dakota wurde übel, als sie die Worte laut aussprach. »Sie wollten warten, bis sie ihre Periode bekam, das heilige Zeichen der Weiblichkeit oder so ein Scheiß. Aber sie würde dem Propheten sofort übergeben werden. Sie sollte mit seinen anderen Frauen in einer seiner Siedlungen leben.

Als ich davon erfuhr, wusste ich sofort, dass ich etwas tun musste. Ich ... ich konnte das nicht einfach geschehen lassen.«

»Nein«, sagte er langsam. »Ich schätze, das konntest du nicht.«

Den Rest konnte sie ihm nicht erzählen. Es war zu viel, zu dunkel und hässlich.

»Und der Bruder? Der, von dem Maddox sagte, du hättest ihn ermordet?«

Sie schloss die Augen vor dem Anblick der Leiche, den weit aufgerissenen Augen, dem Blut, das so dunkel war, dass es fast schwarz aussah. »Kollateralschaden.«

KAPITEL 22
DAKOTA

Mehrere Minuten lang sprach keiner von ihnen.

»Ich weiß, es klingt unglaublich«, sagte Dakota.

»Ich glaube es«, sagte er, ohne zu zögern.

Sie hörte ihn kaum. »Ich weiß, dass es sich anfühlt, als ginge die Welt gerade unter, aber Gräueltaten in kleinerem Maßstab geschehen jeden Tag. Man erfährt nur nicht in den Nachrichten oder auf Facebook oder Twitter davon.« Sie holte tief Luft. *Sag es einfach.* »Der Prophet wollte sie nach Missouri bringen, um sie zu heiraten.«

»Wie kann das überhaupt legal sein?«

»Mit der Zustimmung eines Richters und der Unterschrift eines Elternteils ist es in etwa der Hälfte der Staaten erlaubt. Es gibt kein Mindestalter, das gegen das Gesetz verstößt. Mit dem Einverständnis der Eltern können sogar Zwölfjährige heiraten – hier werden jedes Jahr Tausende von Kindern verheiratet. Niemand glaubt, dass es *hier* passiert, aber das tut es. Draußen in der Provinz, in ländlichen Gebieten wie den Everglades, kümmert sich sowieso niemand darum, was passiert. Nicht der Gouverneur, nicht der Sheriff, niemand.

Sie lassen einen glauben, dass es normal ist. Dass es so sein soll. Mädchen und Frauen sind gut zum Kochen, Putzen und für die Kindererziehung. Männer sind diejenigen, die nach Gottes Ebenbild geschaffen wurden. Der Prophet erlaubte Frauen nur, bestimmte Teile der Bibel zu lesen. Er sagte, einige Teile seien *jenseits unseres Verständnisses* geschrieben.«

Sie lächelte verbittert. »Er hat alle Teile über Liebe, Vergebung und Gleichheit weggelassen. Oder Barmherzigkeit.«

Die Erinnerungen an den Raum der Barmherzigkeit färbten ihren Geist wie Blut. Sie verdrängte sie.

»Was ist mit Maddox?«, fragte Logan.

»Maddox, er … war nicht immer so. Er war wütend und vereinnahmend, aber er war kein Mörder, nicht so wie jetzt. Er war das schwarze Schaf seiner Familie, brach immer die Regeln und geriet in Schwierigkeiten, so wie ich. Wir waren die Einzigen, die nicht alles mitgemacht haben – die an dem Quatsch gezweifelt haben, den der Prophet allen eingetrichtert hat.

Er nahm mich immer im Luftkissenboot mit, wenn niemand aufpasste. Wir verbrachten Stunden um Stunden in der Wildnis der Glades. Dort draußen war es egal, was sein Vater über uns beide sagte. Er war … anders.

Aber sein Vater verdrehte ihn mit seinem Hass und seiner Schuld, ließ ihn glauben, Liebe sei eine Schwäche, die man mit einer guten Tracht Prügel auslöschen müsse. Und als das nicht funktionierte, zwang ihn sein Vater dazu …« Sie verstummte.

Logan wurde ganz still. »Was meinst du?«

Aber sie schüttelte nur den Kopf, unfähig, die Hässlichkeit in Worte zu fassen.

Die Vorstellung des Propheten von Disziplin war biblisch. Wenn dein Auge gesündigt hat, steche es aus. Wenn deine Hand gesündigt hat, hacke sie ab. So weit war er zwar nicht gegangen, aber weit genug.

Schläge, Auspeitschungen, Brandmarkungen. Ausgeteilt, um die Seelen von allem Sündigen zu retten, damit es barmherzig genannt werden konnte.

Die Haut auf ihrem Rücken kribbelte, die Narben juckten und schmerzten plötzlich. Die Bilder stürmten auf sie ein, ob sie es wollte oder nicht. Der dunkle, schmuddelige Raum, der Betonboden, der mit roten Flecken übersät war. Der dicke Holztisch in der Mitte. Die Handschellen.

Für den Rest ihres Lebens würde sie den unverwechselbaren, versengten Gestank von verbranntem Fleisch nicht mehr vergessen. Das und den Schmerz – den Schmerz, der durch ihren Körper pochte, jede Verbrennung pulsierte wie ein winziges Herz, mit einer rasenden, weißglühenden Hitze.

Der Schweiß rann ihr über Gesicht und Rücken, ihr Herz klopfte so heftig, dass sie es in ihren Zehen, ihren Fingerspitzen, ihrem Schädel spürte; ihre Beine zitterten und traten vergeblich, ihr Körper wand sich unkontrolliert, das Metall der Handschellen scheuerte an ihren Handgelenken; ihr Atem kam in kurzen, raschen Atemzügen aus ihrer Brust, ihre Lungen kollabierten, während der Schmerz ihren ganzen Körper umklammerte.

Sie konnte nie genug Sauerstoff bekommen. Es war, als würde sie auf dem Trockenen ertrinken.

Sie kämpfte darum, sich auf etwas anderes als den Schmerz zu konzentrieren, sich an etwas zu klammern, an irgendetwas. *Eins, zwei, drei. Atmen.*

Jeder Atemzug war ein weiterer Moment, eine weitere Sekunde, die sie ertragen hatte und die sie nie wieder würde ertragen müssen. Diesen Atemzug durchstehen, diesen Moment, und dann den nächsten und den nächsten.

Es tut mir leid, flüsterte Maddox, außer Hörweite seines

Vaters. Oder: *Es ist jetzt vorbei. Es ist vorbei.* Erst gegen Ende sagte er: *Du hast mich dazu gebracht. Du hast es verdient. Es ist alles deine Schuld.*

Es war eine verrückte Kuriosität der Psychologie, dass eine gefolterte Seele jemals eine Verbindung mit ihrem Peiniger herstellen konnte, und doch geschah es. Ein Moment der Sanftheit, ein bisschen Mitgefühl inmitten der Qualen, wie Manna in der Wüste.

Logan räusperte sich und holte sie schnell in die Gegenwart zurück.

»Es war schlimm«, sagte sie leise. »Für uns beide.«

»Du ... Hast du ihn geliebt?«, fragte er.

Sie holte scharf Luft. »Nicht so. Aber er tat es. Damals habe ich es nicht verstanden. Aber im Nachhinein weiß ich, dass er es tat, auf seine eigene gebrochene Art.«

»Und jetzt will er dich töten?«

Sie sagte nichts über Maddox Gesichtsausdruck, als er den Raum betrat und seinen Bruder blutend auf dem Boden liegen sah. Der Verrat in seinen Augen. Die Wut. »Manchmal verwandelt sich Liebe in einen noch stärkeren Hass.«

»Das ist wohl wahr.«

»Es gibt Menschen, die furchtbare Dinge ertragen müssen. Dinge, die sich andere Menschen nicht einmal vorstellen können. Manche können sich befreien und ein neues Leben beginnen. Andere sind gebrochene, lebenslange Opfer, die nie etwas anderes glauben als das, was man ihnen beigebracht hat. Wieder andere sehen die Wahrheit, sind aber zu verletzt, um die harte Arbeit zu leisten, sich selbst zu bessern.«

»Welcher Typ ist er?«

»Auf Maddox Cage trifft das Letzte zu. Sie haben ihn so lange verdreht, bis sie etwas Entscheidendes in ihm zerbrochen haben, etwas, das nicht mehr repariert werden kann.«

»Das ist ... eine Menge zu verkraften«, sagte Logan.

»Damals habe ich das nicht verstanden. Ich war noch ein Teenager.«

»Bist du das nicht immer noch?«

»Was?«

Er zog die Brauen hoch. »Wie alt bist du?«

Sie verzog das Gesicht. »Noch neunzehn, obwohl ich mich manchmal wie vierzig fühle.«

»Du verhältst dich so.«

»Ein Mensch kann genug für ein ganzes Leben leiden, bevor er alt genug ist, um Auto zu fahren.«

Er starrte hinaus in die Dunkelheit. »Das stimmt.«

Mehrere Häuserblocks entfernt fielen Schüsse. Es klang näher.

Dakotas Herzschlag beschleunigte sich. Ihre Augen blickten angestrengt, um mögliche Bedrohungen zu erkennen. Eine ganze Minute lang schwiegen beide, während sie die dunklen Schatten um sie herum auf Bewegungen hin untersuchten.

Es war nichts zu finden.

»Diese Leute an diesem Ort.« Logans Stimme war sanft, die Wut von vorhin verschwunden. »Sie sind Wölfe im Schafspelz. Sie sind das pure Böse.«

»Das ist das Verrückte. Sie waren nicht alle schlecht. Sie waren nicht alle böse.« Sie drehte die Waffe in ihren Händen, wieder und wieder. Ihre Finger zitterten. Sie konnte nichts dagegen tun.

Sie sah den Raum der Barmherzigkeit immer wieder vor ihrem inneren Auge, spürte die Verbrennungen erneut.

Eins, zwei, drei. Atmen. Sie atmete ein, atmete aus. Dieser Ort war weit entfernt. Sie war ihnen entkommen. Sie konnten ihr nicht mehr wehtun – es sei denn, sie ließ es zu.

»Das hat die schlimmen Dinge, die passiert sind, noch viel

schlimmer gemacht«, sagt sie. »Denn die restliche Zeit waren die Menschen freundlich und fast normal.«

»Klingt, als hättest du die Definition von normal vergessen.«

Sie stieß ein Schnauben aus. Und dann, bevor sie sich zurückhalten konnte, lachte sie. Es war ein hoher, hysterischer Laut, der aus der Mitte ihrer Brust aufstieg. Sie bedeckte ihren Mund mit der Hand, um niemanden im Motel zu wecken.

»So lustig war das nicht«, sagte er.

Im schwachen Mondlicht konnte sie das Schimmern seiner Zähne erkennen. Er grinste.

Auf der Straße und in den Gruppenpflegeheimen hatte sie schnell gelernt, sich zurückzuhalten. Selbsterhaltung um jeden Preis war das Gebot der Stunde.

Sei hart, zeige keine Schwäche, zeige niemandem auch nur einen Hauch von Verwundbarkeit. Halte dich dicht an der Wand, sonst droht die Gefahr, dass du in den Rücken gestochen wirst.

Es war eine unglaublich einsame Art zu leben.

Aber jetzt fühlte sie sich zum ersten Mal seit langer Zeit nicht mehr so allein.

»Es tut mir leid«, sagte sie und meinte es auch so. »Es tut mir leid.«

»Ich weiß«, sagte Logan.

KAPITEL 23
MADDOX

Maddox taumelte zurück zur Straßenecke, zu dem Mann mit dem Handy.

Mit zitternden Händen zog er seine Beretta und richtete sie auf die Brust des Mannes. »Gib mir das Telefon.«

Dem Mann blieb der Mund offen stehen.

»Sofort!«, rief Maddox.

Erschrocken hielt der Mann das Handy in der Hand. Maddox schnappte es sich. »Wie lautet der Passcode?«

»14502.« Der Mann hob die Hände, seine Augen leuchteten vor Angst. Sein wabbeliger weißer Bauch hing über seine Shorts. Seine Achselhöhlen waren so blass wie sein gewaltiger Bauch. »Hey Mann, ich dachte, wir wären cool. Ich habe dir gegeben, was du wolltest.«

Maddox lächelte und hielt die Waffe auf die Brust des Mannes gerichtet. Die Angst des Mannes bestärkte ihn. Er war derjenige, der das Sagen hatte. Er hatte die volle Kontrolle über die Zukunft dieses Mannes. Leben oder Tod, mit dem Wurf einer Münze.

»Erschieß mich nicht«, flehte der Mann, während ihm jämmerliche Tränen über die dicken Wangen liefen.

Maddox beobachtete ihn, aber er sah nicht den Verlierer vor sich. Er stellte sich Dakota vor, wie sie auf den Knien um ihr Leben bettelte, stellte sich vor, wie er sich endlich für all den Schmerz, das Leid und die Demütigung rächen würde, die sie ihm zugefügt hatte.

Eine lodernde Wut durchfuhr ihn, ein roter Nebel aus Zorn explodierte hinter seinen Augen.

»Du musst nicht ...«

Maddox drückte den Abzug. Der Schuss hallte in seinen Ohren. Er beobachtete mit großer Genugtuung, wie sich die Augen des Mannes vor Überraschung weiteten. Männer waren immer überrascht, wenn sie starben, als würde es nicht jedem Menschen in der Geschichte passieren.

Der Mann sank auf die Knie, sein Mund öffnete und schloss sich wie der eines Fisches. Er sackte auf den Bürgersteig und bewegte sich nicht.

Ein Vorhang flatterte im vorderen Fenster des Hauses an der Ecke, aber niemand kam heraus.

»Danke für das Telefon«, sagte Maddox zu der Leiche. »Gott segne deine Seele.«

Er straffte seine Schultern und fühlte sich bereits besser. Die Wut und das Adrenalin, die ihn durchströmten, gaben ihm die Kraft, über die Straße zum Schulgelände zu stolpern. Er überprüfte die Adresse, die auf einem Messingschild an der Eingangstür der Schule eingraviert war.

Er schaltete das Telefon an und tippte den Passcode ein. Seine Hände waren so verschwitzt, dass er es dreimal versuchen musste. Zwei Signalbalken in der oberen Ecke des Bildschirms. Das war gut.

Er wählte die Nummer, die er auswendig gelernt hatte. *Der Gesprächspartner ist zurzeit nicht verfügbar, bitte versuchen Sie es erneut ...* Er wählte eine zweite Nummer. Dieselbe Antwort. *Der Gesprächspartner ist zurzeit nicht verfügbar ...*

Er ließ sich gegen die Stuckwand des Schulgebäudes sinken, mit dem Hintern im Gras. Das Gras war dicht, steif und stachelig. Ein paar Meter entfernt war ein Ameisenhaufen an der Wand. Er beäugte ihn misstrauisch. Er war sich nicht sicher, ob er die Kraft hatte, sich zu bewegen, selbst wenn die Ameisen anfingen, ihn zu beißen.

Maddox entschied sich für eine SMS. Der frühere Besitzer des Telefons hatte gesagt, dass SMS auch dann ankamen, wenn Anrufe nicht durchgingen. Das war alles, was er noch tun konnte. Er schrieb beiden Nummern eine SMS. *Hier ist Maddox. Ich brauche eine sofortige Evakuierung. Adresse 1333 5th Court in Wynwood. Eine Schule. Reichlich Platz zum Landen.*

Er wusste nicht, wie lange er gewartet hatte. Vielleicht eine Minute, vielleicht dreißig.

Das Telefon vibrierte in seiner Hand. *Hast du die Pakete?*

Er verzog das Gesicht, als er die Antwort abschickte. Eine Minute nachdem er auf »Senden« getippt hatte, verschwanden die Balken in der oberen Ecke. *Kein Empfang.*

Nun wartete er wieder.

Die Dämmerung ging in die Nacht über. Die Wolken verdeckten die Sterne. Das Zirpen der Zikaden erfüllte die heiße Luft.

Er wurde immer wieder ohnmächtig. In seinen Fieberträumen kniete Dakota immer noch vor ihm, die Hände in verzweifeltem Flehen, fast in anbetungsvoller Verehrung, geballt.

Und dann lachte sie ihn aus, verspottete ihn, verhöhnte seine Feigheit, sein Versagen, seine Schwäche. Seine Ohnmacht.

Er wachte durch Schüsse und Schreie in der Ferne auf. Er war zu krank, um auch nur um die Ecke zu kriechen. Er blieb, wo er war.

Irgendwann am frühen Morgen öffnete er seine erschöpften Augen und sah, wie die Morgendämmerung den Himmel über den Palmen rosa färbte.

Das knatternde Geräusch eines Hubschraubers ging über ihm nieder. Der Hubschrauber landete mitten auf dem Spielfeld, die Rotoren dröhnten, die Palmwedel peitschten, der Wind schlug ihm ins Gesicht und brannte in seinen Augen.

Der Hubschrauber war weiß mit blauer Aufschrift: *Miami Sand and Sea Air Tours*. Die Männer seines Vaters waren gekommen, um ihn zu holen.

Sein Vater würde wütend sein. Aber das spielte keine Rolle.

Es war nicht alles verloren. Er konnte Eden immer noch finden. Er würde Dakota trotzdem zur Rechenschaft ziehen. Dieses Mal würde es keine Gnade für sie geben – da war er sich absolut sicher.

Und Maddox wusste genau, wohin sie gingen.

KAPITEL 24
EDEN

Edens Magen war heiß und mulmig, ihre Eingeweide verdrehten sich, als hätte sie ranziges Fleisch verschluckt. Sie zitterte, ihre Haut war kalt und klamm, obwohl das Fieber in ihrem Inneren brannte.

Ihr Block lag neben ihr auf dem Sitz, aber ihr war nicht nach Zeichnen zumute. Sie hatte keine Lust, irgendetwas anderes zu tun, als sich zusammenzurollen und die kaputte Welt zu vergessen, ihre Krankheit, Maddox – alles das zu vergessen.

Sie saß auf dem Rücksitz hinter Logan. Shay saß in der Mitte, und Dakota kauerte mit ihrer Waffe auf dem hinteren Sitz und hielt Wache. Mr. Wilburn saß immer noch am Steuer.

Der Asiate mit dem gebrochenen Arm, Park, saß zusammen mit einem älteren Kubaner namens Julio hinten. Julio hatte angeboten, auf der Ladefläche mitzufahren, damit Eden die Klimaanlage im Inneren nutzen konnte. Er schien nett zu sein.

Alle schienen nett zu sein, aber vor Logan hatte sie Angst. Er war einschüchternd – groß und muskulös, mit einer ganzen Reihe von Tätowierungen auf seinen Armen. Er lächelte nie und sah sie nicht einmal an.

Dakota schien ihn allerdings zu mögen. Sie unterhielten sich oft in leisem, gehetztem Flüsterton.

Aber sie wollte nicht an Dakota denken.

Mit trüben Augen starrte sie aus dem Fenster auf die vorbeiziehende Landschaft. Es war nichts, was sie jemals zuvor gesehen hatte.

Die meisten Geschäfte waren geplündert worden. Zerdrückte Pappkartons, Styroporstücke und Fetzen von Plastikverpackungen lagen auf den Straßen und Gehwegen verstreut und vermischten sich mit den in der Sonne glitzernden Glasscherben.

Die Fenster der Gebäude waren mit Sperrholz vernagelt, als ob sich alle auf einen Hurrikan vorbereiten würden. An den Wänden der Geschäfte prangten Graffiti. Ein paar Leute sammelten den Müll vor ihren Geschäften auf. Andere kamen aus den Lebensmittelgeschäften und Minimärkten und trugen die Reste von allem, was sie finden konnten – Gatorade, Schokoriegel, Windeln, Toilettenpapier.

In den Stadtvierteln, durch die sie kamen, waren mehr Menschen im Freien. Einige drängten sich in Gruppen zusammen, andere holten ihre Gartenstühle heraus und saßen einfach in ihren Gärten oder Carports, fächelten sich Luft zu und tranken das letzte Wasser oder Bier.

Alle starrten sie an, schwitzend, mit müden Augen, geschockt.

Hier gab es keine gepflegten Rasenflächen oder ausgefallene Swimmingpools. Unkraut durchdrang den rissigen Bürgersteig. Die tristen, gedrungenen Häuser waren abgesackt, rostige Maschendrahtzäune umgaben winzige, schäbige Höfe. Ein Rottweiler an einer Kette bellte bösartig und rannte in der Furche hin und her, die seine Pfoten in die Erde gegraben hatten.

Logan und Dakota hielten ihre Waffen gut sichtbar in Position, sodass niemand versuchte, sich dem Pick-up zu nähern. Ein paar andere Autos fuhren herum, aber nicht viele.

Die Hitze schimmerte auf dem Asphalt. Die schwüle Luft roch nach Schweiß, Rauch und dem Gestank von verrottendem Müll in leeren, überhitzten Häusern und in überquellenden Mülltonnen am Straßenrand. Es gab niemanden, der den Müll abholte.

Das Radio lief eine Weile, aber es wiederholte nur die gleichen alten Informationen: Evakuierungsrouten und Standorte von Notlagern für Lebensmittel, Wasser und medizinische Versorgung.

Die einzige Neuerung war eine obligatorische stadtweite Ausgangssperre für alle Bürger, mit Ausnahme von Rettungs- und Ordnungskräften, um Punkt 19 Uhr. Jeder, der sich nach Einbruch der Dunkelheit draußen aufhielt, wurde verhaftet, strafrechtlich verfolgt und inhaftiert.

Schließlich schaltete Logan das Gerät aus.

»Geht es dir gut?«, fragte die Pflegeschülerin, Shay, sie leise.

Ihr ganzer Körper fühlte sich an, als würde er von innen heraus verbrennen. Kribbelnder Schweiß sammelte sich an ihrem Haaransatz. Ihr feuchtes Shirt klebte an ihrer Haut. Aber sie hatte es geschafft, sich nicht in den kleinen Plastikmülleimer zu übergeben, den Dakota aus dem Motelzimmer gestohlen hatte. Noch nicht.

Eden zwang sich zu nicken.

An den gestrigen Tag durfte sie sich nicht erinnern. Wenn sie daran dachte, krampfte sich ihr Magen vor Angst, Schrecken und Verwirrung zusammen. Nichts ergab einen Sinn.

Sie war überglücklich gewesen, ihren Bruder zu sehen, aber diese Freude hatte sich in blankes Grauen verwandelt, als er ihr ein Messer an die Kehle gehalten hatte – und dann in Entsetzen, als er diese Frau getötet hatte.

Genauso schnell verwandelte sich das Entsetzen in Trauer. Ihr anderer Bruder, Jacob, war tot. Dakota hatte ihn getötet.

Das war verrückt. Warum sollte Dakota so etwas tun? Aber Dakota hatte es nicht geleugnet. Hatte Dakota Eden wirklich gekidnappt? Auch das hatte Dakota nicht geleugnet. Wenn es stimmte, dann hatte Dakota sie verraten, hatte ihre ganze Familie verraten.

Eine plötzliche Wut stieg von irgendwo tief in ihr auf. Sie sog den Atem ein und versuchte verzweifelt, ihn zu unterdrücken. Mit der Wut kam die Scham und die unmittelbare, reflexartige Angst vor diesen verbotenen Gefühlen – Groll, Bitterkeit, Hass, Wut.

In der Kommune durfte man nicht wütend werden. Das war nicht erlaubt. Zorn war eine schwere Sünde, ein Zeichen dafür, dass der Teufel selbst in der Seele Fuß gefasst hatte. Ihr ganzes Leben lang war sie gelehrt worden, sanftmütig, mild und akzeptierend zu sein, denn alles kam vom Herrn oder vom Propheten – sowohl Gutes als auch Böses war der Wille des Herrn.

Es spielte keine Rolle, dass ihre Zeit in der Kommune schon drei Jahre her war. Manchmal kamen all die alten Gedanken und Gefühle in einem einzigen Herzschlag zurück.

Ihre Gedanken verschwammen, alles war verworren und durcheinander. Sie wusste nicht, was sie tun oder wie sie sich fühlen sollte. Sie konnte das alles nicht einmal ansatzweise verarbeiten – ihre ganze Welt wurde auf den Kopf gestellt, während gleichzeitig die reale Welt um sie herum zusammenbrach.

Sie wollte einfach nur, dass alles wieder so war wie vorher. Sie vermisste ihre Pflegeeltern, Gabriella und Jorge Ross. Sie wussten immer, wie man sie aufmuntern konnte. Sie gaben ihr das Gefühl von Sicherheit.

Sie werden nie mehr zurückkommen. Sie sind so tot wie Jacob.

Sie biss sich auf die Unterlippe, um nicht zu weinen. Als sie zwei Tage lang im Badezimmer im Dunkeln gefangen war, dachte sie, dass alles gut werden würde, sobald sie gerettet wurde.

Aber das stimmte nicht.

Sie war verängstigt und krank und von Fremden umgeben. Dakota war ihr von allen am wenigsten vertraut. Eden hatte so viele Fragen, aber sie hatte zu viel Angst vor den Antworten, um auch nur eine einzige zu stellen.

Ein Gedanke nagte in ihrem Hinterkopf, dunkel und hässlich. Etwas, das sie nicht ertragen konnte, auch nur zu denken. Also tat sie es nicht.

Sie lehnte ihren Kopf gegen den Sitz und kämpfte gegen eine Welle der Übelkeit an. Ihr Magen krampfte sich zusammen. Ihr Gehirn fühlte sich an, als ob es von innen heraus kochen würde.

»Da ist etwas vor uns«, sagte Logan mit fester Stimme.

Alle waren angespannt.

Der Pick-up fuhr ruckartig auf den Bordstein, als Mr. Wilburn das Lenkrad nach rechts riss, um einen Müllwagen zu umfahren, der mitten auf der Straße liegen geblieben war.

»Was zum Teufel ...«, sagte Dakota.

»Es sieht aus wie ein Kontrollpunkt«, sagte Mr. Wilburn.

»Es *war* ein Kontrollpunkt«, sagte Dakota.

Mr. Wilburn hielt vor einer langen Reihe von Autos an. Vier Polizeiautos waren auf der anderen Straßenseite geparkt, sechs Betonbarrieren standen schräg vor ihnen. Mehrere große weiße Zelte des Roten Kreuzes standen auf einem Parkplatz direkt an der Straße. Sie schienen leer zu sein.

Es waren nirgendwo Menschen zu sehen.

Jedenfalls keine Menschen, die noch leben.

»Leichen«, sagte Dakota leise.

Kleine Metallstücke glitzerten überall auf der Straße. Aus ihrer Zeit in der Kommune und den Filmen, die ihre Pflegeeltern sie sehen ließen, wusste Eden, was das war – Patronenhülsen.

Die Polizeiautos waren mit Einschusslöchern übersät. Einige der normalen Autos hatten ebenfalls Einschusslöcher. In einigen der Autos saßen Menschen. Tote Menschen. Blut befleckte die Straße wie Farbkleckse.

Logan steckte seinen Kopf aus dem Fenster und betrachtete die Szene. »Sieht aus, als hätten sie versucht, einen Kontrollpunkt einzurichten, um den Verkehr zu kontrollieren, und wurden überrannt.«

»Von wem?«, fragte Mr. Wilburn. »Wer schießt denn auf Polizeibeamte?«

Mrs. Wilburn warf ihrem Mann einen ungläubigen Blick zu. »Wer schon? Banden.«

»Die Blood Outlaws versuchen, die Stadt zu übernehmen«, sagte Dakota.

»Warum überrascht mich das nicht?«, fragte Mrs. Wilburn. »Sie versuchen dieses Kunststück schon seit einem Jahrzehnt.«

»Ich sehe nur vier Uniformierte«, sagte Logan. »Sie waren unterbesetzt. Ein Haufen Bandenmitglieder mit automatischen Waffen haben sie angegriffen. Es ist nicht schwer zu verstehen, wie sie überwältigt wurden.«

»Wie weit sind wir vom Flughafen entfernt?«, fragte Dakota.

Shay sah auf die Karte in ihren Händen hinunter. Sie fuhr mit dem Finger eine der kleinen Linien entlang. »Sieht aus, als wären es noch etwa fünf Kilometer. Wir können zurücksetzen und es umfahren.«

»Lasst uns das tun«, sagte Logan.

Mrs. Wilburn stieß einen gequälten Seufzer aus.

Mr. Wilburn wendete den Pick-up und fuhr rückwärts, wobei er mit den Kotflügeln einiger Autos zusammenstieß. Mit jedem Ruck und jeder Erschütterung machte sich Übelkeit in Edens Innerem breit. Trotz der Klimaanlage rannen ihr Schweißperlen über das Gesicht.

Sie schloss die Augen. Lichter tanzten hinter ihren Augenlidern, alles drehte sich vor Schwindel. Sie versuchte, keinen der toten Körper vor ihrem geistigen Auge zu sehen, versuchte, die Klinge des Messers nicht an ihrem Hals zu spüren.

Und sie versuchte, sich nicht vorzustellen, wie die Strahlung in ihre inneren Organe eindrang und sie langsam von innen heraus vergiftete.

Es klappte nicht.

KAPITEL 25
LOGAN

Logan suchte die Gegend vorsichtig ab und wechselte zwischen der Straße vor ihnen und den Seitenstraßen hin und her. Sie waren von der 28th Street abgefahren, weil diese zu einem Parkplatz geworden war. Jetzt schlängelten sie sich westlich entlang der 36th Street.

Diese Straße war nicht so verstopft. Dutzende von Fahrzeugen blockierten immer noch den Seitenstreifen, aber es gab genug Platz, um sich vorbeizudrängen. Auch draußen liefen mehr Menschen umher, was Logan nervös machte.

Gelegentlich fuhren sie an Leichen am Straßenrand vorbei, deren Haut Blasen und Verbrennungen aufwies, denen Teile ihrer Haare fehlten, deren Augen ausgehöhlt und glasig-tot waren. Diese Menschen hatten so hart wie möglich gekämpft, um der Strahlung in der Gefahrenzone zu entkommen, und alles aufgegeben, was sie hatten, nur um festzustellen, dass es nicht genug gewesen war.

Es spielte keine Rolle, wie weit oder wie schnell sie rannten oder wohin sie gingen. Das Gift war bereits in ihnen – ein unsichtbarer, heimtückischer Feind, der lautlos Zellen und Gewebe vernichtete und den Körper von innen heraus zerstörte.

Logan konnte nicht anders, er schauderte. War dies das Schicksal, das auch sie erwartete?

Es war alles Angst und Schrecken, Vermutungen und Spekulationen – die Angst vor dem Unbekannten. Was würde er nicht für ein paar Gläser Wodka geben, um das alles auszublenden. Um diesen angenehmen Rausch zu bekommen, diese wohltuende Wärme, die all die dunklen Stimmen, das abscheuliche Geflüster, die scheußlichen Bilder, die sich immer wieder in sein Gehirn schlichen, zum Schweigen brachte ...

Er verdrängte diese Gedanken aus seinem Kopf. Er musste wachsam bleiben, musste sich auf das konzentrieren, was direkt vor ihm lag.

Zu seiner Rechten trennte eine Reihe von Palmen die Straße von einem kleinen Park und einem Block mit Wohnhäusern. Unter einem der Picknick-Unterstände versammelten sich ein paar Leute, die sich Luft zufächelten oder Zigaretten rauchten.

Ohne Klimaanlage wurde das Leben in Südflorida schnell unerträglich. Es war wahrscheinlich über dreißig Grad heiß und so schwül wie immer. Wie viele Menschen hatten einen Hitzeschlag erlitten? Die Älteren würden damit zu kämpfen haben. Einige würden wahrscheinlich sterben, wenn sie es nicht schon getan hatten.

Ein Kopfschmerz pochte an seiner Schläfe und gesellte sich zu der Übelkeit, die in seinem Bauch herrschte. Eigentlich hatte er sich letzte Nacht während Dakotas Wache ausruhen sollen, doch stattdessen konnte er nicht schlafen.

Er hatte sich auf dem harten Boden hin- und hergewälzt, das weiche Kissen unter seinem Kopf war so bequem wie ein Felsen, bis er schließlich mit einem gemurmelten Fluch nachgegeben hatte und auf den Balkon gestürmt war, um sie zur Rede zu stellen.

Es war nicht so gelaufen, wie er es geplant hatte.

Ein Teil von ihm wünschte sich, er könnte sie verachten, sie fortschicken, sie aus seinem Kopf vertreiben und damit fertig sein. Sie brachte ihm nichts als Sorgen ein.

Aber sie saß da und weigerte sich, sich zu rechtfertigen, und sie hatte ihm die Wahrheit erzählt. Nicht alles, aber genug.

Genug, damit sich sein Ärger und seine Frustration verflüchtigten und etwas anderes Fuß fassen konnte.

Er wusste, wie es war, von den Menschen verraten zu werden, die einen eigentlich lieben und beschützen sollten. Genauso wie er wusste, wie es war, der Verräter zu sein.

Und er wusste, wie es war, niemandem außer sich selbst zu vertrauen. Hatte er nicht die letzten vier Jahre genau so gelebt? Völlig allein. Isoliert. Und wenn er ehrlich zu sich selbst war, unglaublich einsam.

Sosehr er sie auch hassen wollte, er konnte es nicht. Er verstand sie.

Er hatte seine eigene Vergangenheit zu verantworten. Seine eigene Dunkelheit. Seine eigenen Dämonen. Er konnte Dakota nicht die Schuld für ihre geben.

Eine Bewegung erregte Logans Aufmerksamkeit. Auf der rechten Straßenseite fuhren zwei Jugendliche auf Fahrrädern auf sie zu und beäugten den Pick-up, während sie vorbeifuhren. Aus dem Hosenbund des größeren Jungen ragte der Kolben einer Pistole heraus.

Logan beobachtete sie, bis sie auf einen leeren Parkplatz einbogen und verschwanden.

Einige Minuten später tauchte vor ihnen eine lange Autoschlange auf. Die Schlange dehnte sich immer weiter aus. Obwohl die Fahrer am Steuer saßen, bewegte sich keines der Fahrzeuge.

»Es müssen mindestens fünfzig Autos sein«, sagte Shay. »Vielleicht hundert.«

»Was machen die da?«, fragte Vanessa.

Carson zeigte nach vorne. »Benzin.«

Er wurde langsamer, als sie sich einer Tankstelle an der Ecke näherten. Ein junger Kubaner stand am Straßenrand, schwitzte und hielt ein großes handgeschriebenes Schild in der Hand, das mit schwarzem Filzstift gekritzelt war: »Fünf-Gallonen-Limit. Dreißig Dollar pro Gallone. Nur Bargeld. Keine Ausnahmen.«

»Dreißig Dollar pro Gallone?«, fragte Vanessa ungläubig. »Haben die den Verstand verloren?«

»Sie verlangen, was der Markt hergibt«, sagte Carson. »Aus geschäftlicher Sicht ist das klug.«

»Das ist ein Ausnutzen von Menschen in einer Krise«, sagte Shay auf dem Rücksitz. »Das ist nicht richtig.«

»Warum das Fünf-Gallonen-Limit?«, fragte Vanessa.

»Weil die Leute alles verbrauchen werden«, sagte Dakota. »Wenn es so weitergeht, wird die Regierung wahrscheinlich die meisten Tankstellen für die Zivilbevölkerung schließen und den Sprit nur noch für Not- und Regierungsfahrzeuge bereitstellen.«

»Können sie das?«, fragte Shay.

»Natürlich können sie das«, sagte Vanessa. Sie wirkte heute etwas gefasster, obwohl ihre Augen immer noch diesen fassungslosen Blick hatten, wie ein Reh im Scheinwerferlicht. »Sie sind die Regierung. Sie müssen tun, was sie tun müssen, um den Frieden zu wahren. Was mich betrifft, können sie jede Tankstelle in Florida schließen, wenn das diesem Wahnsinn ein Ende setzt.«

An der Tankstelle verstopften die Fahrzeuge jeden verfügbaren Quadratmeter des Bürgersteigs. Der Bereich um die Zapfsäulen war ein einziges Durcheinander. Autos parkten seitlich und blockierten die Ausgänge. Die Leute lehnten sich aus den Fenstern und schrien sich gegenseitig an.

Ein großer Suburban stieß mit einem kleineren Chevrolet Spark zusammen und schob ihn gewaltsam aus der Reihe, um sich vor die nächste Zapfsäule zu quetschen. Metall schrammte gegen Metall, während der Spark-Fahrer den Suburban beschimpfte und seine Faust schüttelte.

Niemand zog eine Waffe – noch nicht. Alle wirkten angespannt, wütend und ängstlich. Es wirkte, als könnte jeden Moment alles in Gewalt ausbrechen.

»Der Tank ist noch mehr als zwei Drittel voll«, sagte Carson.

»Nicht anhalten«, sagte Logan.

Ein verbeulter Toyota war auf dem grasbewachsenen Seitenstreifen zwischen der Straße und dem Parkplatz der Tankstelle geparkt. Zwei junge Weiße, die wie Rednecks gekleidet waren, lehnten an der Motorhaube. Sie rauchten Zigaretten und beobachteten das Chaos an den Zapfsäulen.

Als der F-150 vorbeifuhr, drehten sich beide um und starrten den Pick-up mit hungrigen, zusammengekniffenen Augen an. Wahrscheinlich hatten sie schon kein Benzin mehr oder es fehlte ihnen das Geld, um die unverschämten Preise zu bezahlen.

Der Erste, der kein Shirt trug und so dünn war, dass Logan seine Rippen hätte zählen können, griff nach der Handfeuerwaffe, die im Bund seiner Shorts steckte.

Logan hob die Remington und stützte den Lauf auf den Rahmen des Beifahrerfensters.

Die Augen des zweiten Kerls weiteten sich. Er stieß seinen Freund mit dem Ellbogen an und schüttelte den Kopf. *Das ist es nicht wert.*

»Das ist es ganz sicher nicht«, murmelte Logan.

Er behielt sie im Auge, bis sie außer Reichweite waren. Die beiden würden jemanden ausrauben – wenn nicht heute, dann morgen.

Je verzweifelter die Menschen wurden, desto eher waren sie

bereit, Gewalt zu riskieren. Und je länger die Stadt ohne Polizeipräsenz blieb, desto mutiger wurden die Ganoven, Schläger und Idioten dieser Stadt.

»Sie benehmen sich wie ... Tiere«, sagte Carson, sichtlich erschüttert.

»Sie *sind* Tiere«, schnauzte Vanessa. »Hast du erwartet, dass sie sich anders verhalten?«

»Sie haben Angst, wie wir alle«, sagte Shay leise. »Sie versuchen, sich um ihre Familien zu kümmern. Sie versuchen einfach zu überleben.«

»Ich würde mich nie so verhalten«, beharrte Vanessa. »Niemals.«

»Man kann nie wissen«, sagte Dakota. »Wenn man verzweifelt genug ist, tut man Dinge, die sogar einen selbst überraschen.«

Danach sagte niemand mehr etwas.

Sie fuhren an einer Familie vorbei, die einen leeren Wagen auf dem Bürgersteig hinter sich herschleppte. Eine haitianische Frau mittleren Alters fegte Glas und Schutt vor einem Friseursalon zusammen. Ein Mädchen im Teenageralter mit einer riesigen orangefarbenen Stricktasche über der Schulter schlurfte die Straße hinunter und starrte gedankenverloren auf den Bürgersteig, ihre dunklen, strähnigen Locken wippten in der Hitze.

Etwa zweihundert Meter hinter ihnen tauchte ein VW Käfer im Rückspiegel auf. Das Auto wurde nicht schneller und schien keine Bedrohung darzustellen.

Dennoch blieb Logan wachsam.

Etwa fünfzig Meter weiter, in einer Seitenstraße, standen ein Dutzend Autos dicht gedrängt in der Mitte des Bürgersteigs. In der nächsten Straße war es genauso.

Zunächst sah es nach einem Unfall aus – eine Art Massenkarambolage. Aber die Autos sahen aus, als wären sie von etwas

Großem dorthin geschoben worden, wie ein Kind, das seine Hot Wheels zu einer Nachstellung eines Unfalls organisiert hatte.

Die feinen Härchen in seinem Nacken standen ihm zu Berge.

»Logan«, sagte Dakota. Er hörte es in ihrer Stimme – dasselbe Unbehagen, das er fühlte.

»Ich sehe es.« Logans Muskeln spannten sich an. »Irgendetwas stimmt hier nicht.«

KAPITEL 26

LOGAN

Logan suchte die Gebäude entlang der Straße ab – alles war ruhig und still.

Zu still.

»Wir sollten woanders langfahren«, sagte Dakota. »Umkehren.«

»Nicht schon wieder«, jammerte Vanessa. »Wir haben den ganzen Vormittag vergeudet! Wenn wir so weitermachen, sitzen wir hier draußen bis zum Einbruch der Nacht mit den Gangstern fest!«

Carson deutete auf die Windschutzscheibe. »Da vorne ist alles frei und viel schneller.«

»Ich habe ein schlechtes Gefühl bei der Sache.« Logans Puls pochte in seinen Ohren, während er die Gebäude und Straßen nach Bewegungen und Unregelmäßigkeiten absuchte. »Es lohnt sich, es zu umfahren.«

»Jede Sekunde, die wir hier draußen bleiben, erhöht die Gefahr!«, argumentierte Vanessa, und ihre Stimme erhob sich in Panik. »Ihr habt die Leute an der Tankstelle gesehen. Und was letzte Nacht passiert ist. Es ist nicht sicher!«

»Etwas Dummes zu tun, ohne es zu durchdenken, wird daran nichts ändern«, sagte Dakota.

»Es ist unser Pick-up«, sagte Vanessa. »Wir entscheiden. Carson, fahr weiter.«

Carson schürzte seine Lippen und legte den Gang ein. »Wir fahren weiter.«

Sie fuhren vorwärts.

»Es könnte eine Falle sein«, sagte Dakota mit Wut und Abscheu in der Stimme. »Was hat es für einen Sinn, uns mitzunehmen, wenn ihr nicht tut, was wir sagen? Das ist Blöd...«

»Wir haben *Nein* gesagt!«, schrie Vanessa und ihre Augen quollen über. Sie sah verzweifelt und panisch aus, bereit, alles zu tun, um aus der Stadt zu entkommen, auch jemandem die Augen auszukratzen.

»Dakota hat recht«, sagte Logan. »Es ist euer Pick-up, aber ich lasse mich nicht für eure Dummheit umbringen. Wende den Wagen.«

»Hast du nicht gehört, was wir gerade gesagt haben?«

»Dreh um!« Logan presste den Kiefer zusammen, drehte sich in seinem Sitz und hob die Remington.

Carson warf ihm einen entsetzten Blick zu.

Vanessa tat es nicht. Sie sah ihn an wie eine Kakerlake, die aus einem Mülleimer krabbelte – etwas grotesk, aber nicht überraschend. Als hätte sie die ganze Zeit gewusst, dass er nichts weiter als ein gewalttätiger Verbrecher war.

»Du entführst uns«, sagte sie barsch.

»Das will ich nicht, Lady. Aber ich habe keine andere Wahl. Jetzt fahr zurück und dreh um.«

Carson umklammerte das Lenkrad. »Ich kann nicht umdrehen, wenn der riesige Kipper vor uns ist. Lass mich einfach vorbeifahren und dann mache ich, was du willst.«

»Zurück«, knurrte Logan. »Jetzt sofort ...«

»Ich kann nicht. Ich ... okay, ich mach es ja schon, okay! Richte die Waffe woanders hin!« Carson verlangsamte den Wagen, als er um einen großen gelben Kipplaster herum manövrierte, der die Hälfte der Straße einnahm.

Dakota fluchte laut.

»Oh, nein«, hauchte Carson. »Nein, nein, nein.«

Auf der anderen Seite warteten zwei Dutzend mit halbautomatischen Waffen bewaffnete Männer auf sie. Die Männer standen vor einem Geländewagen und einem alten, staubigen roten Pick-up, der seitlich auf der Straße geparkt war. Einer von ihnen trat vor und winkte ihnen, vorwärtszufahren.

»Fahr zurück!«, rief Vanessa.

»Zu spät«, sagte Logan.

Es gab keinen Platz zum Wenden, nicht mit dem Kipplaster, der den größten Teil der Straße blockierte, und einem anderen Auto, das bereits auf der linken Spur feststeckte. Wer auch immer diese Typen waren, sie hatten es so geplant.

Zu ihrer Rechten verlief der Airport Expressway oder die SR 112, wie die Straße auch genannt wurde, parallel zur Seitenstraße, die in einer Kreuzung in T-Form auf die 32nd Avenue traf. Die 32nd Avenue verlief unter dem Expressway. Gleich hinter dem Airport Expressway schlängelten sich die Hochbahnschienen der Metrorail-Bahn.

Auf der linken Seite der 32nd Avenue befanden sich eine Bank, ein Taco Bell, ein McDonald's und ein Publix, alle abgeschirmt durch eine Reihe hoher, schlanker Palmen.

Logan passte seinen Griff um das Gewehr an. Er senkte es so, dass es für jeden, der von außen auf den Pick-up blickte, durch die Beifahrertür verdeckt war. »Was auch immer ihr tut, seid höflich«, sagte er leise. »Wenn sie euch um etwas bitten, gebt es ihnen, wenn es in eurer Macht steht.«

Vanessas Gesicht verzog sich. »Das sind keine Polizisten. Die können nicht mit solchen Waffen herumlaufen. So können sie uns nicht aufhalten!«

»Es wird alles gut, Liebes«, murmelte Carson. »Tu einfach, was Logan sagt, okay?«

Vanessa antwortete nicht.

Carson lenkte den Ford auf den Mann zu, der ihnen zuwinkte. Er kurbelte das Fenster herunter.

»Wo wollt ihr hin?«, blaffte der Mann und zielte mit der Mündung seiner AR-15 auf Carsons Kopf. Er war Hispanoamerikaner, vielleicht Mitte zwanzig, groß und schlank mit einem Kopftuch und einer riesigen Tätowierung eines Tigers auf Schulter und Brust.

Die etwa zwanzig Männer, die die Straße bewachten, waren Latinos. Sie trugen weite Shorts und T-Shirts, Schmuck auf der Brust und Tattoos an Armen, Hals und Gesicht.

Logan war bereits übel und nun zog sich sein Magen nervös zusammen.

Zwei weitere Gangmitglieder schlenderten an Logans Seite entlang. Der Größere von ihnen hatte seine AR-15 locker über die Schulter gehängt. Er war nur ein Junge, fünfzehn, vielleicht sechzehn, mit riesigen Ohren, die auf beiden Seiten seines Kopfes abstanden wie bei einem Krug.

Der zweite war kleiner, aber korpulenter, sein T-Shirt der Miami Dolphins spannte sich über seinem dicken Bauch. Er war nicht älter als vierzehn und hielt eine AR-15 in seinen fleischigen Händen.

Beide Jungs trugen Munitionstaschen, die sie sich um die Hüften geschnallt hatten, und Kurzwellenradios; aus der Tasche des pummeligen Jungen ragte ein Pistolengriff.

»Was machst du mit diesen Gringos, *ese*?«, sagte Dolphins-Shirt grinsend.

»Seid ihr Blood Outlaws?«, fragte Logan beiläufig, ohne den Blick des Jungen zu erwidern.

»Ja«, sagte er stolz. »Wir sind die neuen Könige von Miami.«

Blood Outlaws. Genau die Gang, der sie nicht über den Weg laufen wollten.

Er hatte einen Blood Outlaw in dem Old Navy erschossen, nachdem sie das Kino verlassen hatten. Der Schläger hatte sie bedroht; Logan hatte getan, was er tun musste. Es war Selbstverteidigung, aber kein Gangmitglied würde das so sehen.

Schlimmer noch, es gab einen Zeugen, einen zweiten Verbrecher, der durch die Hintertür entkommen war. Logan wollte ihn auf der Stelle zur Strecke bringen, aber der erste Outlaw hatte Shay in den Kopf geschossen. Um ihr Leben zu retten, war er zurückgeblieben.

Das Gesicht des zweiten Verbrechers hatte er nicht gesehen. Er wusste nicht, nach wem er suchte. Aber wenn der Schläger ihn gut gesehen hatte ...

Kälte vereiste seine Adern. Er fühlte sich entblößt, völlig verletzlich.

Logan wollte keine zusätzliche Aufmerksamkeit auf Dakota, Eden und Shay auf dem Rücksitz lenken. Er drehte sich nicht auf seinem Sitz um, aber er spürte ihre Blicke auf sich, spürte, wie die Spannung im Fahrerhaus zunahm.

Mit einem Jagdgewehr und den wenigen Kugeln, die noch in Dakotas SIG steckten, konnte er es auf keinen Fall mit zwanzig Leuten aufnehmen. Die Blood Outlaws würden sie mit ihren Hochleistungsgewehren durchlöchern und sie alle innerhalb von Sekunden töten.

Eine falsche Bewegung. Ein Fehler. Ein Schläger, der ihn falsch ansah.

Das war alles, was nötig wäre.

Logan hielt seine Miene sorgfältig neutral. Hoffentlich erkannte keiner dieser Drecksäcke sie. Aber nur für den Fall, dass das alles schnell schiefging, schmiedete er bereits einen verrückten Plan.

KAPITEL 27
LOGAN

»**E**s gibt eine Steuer«, sagte der Mann mit der Tigertätowierung. »Zahlt die Steuer und ihr könnt gehen.«

»Wie hoch ist die Steuer?«, fragte Logan gleichmütig.

»Das kommt darauf an. Was habt ihr?«

Zwei weitere Männer umkreisten den Pick-up wie Haie und suchten nach allem, was wertvoll war. »Was habt ihr da hinten drin?«

»Nur zwei Verletzte, die wir versuchen, in ein Krankenhaus zu bringen«, sagte Carson.

»Du und alle anderen.« Tiger-Tattoo schnaubte. »Viel Glück, *ese*.«

»Wir suchen vor allem nach Essen«, sagte der Junge mit den großen Ohren wie ein Krug. »Und Wasser.«

»Wir nehmen Bargeld, Schmuck und Uhren.« Tiger-Tattoo ließ seinen Blick über den Ford F-150 schweifen. »Und nette Karren. So wie ihr sie habt.«

Carson versteifte sich. Logan warf ihm einen warnenden Blick zu, damit er die Klappe hielt. Zum Glück tat er das.

»Wir kümmern uns um unsere eigenen Leute«, sagte Segelohr, auch wenn niemand fragte, wofür die Steuer war. Seine Stimme war leicht zittrig – wir auch seine Bewegungen. Seine bronzefarbene Haut hatte einen gelblichen Schimmer, und seine Augen waren groß und glasig. Er trat einen Schritt vom Fenster zurück und zeigte auf die andere Straßenseite. »Niemand sonst tut es. Also werden wir es tun.«

Strahlenkrankheit. Logan tat so, als würde er es nicht bemerken und schaute in die Richtung, in die der Junge zeigte.

Ein paar hispanische Kinder – und auch ein paar dunkelhäutige, alle im frühen Teenageralter – standen um einen Haufen Paletten und zwei Gabelstapler auf dem Publix-Parkplatz herum. Die Kinder waren damit beschäftigt, Pakete mit Wasser in Flaschen sowie Kisten und Kartons mit Lebensmitteln in Dosen und Schachteln zu verteilen.

Eine lange Schlange von Menschen – ältere Menschen und Familien mit kleinen Kindern, die ihnen an den Beinen hingen – wartete darauf, ihre Kisten in Empfang zu nehmen. Die meisten waren hispanisch, aber nicht alle von ihnen. Einige hatten verbeulte Autos oder Fahrräder, andere waren zu Fuß unterwegs. Alle gingen mit mehreren Einkaufstüten oder ein oder zwei Kartons mit Hilfsgütern nach Hause.

»Wir haben fast die ganze Nacht gearbeitet, um alles fertig zu bekommen«, prahlte Dolphins-Shirt.

Er wischte sich mit der Rückseite seines bloßen Arms den Schweiß von der Stirn. Eine Konstellation von rohen, roten Schnitten und Striemen zierte seinen Arm vom Handgelenk bis zur Schulter. Auch am Hals und am Kinn hatte er ein paar davon abbekommen. Er muss während der Explosion in der Nähe eines Fensters gestanden haben und war dem zersplitternden Glas nicht entkommen.

»Wir haben jetzt überall in der Stadt Außenstellen«, sagte der Junge. »Ich meine, nicht in der Innenstadt. Aber überall sonst. Einige der Kirchen helfen uns auch. Sie wollen zwar nicht wissen, woher es kommt, aber sie nehmen es trotzdem an.«

»Pater Michael spricht Gebete darüber.« Segelohr schnaubte, als wäre das die lustigste Sache der Welt. Er war eindeutig krank, tat aber sein Bestes, um so zu tun, als ob er es nicht wäre. »Er sagt, dass es das Essen *heiligt*, was immer das auch heißen mag.«

»Und was ist mit den anderen?«, fragte Vanessa scharf, da sie sich nicht beherrschen konnte. »Was sollen die denn jetzt machen, wo ihr die ganzen Lebensmittel aus den Läden gestohlen habt?«

Dolphins Augen wurden hart. »Niemand sonst hat sich je um uns gekümmert. Warum sollten wir uns um jemand anderen kümmern?«

»Sollen die reichen Gringos doch verhungern«, sagte Tiger-Tattoo. »Was kümmert uns das?« Er schielte auf Carson und Vanessa, auf die Perlen, die Vanessas Hals umrankten. »Ihr habt doch schicke Hotels, Zweitwohnungen und Jachten. Was haben wir denn? Keiner kann es sich leisten, hier wegzugehen, Mann. Das ist es. Das ist unser Zuhause.«

Logan blickte an Tiger-Tattoo vorbei auf die Gruppe der ruhelosen Schläger. Die meisten von ihnen lehnten an den beiden Autos, die etwa dreißig Meter entfernt auf beiden Seiten der Straße geparkt waren. Ein paar Männer saßen auf den Motorhauben und tranken Bier. Mehrere Kühlboxen waren bis zu den Vorderrädern des Geländewagens geschoben.

Diese Typen schienen nicht auf Chaos aus zu sein. Bei näherer Betrachtung sah mindestens die Hälfte der Gangmitglieder ziemlich mitgenommen aus. Sie waren zusammengekauert oder zusammengesackt, ihre Blicke waren eher lustlos als bösartig.

Ihnen war heiß und elend und sie wollten einfach nur, dass die Schlange weiterging.

Alles, was Logans Gruppe tun musste, war, die dumme Steuer zu bezahlen, und die Gang würde sie gehen lassen. Wenn sie Glück hatten.

»Es ist wirklich eine gute Sache, die ihr hier tut«, stammelte Carson. »Versteht uns nicht falsch.«

Tiger-Tattoo schaute finster drein. »Mann, ich frage weder nach deiner Erlaubnis noch nach deiner Zustimmung.«

An der Seite von Logan tippte Segelohr nervös auf sein Gewehr. »Wir haben noch ein Auto hinter diesem hier. Sollen wir sie gehen lassen? Was ist mit ihren Waffen?«

Logan versteifte sich, sein Finger wanderte zum Abzug.

»Entspannt euch. Wir brauchen eure Waffen nicht, *ese*. Wir haben jede Menge Spenden von Charlie's Pawn and Gun Shop und Pantera Brother Firearms gesammelt.« Tiger-Tattoo tätschelte das Bandolier, das er sich über die Brust gehängt hatte und das vor glänzender Munition nur so strotzte. Er hob sein Gewehr und tat so, als ob er auf mehrere unsichtbare Personen auf dem Dach des Pick-ups schießen würde. »Bam, bam, bam!«

Vanessa zuckte zusammen.

Tiger-Tattoo sah es und gluckste heftig. »Sind die Perlen echt, Lady? Ich nehme sie. Meiner *abuelita* werden sie bestimmt gefallen.«

Vanessa erstarrte. »Die gehörten *meiner* Großmutter. Das ist alles, was ich noch habe.«

»Na und? Her damit Lady. Sofort.«

Carson hustete.

Sie bewegte sich immer noch nicht.

Tiger-Tattoo nahm eine Hand von seinem Gewehr, rieb sich den Nacken und verzog das Gesicht. »Wir haben nicht den ganzen Tag Zeit ...«

»Hey!« Einer der Schläger, der dreißig Meter entfernt an dem Geländewagen lehnte, stand auf und ging ein paar Schritte auf den Pick-up zu. Tiger-Tattoo blickte zu dem Kerl, der mit einer Hand wedelte und ihn zu sich heranwinkte.

»Ihr zwei kümmert euch darum. Ich muss sehen, was Spider will.« Tiger-Tattoo joggte zu dem anderen Gangster hinüber, einem dürren Punk, der nicht größer als ein Meter siebzig sein konnte. Seine dünnen Arme waren fast schwarz vor Tinte. Sein langes, schmales Gesicht war auf der rechten Wange mit einem Totenkopf und auf der linken mit grauen Tränen verziert.

Manchmal waren die Kleinen die Gefährlichsten.

»Ich will die Kette haben«, sagte Segelohr. »Dann ist alles in Ordnung.«

»Alles okay«, murmelte Carson. »Es ist in Ordnung, Schatz. Uns wird es gut gehen.«

Logan konnte im Hintergrund jemanden schwer atmen hören – kurze, flache Atemzüge der Panik -, aber er konnte es sich nicht leisten, dem Aufmerksamkeit zu schenken.

»Gib sie ihnen«, sagte Logan.

Widerwillig öffnete Vanessa ihre Halskette und übergab die Perlen. Segelohr nahm sie an sich, steckte sie in seine Tasche und lächelte. Er sah viel jünger aus, wenn er lächelte. Als gehöre er in die Schule, in eine Eisdiele oder sogar in einen verdammten Kirchenchor und nicht auf die Straße.

Er trat zurück, Dolphins-Shirt neben sich, und gestikulierte mit der Mündung seines Gewehrs. »Fahrt durch.«

Logan stieß einen Atemzug durch seine Zähne aus.

»Endlich«, murmelte Dakota. »Fahr los. Lass uns von hier verschwinden.«

Carson schaltete den Pick-up in den Fahrbetrieb. Sie rollten langsam vorwärts.

Tiger-Tattoo stand neben dem dünnen, tätowierten Schläger, der sich umdrehte und Logan direkt anstarrte.

Ein Stromschlag durchfuhr Logans Körper, als er das Aufblitzen des Erkennens in den Augen des anderen Mannes sah.

KAPITEL 28
DAKOTA

Dakota saß auf dem hinteren linken Beifahrersitz, angespannt und wachsam, und beobachtete drei halb betrunkene Gangmitglieder, die zwischen zwei Schlucken warmen Biers immer wieder den Pick-up beäugten.

Logan stieß eine Reihe von Flüchen aus.

Ihr rutschte das Herz in die Hose. Sie wusste, was das bedeutete. Einer dieser niederträchtigen Gangmitglieder hatte sie erkannt. Jetzt war die Kacke am Dampfen.

Logan klopfte auf das Armaturenbrett. »Los, los, los!«

»Was?«, fragte Carson und blinzelte. »Sie lassen uns durch! Sie …«

»Hey!« Der kleine, furchterregende Mann mit den Tränen auf den Wangen zeigte auf sie. »Das sind die, die Potillo getötet haben!«

»Stopp!«, brüllte Tiger-Tattoo. Er drehte sich und hob seine M4. »Schnappt sie euch!«

Der Rest der Bandenmitglieder trat in Aktion. Sie sprangen von den Motorhauben der Autos, kamen ruckartig auf die Beine und verteilten sich sofort, um die Fahrbahn zwischen den beiden Fahrzeugen zu blockieren.

Innerhalb von zwei Sekunden waren ein Dutzend Sturmgewehre auf die Windschutzscheibe des Pick-ups gerichtet.

»Was ist passiert?«, schrie Vanessa. »Was machen die da?«

»Rückwärtsgang!«, rief Dakota. Sie schlug gegen die Rückenlehne des Fahrersitzes. Vorwärtszufahren war selbstmörderisch. In nur wenigen Sekunden würden Schüsse auf sie niederregnen.

Die festgefahrenen Autos auf der linken Seite der Straße neben der Schnellstraße hinderten sie daran, nach links zu fahren, während die Palmenreihe ihre Ausfahrt auf der rechten Seite blockierte. Sie saßen in der Falle.

»Fahr zurück! Zurück!«

Dolphins-Shirt und Segelohr machten mehrere schnelle Schritte rückwärts und stolperten dabei fast über ihre eigenen Füße. Segelohrs Gesicht wurde aschfahl und seine Augen weiteten sich. Der Junge hätte sie alle auf der Stelle erschießen können, aber er hob seine Waffe nicht – er packte sie nur fester und hielt sie wie einen Schild vor seine Brust.

Logan lehnte sich über Vanessas erstarrten Körper und legte den Rückwärtsgang ein. »Gib Gas!«, rief er.

Carson blinzelte und gehorchte. Der Wagen machte einen Satz zurück, die Reifen drehten sich nach links.

Schüsse explodierten. Vanessa schrie. Neben Dakota erstarrte Shay vor Angst.

»Runter!«, rief Dakota.

Shay packte Edens Arm und zog sie nach unten. Eden beugte sich in der Taille und bedeckte ihren Kopf mit ihren Händen. Shay beugte sich vor und bedeckte Edens kleinen Körper mit ihrem eigenen.

Ein Anflug von Dankbarkeit gegenüber Shay durchströmte

Dakota. Da Eden in Sicherheit war, konzentrierte sie sich darauf, sie alle am Leben zu erhalten.

Sie drehte sich in ihrem Sitz und schaute hinter den Wagen, wobei der Sicherheitsgurt an ihrem Hals rieb.

Der Jetta stand etwa fünfzehn Meter hinter ihnen im Leerlauf. Dreißig Meter hinter dem Jetta war der Kipplaster in einem Winkel von fünfundvierzig Grad geparkt und blockierte die gesamte rechte Fahrbahn. Sie mussten an dem Kipper vorbeikommen, um Deckung zu finden, dann konnten sie wenden und von hier verschwinden.

Schüsse und Rufe ertönten. Während Dakota Anweisungen gab, spannte Logan seine Waffe und erwiderte das Feuer mit der Remington. *Bumm.* Der Knall des Gewehrs hallte in der geschlossenen Fahrerkabine wider.

Der Pick-up bewegte sich quietschend rückwärts und wich erst auf die linke, dann auf die rechte Fahrspur aus. Park und Julio lagen beide flach auf der Ladefläche, Park auf dem Rücken, die Augen zusammengekniffen, Julio auf dem Bauch, die Hände über den Kopf gepresst.

Drei Kugeln schlugen durch die Seite des Pick-ups und auf der anderen Seite wieder heraus. Sie hatte keine Zeit, nachzusehen, ob es Park und Julio gut ging.

Der Jetta sah sie kommen und legte den Rückwärtsgang ein. Dakota erblickte zwei erschrockene Gesichter – ein männliches und ein weibliches – auf den Vordersitzen.

Popp, popp. Zwei Löcher erschienen in der Windschutzscheibe des Jetta. Der Kopf der Fahrerin ruckte nach hinten. Sie sackte gegen den Sitz.

Der Jetta wich nach links aus, die Reifen quietschten, als er über den Seitenstreifen schlingerte. Mit dem Heck prallte er gegen den Stamm einer Palme. Die Wedel zitterten. Die hintere Stoßstange war zerbeult.

Mehrere weitere Kugeln schlugen in die Windschutzscheibe und die seitlichen Beifahrerfenster des Jetta ein. Das Sicherheitsglas splitterte und brach in Stücke. Der Mund des männlichen Beifahrers stand zu einem roten O geformt offen.

Zwei Menschen waren tot – ihr einziger Fehler war, zur falschen Zeit am falschen Ort zu sein.

Der Pick-up raste auf den Jetta zu.

»Nach rechts!«, schrie Dakota. Sie konnte ihre eigene Stimme wegen der Kugeln, der Schreie und des Klingelns in ihren Ohren kaum hören.

Carson riss das Steuer zu weit herum. Er korrigierte zu stark und der Pick-up hob sich auf zwei Reifen. Er drehte sich, als Carson auf die Bremse trat, die Reifen quietschten.

Ein Geschoss schlug in den Kühlergrill des F-150 ein. Eine weitere Kugel bohrte sich durch die Heckscheibe, fünfzehn Zentimeter rechts von Dakotas Kopf entfernt. Instinktiv duckte sie sich und hob den Kopf – nur um entsetzt mitanzusehen, wie der Wagen in das Heck des Jetta krachte.

KAPITEL 29
DAKOTA

Dakotas Körper wurde gegen den Rücksitz geschleudert. Ihr Kopf prallte gegen die Heckscheibe, und Schmerzen durchzuckten ihre Schulter und ihren Schädel.

Alles wurde dunkel und unscharf. Für eine Sekunde schienen die Geräusche zu verstummen. Sie schmeckte Blut in ihrem Mund. Sie hatte sich auf die Zunge gebissen.

Jemand rief ihren Namen.

»Dakota!«, rief Logan. »Dakota!«

Die Heckscheibe war zersprungen. Stumpfe Scherben von Sicherheitsglas klebten an ihrer Kleidung und fielen ihr auf den Schoß. Wie war das passiert? Kam das von dem Aufprall? Oder von den Kugeln?

Sie blinzelte und schüttelte den Nebel aus ihrem Gehirn. Frischer Schmerz strahlte von ihrem Kopf den ganzen Hals und die Wirbelsäule hinunter. Aber sie konnte sich bewegen. Nichts war gebrochen.

Carson hatte eine Vollbremsung hingelegt, und zum Glück hatten sie stark abgebremst, bevor sie den Jetta gerammt hatten.

Sie tastete nach ihrem Sicherheitsgurt und befreite sich. Ihre Waffe war ihr bei dem Aufprall aus der Hand gerutscht. Sie drehte sich und suchte verzweifelt den Boden zu ihren Füßen ab.

Von außerhalb des Wagens ertönten weitere Schüsse.

Sie schnappte sich die SIG und riss die Tür auf. »Eden, steig aus!«

Eden saß starr auf ihrem Sitz. Sie bewegte sich nicht. Aus einer kleinen Wunde an ihrer Stirn tropfte Blut.

»Eden!«, schrie Dakota.

Shay griff hinüber, löste Edens Sicherheitsgurt, schob sie hinaus und stolperte hinter ihr her.

»Warte auf Deckung!«, knurrte Logan.

Shay, Eden und die Wilburns kauerten hinter dem Pick-up, die Arme über dem Kopf. Auf der gegenüberliegenden Seite schlug Logan die Tür auf und kauerte sich zum Schutz hinter den Motorblock.

Kugeln zischten über ihre Köpfe hinweg. Zwanzig Meter entfernt stürmten fünf Gangmitglieder auf den Pick-up zu. Logan drückte den Schaft fest gegen seine Schulter, zielte und schoss.

Der rechte Gangster ließ seine M4 fallen und griff sich an die Schulter.

Logan betätigte den Repetierhebel, legte eine weitere Patrone ein und feuerte erneut.

Sein zweiter Schuss traf einen anderen Verbrecher in den Magen und er ging mit einem Schrei zu Boden.

Dakota zwang sich, sich zu konzentrieren, auszuatmen und mit ihrer SIG zu zielen. Sechs Kugeln. Sie hatte keine zu verschwenden. Sie feuerte einen Doppeltreffer ab. Der Kopf des mittleren Gangsters zuckte. Roter Nebel sprühte aus seinem Schädel, als er zu Boden fiel.

Der nächste Schuss ging daneben, aber er erfüllte seinen

Zweck. Als die Blood Outlaws merkten, dass sie sich mehr vorgenommen hatten, als sie bewältigen konnten, gingen sie in Deckung.

Das gab den anderen die wertvollen Sekunden, die sie brauchten, um aus der Schusslinie zu entkommen. Julio half Park, von der Ladefläche des Pick-ups zu klettern und sich auf den Bürgersteig fallen zu lassen.

»Stellt euch hinter mich!«, rief Dakota.

Sie feuerte zwei weitere Schüsse ab, als eine Handvoll Schläger aus der Deckung des Pick-ups und des Geländewagens zu einem der am Straßenrand geparkten Autos huschte – und das nur fünfzehn Meter entfernt.

Sie erwischte einen am Bein, als er in Deckung ging. Er schrie, fiel und schleppte sich hinter das Auto. Sie zielte und schoss erneut auf ihn, verfehlte ihn aber.

Sie drückte ab. Nichts.

Keine Kugeln mehr und keine Möglichkeit zum Nachladen.

Panik keimte in ihrem Bauch auf, als sie sich duckte und die nutzlose Pistole in ihr Holster schob. *Verdammt, verdammt, verdammt!* Was nun?

Die anderen Verbrecher blieben am Boden, als Logan eine weitere Salve abfeuerte, nachlud und das Auto unter Beschuss nahm. Der Metallrahmen wackelte, und aus den Fenstern flog Sicherheitsglas.

Aus dem Augenwinkel sah sie, wie sich ihre Gruppe erhob und in den Schutz des Kipplasters zehn Meter hinter ihnen flüchtete.

Zehn Meter. Es fühlte sich endlos weit an.

Als sie wusste, dass sie in Sicherheit waren, gab sie Logan ein Zeichen.

Logan hockte immer noch hinter dem Motorblock des F-150, um sich vor dem gegnerischen Feuer zu schützen, aber er hatte seinen Körper nach links geneigt und richtete das Jagdgewehr auf die beiden Gangsterjungs.

Sie standen drei Meter entfernt, mit offenem Mund, die Hände an den Waffen, aber nicht in Bereitschaftsstellung, nicht auf etwas gerichtet. Sie mussten hinter dem Wagen hergelaufen sein, aber als sie ihn erreicht hatten, erstarrten sie, unsicher, was sie tun sollten, zögernd zu töten.

Logan zögerte nicht. Er entsicherte seine Waffe und schoss dem schweren Jungen in die Brust. Er legte den Repetierer erneut um und schoss auf den mit den großen Ohren.

Die Kugel durchschlug die Kehle des Jungen. Blut spritzte in alle Richtungen. Die AR-15 fiel klappernd auf den Bürgersteig, während der Junge in Zeitlupe zu Boden sank, die Hände an seinen verstümmelten Hals geklammert.

Innerhalb weniger Sekunden waren beide Teenager tot.

»Gib mir Deckung!«, rief Logan.

Dakota stürzte nach vorne, schnappte sich die Remington aus Logans Händen und tauchte gerade lange genug auf, um den Bolzen zu spannen, zu zielen und auf zwei Verbrecher zu schießen, die den Kotflügel des rostigen roten Pick-ups umrundeten. Ihr Schuss ging daneben – sie hatte keine Zeit, richtig zu zielen, und der Rückstoß war erstaunlich stark -, aber die Verbrecher sprangen zurück und gingen in Deckung.

Logan hielt sich niedrig am Boden und stürzte ins offene Gelände. Er rannte zu den Sturmgewehren, ergriff eines, ging dann in die Hocke, packte einen der Körper am Bein und zog ihn mit sich hinter den Pick-up zurück, wobei die AR-15, die an der Schlinge um die Schulter des Jungen befestigt war, klappernd hinter ihm hergeschleift wurde.

Ein paar Schüsse prasselten in seine Richtung, aber Logan bewegte sich schnell und niedrig. Sie verfehlten ihn.

Er quetschte sich neben Dakota und drückte sich an ihre

Seite, während er rasch die Munitionstaschen am Gürtel des toten Jungen entfernte und zwei große, gebogene Magazine in seine Tasche steckte. Er reichte eine halbautomatische AR-15 an Dakota und behielt die zweite für sich.

»Dreißig Schuss pro Magazin«, keuchte er.

Das war gut so. Die SIG war komplett leer, und die Remington war fast leer.

»Geh!«, sagte er. »Ich folge dir.«

Kugeln zischten an ihren Köpfen vorbei, prallten auf den Asphalt vor ihnen und gegen die Seiten des Pick-ups. Ein weiterer Knall erfüllte die Luft. Einen Meter entfernt platzte der Asphalt in einer Explosion von Betonsplittern auf.

»Los!«

Sie sprang auf, drehte sich um und rannte los.

Ihre Beine schmerzten, die Haare flogen hinter ihr her, der rasende Atem schmerzte in ihrer verbrannten Lunge – sie rannte mit allem, was sie hatte. Das große, schwere Gewehr knallte gegen ihre Rippen.

Ihr Rücken war eine ungeschützte Zielscheibe. Sie rechnete jeden Moment mit einem Schuss in die Wirbelsäule.

Sie schaffte es drei Meter weiter, dann sieben, dann zehn. Hinter ihr hielt Logan die Gangmitglieder unter ständigem Feuer in Schach. *Bumm, bumm, bumm.*

Sie sprintete um den Kipplaster herum und drückte sich gegen ein riesiges Rad, ihr Puls rauschte in ihren Ohren. Sie sehnte sich danach, dort zu bleiben, in Sicherheit zu sein, aber Logan brauchte Hilfe.

Sie schwenkte um die Kante des Kotflügels, kniete sich hin und stützte die Ellbogen auf ihr Bein, um besser zielen zu können. Das Gewehr war viel schwerer als ihre Pistole. Sie musste es abstützen, sonst würde sie schnell ermüden, und ihre Schüsse würden weit vom Ziel entfernt landen.

Sie entsicherte das Gewehr, passte den Schaft schnell an und drückte ihn fest an ihre Schulter. Sie spähte durch das Zielfernrohr.

Dreißig Meter entfernt tauchte ein Kopf hinter dem roten Pick-up auf, der sich darauf vorbereitete, auf Logan zu schießen, während er rückwärts auf den Kipplaster zueilte und bei jedem Schritt zielte und feuerte.

Sie drückte ab und verkrampfte sich, als der Rückstoß gegen ihre Schulter prallte. Der donnernde Knall dröhnte in ihren Ohren.

Der Schuss verfehlte den Kopf des Verbrechers, traf aber die Motorhaube in einem Meter Entfernung. Sie gab drei weitere Schüsse ab – alle gingen daneben, waren aber nahe genug, um ihr Ziel zu erschrecken.

Der Gangster duckte sich, sodass Logan Zeit hatte, in Deckung zu gehen.

Logan stellte sich direkt links neben das Fahrerhaus des riesigen Lasters. Er zielte zwischen dem Fahrerhaus und dem großen gelben Anhänger heraus.

Während Logan geschützt war, riskierte Dakota einen Blick um sich herum. Einen halben Meter entfernt knieten Carson und Vanessa und klammerten sich aneinander, wobei Carson die Arme um seine Frau schlang. Julio, Park und Shay kauerten zusammen hinter dem zweiten Rad unter dem Fahrerhaus.

Dakotas Kehle schnürte sich zu. »Wo ist Eden?«

Shays Augen weiteten sich, und ihre Hand flog zu ihrem Mund. »Oh, nein. Ich dachte, sie wäre direkt hinter mir …«

Dakota wirbelte herum und wünschte sich nichts sehnlicher, als zurück in die Schusslinie zu laufen, um Eden zu retten.

»Warte!« Julio griff nach ihrem Arm und hielt sie fest. »Es ist zu gefährlich!«

Logan bewegte sich vorwärts, riskierte einen kurzen Blick, feuerte eine Salve von Schüssen ab und drückte sich dann wieder gegen den Kipplaster. »Sie ist unter dem Ford. Ich kann ihren Fuß sehen.«

Dakota konnte nicht mehr atmen. »Ich werde sie nicht zurücklassen.«

»Natürlich nicht«, sagte Julio. »Wie können wir helfen?«

»Lass dich nicht umbringen«, sagte Logan.

Julio berührte sein goldenes Kreuz. »Das ist nicht gut genug! Lass mich helfen!«

Ein Geschoss zischte vorbei und streifte die Kante des Kühlergrills. Ein weiterer Schuss prallte gegen die Außenseite des großen

Reifens, hinter dem Shay und Park sich versteckten. Shay wich zurück und stieß ein Wimmern aus.

»Das ist nicht sicher genug. Wir müssen sie zuerst hier wegschaffen.« Logan drehte sich um und blickte hinter sich. »Wenn ich es sage, dann rennt und versteckt euch hinter den großen Betonsäulen unter der Überführung. Da kommen keine Kugeln durch. Dakota und ich werden euch Deckung geben. Dann werden wir Eden holen.«

Er hatte recht, und sie wusste es. Sie musste gegen die Panik und die Angst ankämpfen und die Kontrolle wiedererlangen. *Eins, zwei, drei. Atmen.*

Sie löste sich von Julio und zwang sich, nicht zu Eden zu laufen.

»Dakota?«, fragte Logan. »Geht's dir gut?«

Dakota nickte ihm knapp zu. »Los geht's.«

Dakota und Logan gaben ihnen Deckung, während Park seinen Arm um Shays Taille legte. Sie humpelten auf die nächste Betonsäule zu. Carson packte seine Frau am Handgelenk und zog sie mit. Sie rannten an Shay und Park vorbei, die sich gegenseitig halfen. Park war blass, aber auf den Beinen.

»Julio, los!«, sagte Dakota.

»Ihr zwei gebt mir Deckung. Ich werde Eden holen.«

»Julio ...«

Julios weiches, freundliches Gesicht verhärtete sich zu etwas, das Dakota nicht kannte. Seine Hände ballten sich zu Fäusten an seinen Seiten. »Das ist der beste Weg! Wir haben keine Zeit zum Diskutieren!«

»Hör auf ihn.« Logans Gewehr klackte. Er schwang sich hinter seine Deckung, warf das Magazin aus und zog ein neues aus seiner Tasche. Er lud die Waffe energisch nach. »Dakota, du nimmst diese Seite. Du hast alles rechts von der Mitte. Ich übernehme die linke.«

Neue Schüsse zischten über ihre Köpfe hinweg. Dakota fluchte, als sie an den rechten Rand des Lasters huschte, sich hinkniete, die AR-15 einstellte und sich darauf vorbereitete, eine neue Salve Deckungsfeuer zu geben. Sie würde Julio das Leben ihrer Schwester anvertrauen müssen. Sie hatte keine andere Wahl.

Sie beruhigte ihre Nerven, genau wie Ezra es ihr beigebracht hatte. *Wenn du in Panik gerätst, bist du für niemanden von Nutzen.* Ihre Hände brannten, ihre Handflächen waren feucht von Schweiß und Blut unter den Verbänden. Das machte es schwieriger, das Gewehr zu greifen und ruhig zu halten.

Ihre Brust und ihre Lungen schmerzten noch immer von der Rauchinhalation. Sie konnte nicht genug Sauerstoff einatmen. Aber das spielte keine Rolle. Nichts davon spielte eine Rolle.

Sie verdrängte den Schmerz, die Angst, die Schüsse – alles, bis auf ihre Aufgabe.

Fünf Gangmitglieder hatten die Deckung des Geländewagens verlassen. Zwei schlichen sich vorwärts, die Gewehre auf den F-150 gerichtet. Sie gaben ein paar Schüsse ab. Die Kugeln streiften den hinteren Kotflügel und durchschlugen die Tür auf der Fahrerseite.

Julio bewegte sich flach am Boden, krabbelte auf Händen und Knien, nur noch wenige Meter vom Pick-up entfernt. Sie konzentrierte sich auf ihre Ziele. Einatmen. Ausatmen. Abzug drücken. *Bumm!*

Der Rückstoß rammte ihr gegen die Schulter. Sie bewegte sich einen Zentimeter und richtete ihr Ziel nach links. Atmete erneut aus. Drückte den Abzug.

Der Kopf des ersten Schlägers zuckte zurück, als hätte eine unsichtbare Hand ihn geschlagen. Der zweite Mann zuckte, zitterte wie eine Marionette an einer Schnur, dann sackte er zu Boden.

Sie suchte nach einem weiteren Ziel.

Die verbleibenden Verbrecher sprinteten in die Deckung des Taco Bells zwanzig Meter westlich. Sie schossen seitwärts, während sie rannten, die Gewehre wackelten in ihren Händen, die Kugeln zischten harmlos über das Dach des Fords.

Aus den Augenwinkeln sah sie, wie Julio den zerbeulten Kotflügel erreichte. Er kroch am Vorderrad vorbei, streckte sich unter das Fahrgestell und packte Eden an den Knöcheln. Er zerrte sie mit einem Ruck darunter hervor.

Eden zitterte und weinte. Julio bedeckte ihren Körper mit seinem eigenen und machte sich auf den beschwerlichen Weg zurück in Sicherheit. Dakota konnte sehen, wie sich seine Lippen bewegten, aber sie konnte wegen der Kakophonie der Kugeln und des blechernen Klingelns in ihren Ohren nichts hören.

Sie richtete ihren Blick auf einen großen Mann in einem lindgrünen Hemd, der über die Wiese zwischen den Gebäuden lief. Schweiß tropfte ihr in die Augen. Sie blinzelte und atmete aus. Drückte den Abzug. Verfehlte. Schoss erneut, verfehlte wieder.

Ihre Hände zitterten. Das Gewehr war schwer, und das Schießen auf bewegliche Ziele war unglaublich schwierig. In den letzten Jahren hatte sie nur auf dem Schießstand geübt. Sie war eingerostet, und das sollte sie jetzt teuer zu stehen kommen.

Der Typ im grünen Hemd war schon fast in der Deckung des Gebäudes. Sie schwenkte vor ihm her und gab zwei Schüsse ab. Er stolperte und fiel mit dem Gesicht voran auf den Boden. Er ließ seine M4 fallen, während er aufschrie, seinen Körper verrenkte und sein Bein umklammerte. Sie hatte ihn in den Oberschenkel getroffen.

Sie blinzelte. Sie gab noch einen Schuss ab – der Schaft knallte gegen ihre geprellte Schulter, der Knall dröhnte in ihren Ohren – und setzte seinem Leben ein Ende.

Julio und Eden kletterten sicher um die Seite des Kipplasters.

Dakota sah sie nur lange genug an, um sie auf Einschusslöcher zu untersuchen.

Eine Seite von Edens Gesicht war vom Bürgersteig abgeschürft. Erbrochenes befleckte ihr Oberteil und tropfte ihr Kinn hinunter. Der saure Geruch mischte sich mit dem Gestank von Schießpulver. Sie zitterte wie Espenlaub. Aber sie waren beide unverletzt.

»Geht mit den anderen hinter die Säulen!« Dakota suchte die Gegend nach weiteren Bedrohungen ab. »Los, los, los!«

Julio legte seinen Arm um Edens Taille, und sie rannten, stolperten halb unter der Unterführung hindurch in den Schutz der Betonpfeiler.

Das Rattern der Schüsse verstummte.

Der Asphalt war mit Patronenhülsen übersät. Der F-150, der Geländewagen und der rote Pick-up sowie jedes Auto am östlichen Straßenrand waren voller Einschusslöcher. Die Szene sah aus wie ein Kriegsgebiet aus einem Film.

Sie nahm sich einen Moment Zeit, um sich den Schweiß aus den Augen zu wischen. Die Hitze raubte ihr jedes Quäntchen Energie. Ihre Arme fühlten sich wie schwere Gewichte an, sie konnte kaum noch das Gewehr halten.

»Ich glaube, wir haben die meisten von ihnen erwischt«, keuchte sie.

»Vielleicht«, gab Logan zu bedenken.

Er senkte seine Waffe nicht. Sie tat es auch nicht.

Bumm. Bumm. Bumm. Mehr Schüsse – aber es waren nicht die Blood Outlaws. Oder zumindest nicht diese Blood Outlaws. Die Schüsse kamen von weiter weg und hallten in der stillen, schweren Luft wider. *Bumm, bumm, bumm.*

Eine Kugel pfiff an ihrem Kopf vorbei, so nah, dass sie sie wie einen Windhauch in ihrem Haar spürte.

Drei weitere Kugeln schlugen ein paar Meter hinter ihr auf dem Bürgersteig ein.

Hinter ihr? Der Winkel war völlig falsch. Wie konnte das sein?

Mindestens zehn tote Körper lagen auf der Straße. Einige weitere waren noch am Leben, aber nur knapp. Der Rest war hinter den drei von Kugeln durchlöcherten Fahrzeugen versteckt. Nach ihrer Zählung konnten nicht mehr als fünf Gangmitglieder übrig sein.

Es sei denn, sie bekamen Verstärkung ...

Sie drehte sich, reckte den Hals und suchte nach Bewegungen hinter ihr oder links, in der Nähe des Taco Bell und des McDonald's.

Weitere Schüsse werden abgefeuert. Jetzt näher. Zu nah.

»Logan! Was ist hier los?«, rief sie zwischen den Schüssen.

»Irgendwie flankieren sie uns ... Oh, verdammt.«

»Was? Was ist das?«

Logan fluchte. »Wir bekommen Besuch.«

KAPITEL 31
LOGAN

Logan drehte sich um und sah, wie eine Horde von Gestalten aus dem etwa siebzig Meter entfernten Eingang des Publix strömte – mindestens dreißig Gangmitglieder mit Sturmgewehren.

Das behelfsmäßige Nothilfezentrum war längst verschwunden. Die Paletten und Gabelstapler standen verlassen in der Mitte des Parkplatzes. Die Menschenmenge war geflohen.

Eine zweite Gruppe kam aus dem Westen hinter den Restaurants. Noch mehr Gangmitglieder. Aber – nein. Das war nicht richtig.

Er spähte durch das Zielfernrohr. Die Figuren trugen Uniformen. Soldaten, vielleicht die National Guard, und ein paar Polizisten.

Sie bewegten sich schnell und griffen die erste Gruppe vom Publix an. Die Gangmitglieder gingen hinter einem Dutzend verlassener Fahrzeuge auf dem Parkplatz in Deckung.

Irgendwie war ihr eigenes Handgemenge mit einem größeren Kampf zwischen den Strafverfolgungsbehörden und den Blood Outlaws zusammengestoßen.

Dakota riskierte einen Blick über die Motorhaube und duckte sich wieder. »Niemand zielt mit einer Waffe auf uns.«

»Sie sind abgelenkt«, flüsterte Logan. »Wir können von hier abhauen.«

Dakota zögerte. Er erkannte den Ausdruck in ihrem Gesicht – sture Entschlossenheit, diese unbändige Wildheit in ihren Augen.

Sie wollte etwas wahnsinnig Dummes tun.

»Auf keinen Fall«, sagte er. »Denk nicht einmal daran.«

»Zwei Polizisten gehen zwischen McDonald's und Taco Bell in Deckung, auf der Seite von Taco Bell, in der Nähe des Drive-Thru-Schalters«, sagte sie. »Vierzig Meter, vielleicht. Auf neun Uhr.«

Er schüttelte den Kopf. »Verdammt, nein.«

Sie ignorierte ihn und deutete nach Westen. »Sie stehen mit dem Rücken zu uns. Sie wissen nicht, dass wir hier sind – oder die Blood Outlaws. Die Gangmitglieder sind nicht alle tot, Logan. Ich habe ein paar ihrer Köpfe durch das zerbrochene Fenster des Pick-ups gesehen. Fünf von ihnen sind noch übrig. Tiger-Tattoo ist noch da draußen.«

»Wir müssen gehen, solange wir noch können ...«

»Diese Drecksäcke achten nicht mehr auf uns, weil sie hinter den Polizisten her sind. Den guten Jungs.«

»Ich weiß«, sagte Logan. »Das ist der Punkt. Wir müssen fliehen, solange wir noch können.«

»Das werden wir. Nachdem wir diese Maden erledigt haben.«

»Dakota ...«

»Logan.« Schweiß tropfte ihr von der Stirn, Strähnen ihres langen kastanienbraunen Haares klebten an ihren Wangen. Ihr Gesicht war blass, ihre Pupillen zu weit, ihre Stimme noch rau vom Rauch.

Aber ihr Blick war so grimmig wie eh und je. »Ich mache das.«

Er sah den starrköpfigen Kiefer, die stählerne Entschlossenheit in ihren Augen. Er widerstand dem Drang, mit ihr zu streiten. Er kannte sie inzwischen gut genug. Sie würde sich nicht umstimmen lassen.

Er war sich nicht sicher, ob er ihr ihre Lügen und ihren Betrug verziehen hatte, aber er hegte auch keine Wut. Sie verstanden einander. In den letzten Tagen war etwas geschehen. Etwas, das er nicht verstand.

Alles, was er wusste, war, dass sie jetzt zusammen in dieser Sache steckten.

Er würde nicht mehr hinter ihr bleiben.

Dieses Mal würde er vorausgehen.

»Gut«, sagte er.

Überraschung blitzte in ihrem Gesicht auf, dann Erleichterung. »Wirklich?«

Er zuckte mit den Schultern. »Du hast wieder deinen Heldenkomplex.«

Sie schenkte ihm ein grimmiges Lächeln. »Du mit deiner Nörgelei. Du bist schlimmer als ein weinerliches pubertierendes Mädchen.«

»Ja, ja.« Er holte ein weiteres geladenes Magazin aus seiner Tasche – er hatte noch zwei weitere – und reichte es ihr. »Du musst unter die Überführung gehen und die anderen beschützen.«

Sie warf ihr verbrauchtes Magazin aus und steckte das neue ein. »Ich komme mit dir.«

»Wir haben keine Zeit. Wir haben Feinde und Schüsse aus allen Richtungen. Unsere Leute sind leichte Beute. Rette sie.«

Sie blickte finster drein. »Was willst du denn machen?«

»Genau das, was du von mir verlangst. Ich werde deine Leute retten.«

Sie widersprach nicht. Sie sagte nichts, nickte nur kurz, duckte sich dann und huschte davon.

Ein unangenehmes Schwindelgefühl überkam Logan. Er blinzelte und ignorierte es. Er konnte es sich nicht leisten, krank zu sein. Nicht, bevor er das hier beendet hatte.

Er spähte über die Kante des vorderen Kotflügels des Kipplasters und zuckte sofort zurück. Dakotas Informationen waren gut. Es waren noch fünf Blood Outlaws übrig, darunter Tiger-Tattoo und der Zwerg, der Logan erkannte hatte – Tränen-Tattoo.

Sie bewegten sich auf den Kipplaster zu, der etwa zwanzig Meter entfernt in der Mitte der Straße stand. Aber sie kamen nicht auf ihn zu. Ihre Köpfe waren nach Westen gedreht. Sie wichen von der Straße ab, in Richtung der Fast-Food-Restaurants.

Fünf gegen einen. Und sie alle hatten entweder eine M4 oder eine AR-15, genau wie er. Keine guten Aussichten. Von seiner Position aus hatte er auch keinen guten Blickwinkel.

Es blieb keine Zeit zum Nachdenken, um einen besseren Plan auszuarbeiten. In ein paar Sekunden würden sie von der Straße abkommen und sich zwischen die Palmen ducken. Er würde kreativ werden müssen – und zwar schnell.

Bevor er es sich anders überlegen konnte, warf Logan sich zu Boden und rollte sich unter den Kipplaster. Es war eng. Er konnte sich nicht sehr gut bewegen, aber er konnte tun, was er tun musste. Hoffentlich. Der Gestank von Benzin und Schießpulver versengte seine Nasenlöcher. Wegen des blechernen Klingelns in seinen Ohren konnte er kaum etwas hören.

Er stützte seine Arme auf den Asphalt und zielte nach unten. Alles, was er sehen konnte, waren Füße und Schienbeine. Er tastete von links nach rechts. Fünf Fußpaare in seiner Sichtlinie.

Auf geht's.

Er drückte ab. Er traf einen rechten Knöchel. Der Schläger ließ seine Waffe fallen und knickte mit einem Schrei ein.

Logan lud nach, zielte erneut. Er schoss. Er traf ein Schienbein. Ein Sprühnebel aus rotem Dunst. Knochensplitter explodierten. Der Mann fiel zurück auf seinen Hintern. Die zweite Kugel schlug in seinen Innenschenkel ein, Blut spritzte. Das Gewehr fiel klappernd auf den Bürgersteig.

Logan hielt nicht inne, um zu sehen, was der Feind als Nächstes tat. Er konzentrierte sich bereits auf ein Paar neongelber Nike-High-Tops und bunte Trainingshosen. Der dritte Gangster sprang nach der ersten Salve zurück und rannte in Richtung Norden davon.

Logan gab einen Schuss ab, verfehlte ihn und suchte sich schnell ein anderes Ziel.

Der vierte Verbrecher war ganz in der Nähe, nur einen Meter entfernt. Er ging in die Hocke und suchte unter dem Fahrzeug.

Bumm! Logan traf nicht.

Der Verbrecher schlich um das Heck des Lasters herum.

»Schütze unter dem Auto!«, schrie er und ließ sich bereits mit einer entsicherten Pistole in der Hand auf den Bürgersteig fallen.

Logans Finger waren feucht am Abzug, der Griff rutschte in seinen Handflächen. Er schoss noch einmal und verfehlte wieder.

Er konnte sich nicht so leicht drehen, um über die gesamte Körperlänge zu zielen und sein Ziel zu finden. Er war zu groß, zu massig.

Logan saß in der Falle.

KAPITEL 32
LOGAN

Logan verrenkte sich den Körper. Seine rechte Schulter, sein Arm und seine Seite rieben über den Asphalt. Winzige Fels- und Kiesbrocken stachen in seine Hüfte und Rippen, als er die AR-15 ungeschickt zog und mit dem Handgelenk gegen das Fahrgestell stieß.

Er zielte an seinen Füßen vorbei nach unten, obwohl er nichts sehen konnte, und hoffte, dass er sich nicht selbst die Zehen wegschoss. Alles, um es dem Gangster am Heck des Kipplasters schwerer zu machen.

Er feuerte ab. *Bumm*!

Jemand schrie. Dann folgte ein dumpfer Schlag, als ob ein Körper zusammenbrach.

Er wartete einen Moment, alle seine Muskeln waren angespannt, er spitzte die Ohren nach irgendwelchen Geräuschen und tastete das schmale Stückchen Raum, das er sehen konnte, hektisch ab.

Das Rattern der Schüsse kam aus dem Westen. In seiner Nähe fanden keine Kugeln ihr Ziel.

Er schob die AR-15 vor sich her, den Finger immer noch am

Abzug, und kroch unter dem Fahrzeug hervor, wobei er sich zwischen den Hinterrädern hindurchzwängte, sodass er mit dem Kopf und der Waffe voran herauskam. Dadurch, dass er sich am hinteren Teil des Lasters aufhielt, war er auch vor Schüssen aus der Publix-Schlacht geschützt.

Als er vorsichtig auf die Füße kam und sich dann in eine gebückte Position begab, knackten seine Knie aus Protest. Der ölige Gestank von Benzin brannte ihm in der Nase. Er spuckte sauren Speichel aus und wischte sich das schwitzende Gesicht ab.

Er ging um den hinteren linken Kotflügel herum, die Waffe im Anschlag und schussbereit, und sah sich die Szene an.

Einer der Blood Outlaws, dem er in den Oberschenkel geschossen hatte, verblutete bereits. Derjenige am Heck des Lasters kroch mit leisem, gequältem Stöhnen davon, er schleifte ein blutiges Bein nutzlos hinter sich her.

Logan schoss ihm zweimal in den Hinterkopf.

Der dritte Schläger mit dem gebrochenen Knöchel lag am Boden und tastete nach der Pistole an seiner Seite. Ohne zu zögern, gab Logan eine Serie von fünf Schüssen ab. Sie durchschlugen die Brust des Mannes. Er brach zusammen und bewegte sich nicht mehr.

Logan ging über die Straße, das Gewehr im Anschlag, den Finger am Abzug. Er schritt über die Leichen der beiden Teenager. Die beiden Jugendlichen, die er kaltblütig erschossen hatte.

Sie waren keine hartgesottenen Kriminellen gewesen. Vielleicht hatten sie sich den Blood Outlaws aus der Not heraus angeschlossen, aus Verzweiflung, um zu überleben – genau wie er vor all den Jahren.

Es war ihm egal. Er konnte es sich nicht leisten, Gedanken daran zu verschwenden. Sie hatten die falsche Seite gewählt.

Um seine eigene Haut und die seiner Mitstreiter zu retten,

hatte er ihre Waffen gebraucht. Er konnte es sich nicht leisten, sich zu fragen, ob er die richtige Wahl getroffen hatte.

Er hatte nichts gefühlt, als er sie tötete, als er Blei in weiches Fleisch und Knochen schoss und ihr erbärmliches, jämmerliches Leben beendete.

Die Dunkelheit war in ihm. Das Ungeheuer. Er fühlte keinen Zorn, keine blinde Wut. Der Zweifel war verschwunden. Die Scham ausgelöscht.

Sein Verstand war klar. Er war eine Maschine. Kalt, effizient. Tödlich.

Er würde alles und jeden töten, der sich ihm in den Weg stellte.

Zwei Drecksäcke waren noch übrig. Wo waren sie? Logan überprüfte schnell seine Umgebung. Tränen-Tattoo war nirgends zu sehen. Er war derjenige in den neongelben Nikes, der den Schwanz eingezogen hatte und geflohen war, genau wie er es im Old Navy Store getan hatte.

Logan erblickte eine Bewegung zwischen zwei Palmen zu seiner Linken. Er erkannte das Kopftuch, das knurrende Tattoo der großen Katze. Tiger-Tattoo stand mit dem Rücken zu Logan und ging auf den McDonald's und den Taco Bell zu, um die Soldaten auszuschalten.

Es gab einen Knall von Schüssen. Es klang unterdrückt.

Logan duckte sich hinter einem abgestellten Auto. Er schlich sich an die Seite und kroch um den vorderen Kotflügel herum.

Ein Mann lag auf dem Boden. Blut befleckte die rechte Schulter seiner Armee-Kampfuniform. Ein Soldat.

Tiger-Tattoo trat über den am Boden liegenden Soldaten und hielt etwas, das wie eine Beretta M9A3 mit Schalldämpfer aussah, in beiden Händen. Er umrundete die Ecke von Taco Bell und schob sich dicht an die Wand heran.

Eine halbe Sekunde lang wünschte Logan, er hätte Dakota gebeten, zurückzubleiben und ihm Deckung zu geben.

Jetzt war es zu spät. Er hatte Tiger-Tattoo im Visier. Es war an der Zeit, ihn auszuschalten.

Logan folgte geduckt und schlüpfte zwischen den Palmen hindurch. Er hatte noch keine gute Schussmöglichkeit. Er konnte es sich nicht leisten, das Überraschungsmoment zu vergeuden.

Der am Boden liegende Soldat war verletzt – bewusstlos, aber er atmete noch. Logan schlich an ihm vorbei. Eine Seitentür in einer flachen Nische an der Westwand des Gebäudes bot ein wenig Deckung. Er versteckte sich so gut er konnte, dann verankerte er sich an der Stuckwand, den Schaft fest gegen die wunden Muskeln seiner Schulter gedrückt, und spähte um die Ecke.

Die Soldaten knieten, konzentriert auf den Kampf vor ihnen. Einer trug eine Kampfuniform der Armee, der andere eine khakifarbene Hose und eine kugelsichere Weste mit der Aufschrift »ATF-Police« über einem marinefarbenen T-Shirt. Sie waren also vom Amt für Alkohol, Tabak, Schusswaffen und Sprengstoffe.

Sieben Meter vor ihm setzte Tiger-Tattoo seine Füße auf den Asphalt und richtete seine Waffe auf den Kopf des Soldaten.

Logan hatte nur eine Sekunde Zeit zu handeln. Er hatte die Mitte von Tiger-Tattoos Schädel im Visier, atmete aus und drückte zweimal ab, wobei das Gewehr heftig zurückschlug.

Der Kopf des Blood Outlaws explodierte in einer Wolke aus rotem Dampf. Er fiel auf den Rücken. Er stand nicht wieder auf.

Sowohl der Beamte als auch der Soldat wirbelten herum, als die Schüsse direkt hinter ihnen ertönten.

Sie richteten ihre Waffen auf Logan.

»Nicht schießen!«, rief er.

KAPITEL 33
LOGAN

Logan wusste, dass er selbst wie ein Gangmitglied aussah, mit seiner bronzenen Haut, seinem harten Gesicht und den Armen voller Tattoos. Seine einzige Chance, am Leben zu bleiben, bestand darin, sofort zu gehorchen – und zu hoffen, dass sie nicht so voller Adrenalin waren, dass sie erst schossen und dann Fragen stellten.

Er warf die AR-15 auf den Boden, kniete sich auf den Bürgersteig und verschränkte die Hände hinter dem Kopf. »Ich bin unbewaffnet! Ich gehöre nicht zu denen!«

Der Soldat und der ATF-Beamte stürmten vor, die Gewehre auf seine Brust gerichtet.

»Runter!«, rief der ATF-Beamte, ein großer, glatzköpfiger Afroamerikaner. »Runter! Runter!«

Logan gehorchte. Er ließ sich fallen und blieb auf dem Bauch nach unten auf der Straße liegen, die rechte Gesichtshälfte streifte den Kies. Sein Puls donnerte in seinem Kopf. Seine Ohren klingelten.

»Ich habe eine Pistole in meinem Holster«, sagte er. »Sie ist ungeladen.«

Die Soldatin – eine kleine, kräftige Frau – bückte sich und zog die Waffe aus dem Holster. »Ich habe eine Glock 19.«

»Sie ist leer«, sagte Logan.

»Niemand hat gesagt, dass du reden darfst!«, schnauzte der Soldat.

Logan biss sich frustriert auf die Wangen. Sie waren genauso gestresst und voller Adrenalin wie er selbst. Eine falsche Bewegung und er war tot. Niemand hatte die Zeit, eine Situation – oder einen potenziellen Mörder – in der Schusslinie zu analysieren.

Sie waren zittrig vor Nervosität. Sie hatten es vermasselt, weil sie einen Feind hinter sich gelassen hatten. Der dritte Soldat hatte ihnen wahrscheinlich den Rücken gedeckt, bevor er angeschossen worden war.

Logan blieb unbeweglich und fügsam, und ließ sie tun, was sie tun mussten, während er die Zähne zusammenbiss und versuchte, nicht auf die Stiefel der Soldatin zu kotzen. Das würde ihr wahrscheinlich nicht gefallen.

Sie durchsuchten ihn grob, als sich Schritte näherten.

»Ich stelle keine Gefahr dar!«, rief Dakota. »Ich komme jetzt um die Ecke. Keine Waffen.«

»Auf die Knie! Hände über den Kopf!«, befahl der ATF-Beamte.

»Wir wurden von der Gang angegriffen, gegen die Sie gekämpft haben«, sagte Dakota gleichmäßig von irgendwo hinter Logan. »Dieses tote Bandenmitglied hat sich herangeschlichen, um Sie zu töten, zusammen mit ein paar anderen. Der Kerl, den Sie da haben, ist mein Freund Logan Garcia. Er hat sein Leben riskiert und es geschafft, sie zuerst zu töten.«

»Kinsey?«, sagte der Beamte und hielt seine Waffe auf Logan gerichtet.

Logan hörte, wie die Soldatin wegging, zurück zur Straße.

»Heilige Muttergottes ...«, murmelte sie. Ein Funkgerät klickte. »Mueller, ich habe hier mindestens ein Dutzend tote Feinde. Vielleicht zwei Dutzend. Holen Sie lieber das Team und kommen Sie hoch.«

Ihre Schritte kehrten zurück. Sie stieß mit ihrem Stiefel gegen den toten Körper von Tiger-Tattoo und drehte ihn um. Er hatte auf seiner M4 gelegen.

»Verdammt noch mal.« Sie blickte Logan an, und ihre angespannte Miene entspannte sich. »Wir wurden von einem Hinterhalt überrascht. Wurde zu einer hässlichen Schießerei. Cheung hatte uns den Rücken gesichert – bis er es nicht mehr konnte.«

Ihr Blick wanderte zu dem Mann, der an der Wand lehnte, stöhnte und sich die Schulter hielt – verletzt, aber am Leben. Ein anderer Soldat beugte sich über ihn und leistete ihm Erste Hilfe.

»Tunnelblick«, sagte sie. »Das ist ein echtes Scheißding.«

»Wir wurden mit heruntergelassenen Hosen erwischt«, sagte der Beamte.

Die Soldatin sah ihn stirnrunzelnd an. »Sprich für dich selbst.«

Der ATF-Beamte streckte seine Hand aus. Logan nahm sie und stand schwerfällig auf.

Jetzt, wo der Kampf vorbei war, ließ das Adrenalin schnell nach und wurde durch die vertraute zittrige Übelkeit ersetzt, die ihm den Magen zerriss.

»Ich sollte Ihnen wohl danken, dass Sie uns den Hintern gerettet haben.« Der Mann grinste. »Mein Name ist Trey Hawthorne. Meine Freunde nennen mich einfach Hawthorne. Ich bin beim ATF, Außenstelle Miami.«

Seine Haut war von einem warmen Kastanienbraun, sein Gesicht schlank und kantig unter seinem Vollbart. Hawthorne war Ende zwanzig, schlaksig und extrem groß, etwa zwei Meter.

Sogar Logan musste seinen Hals recken, um zu ihm aufschauen zu können.

Die Soldatin hatte ein leicht orientalisches Aussehen. Ihr tiefschwarzes Haar, das zu einem zerzausten Pixie geschnitten war, und die Grübchen in ihren runden, rötlichen Wangen gaben ihr ein verschmitztes Aussehen, obwohl die feinen Falten um ihre Augen ihr Alter verrieten, das näher an vierzig lag.

Sie streckte ihre Hand aus. »Captain Rachel Kinsey, National Guard.«

Logan und Dakota stellten sich vor, als weitere ihrer Kollegen vom Publix-Parkplatz heraufschritten. Sie waren alle in Kampfanzügen gekleidet und hielten Gewehre in der Hand. Zwei Soldaten hielten paddelförmige elektronische Geräte: Geigerzähler zum Aufspüren von Strahlung.

»Wir haben drei von unseren verloren«, sagte einer von ihnen. »Vier Verletzte. Wir haben etwa dreißig tote Gangmitglieder und weitere fünfzehn sind entkommen.«

»Räumt auch hier die Gegend«, befahl Kinsey. »Und verhaftet alle noch lebenden Gangmitglieder.«

Hawthorne strich sich mit der Hand über seinen glatten, kahlen Kopf und wandte sich wieder Logan und Dakota zu. »Ich diene als Koordinator für die vorläufige Schadensbeurteilung für die Vereinte Einsatzzentrale für Katastrophen und die Notfall-Einsatzzentrale. Unser Team wurde damit beauftragt, erste Einschätzungen der Infrastrukturschäden, der verbleibenden Fallout-Zonen, der Aktivitäten der zivilen Unruhen zu erstellen und die Bedürfnisse der Gemeinden zu analysieren.

Wir haben Berichte erhalten, dass gestern Abend mehrere Kontrollpunkte überrannt wurden, und sind gekommen, um uns zu vergewissern, womit wir es zu tun haben, bevor wir weitere Truppen vor Ort einsetzen.«

Kinsey schüttelte den Kopf. »Wir haben mit einigen Bandenaktivitäten gerechnet, aber hauptsächlich nachts. Diese Typen sind verdammt dreist. Sie haben uns ohne zu zögern und ohne Provokation unsererseits angegriffen, am helllichten Tag.«

»Uns auch«, sagte Dakota.

»Es hat uns alles abverlangt, sie abzuwehren«, sagte Logan. »Und es war nicht leicht.«

»Sie waren das?«, fragte Kinsey mit hochgezogenen Augenbrauen, als sie den Ort des Geschehens betrachtete, all die toten und gebrochenen Körper.

»Sie und ich zusammen«, sagte Logan grimmig.

»Ich bin beeindruckt.«

Dakota reckte ihm anerkennend ihr Kinn entgegen. Dann wandte sie sich an Kinsey. »Es gibt noch sechs andere in unserer Gruppe. Alles Zivilisten und unbewaffnet. Drei sind verwundet, und mehrere von uns haben akutes Strahlungssyndrom. Wir waren auf dem Weg zum Notfallzentrum am Flughafen, als wir angegriffen wurden. Beim Versuch zu fliehen, haben wir unseren Pick-up zu Schrott gefahren.« Sie räusperte sich und bewegte sich unbehaglich. »Wir ... wir könnten etwas Hilfe gebrauchen.«

KAPITEL 34
LOGAN

Kinsey rieb sich das Kinn und runzelte die Stirn. »Wir sind keine Rettungshelfer. Das ist nicht unsere Aufgabe.«

»Sie haben meinen Arsch gerettet«, sagte Hawthorne. »Und deinen.«

»Ja, ich weiß. Ich war dabei.«

»Das ist das Mindeste, was wir tun können.« Hawthorne stieß sie spielerisch mit dem Ellbogen in die Seite. »Jetzt komm schon.«

Kinsey seufzte. »Okay. Holen wir den Rest Ihrer Gruppe. Ein paar Blocks weiter steht ein Militärtransporter bereit. Wir werden Ihnen und Ihrer Gruppe eine Eskorte zur Notfallzentrale geben.«

Logan fühlte sich erleichtert, aber auch auf der Hut. Vor weniger als fünf Minuten hatten diese Leute noch Gewehre auf seinen Kopf gerichtet. Er war immer noch mit den Nerven am Ende – sein Körper hatte die Nachricht, dass die Bedrohung vorbei war, noch nicht erhalten.

»Danke«, sagte Dakota. Sie pfiff und rief den Rest der

Gruppe herbei. Vorsichtig schlurften sie unter der Überführung hervor und machten sich auf den Weg zu Dakota und Logan.

Carson schlang seinen Arm um seine Frau und hielt sie aufrecht. Vanessas Augen waren weit aufgerissen und fassungslos. Sie klammerte sich an ihren nackten Hals und suchte unbewusst nach den Perlen, die nicht mehr da waren.

Park und Eden ging es nicht so gut. Julio musste Shay festhalten, um sie auf den Beinen zu halten.

Vielleicht war Hilfe eine gute Sache. Sie brauchten sie.

»Wie sieht es aus?«, fragte Julio. »Ist es sicher?«

»Es ist ein chaotisches Durcheinander, aber es ist besser als alles andere im Moment«, sagte Hawthorne. Er sah Shay mit einem breiten, dümmlichen Grinsen im Gesicht an. »Wir haben wenigstens Strom und warmes Essen.«

»Das klingt wunderbar«, sagte Shay schwach.

Hawthornes Lächeln hellte sich auf, wurde dann aber schwächer, als sein Blick auf das Blut fiel, das durch Shays Verband am Kopf sickerte. »Sieht aus, als müssten wir uns beeilen.«

Dakota schwankte. Sie sah so müde aus, wie Logan sich fühlte. »Klingt gut.«

»Ist da noch Platz für uns?«, fragte Julio.

»Wir werden Platz machen.« Hawthorne zwinkerte Shay zu. »Ich kenne da jemanden.«

Kinsey verdrehte die Augen. »Töte mich doch einfach, okay?«

»Was ist mit unserem Pick-up?«, fragte Carson.

»Wir haben den Jetta mit weniger als fünfzehn Kilometern pro Stunde getroffen«, sagte Julio. »Das hat uns mehr geschadet als dem F-150, glaube ich. Der Kühlergrill und der Kotflügel sind ramponiert, aber er sollte noch laufen.«

»Großartig«, sagte Hawthorne. »Wir können Ihre Verletzten

medizinisch versorgen und den Rest von Ihnen im Pick-up eskortieren.«

Sie redeten weiter, aber Logan hörte sie nicht.

Er beugte sich vor, stützte seine Hände auf die Oberschenkel und atmete tief ein, um den Schwindel zu bekämpfen, der ihn überkam. Seine Beine fühlten sich wie Wachs an, als könnten seine Muskeln ihn nicht mehr aufrecht halten.

Die Nachwirkungen des Kampfes machten sich nun bemerkbar – die völlige Erschöpfung und die Übelkeit, die durch die Strahlenkrankheit noch verstärkt wurde. Dazu kamen brennende Kopfschmerzen und Zittern in seinen Händen.

Er hatte keine Ahnung, welche Symptome von der Strahlung und welche vom Alkoholentzug herrührten. Der Durst war in ihm. Das Bedürfnis. Diese vertraute, einladende Wärme zu spüren, die durch seine Adern floss. Sich dem hinzugeben und den Schmerz und das Leiden und das ständige, quälende Flüstern der Dämonen zu vergessen, die in seinem eigenen Kopf lauerten.

Nur mit Mühe konnte er sich davon abhalten, in den nächsten Schnapsladen zu flüchten, den er plündern konnte. Er hob den Arm, um sich den Schweiß von der Stirn zu wischen, und starrte auf die lateinischen Worte, die mit Stacheldraht um seinen Unterarm geschlungen waren: *et facti sunt ne unum.*

Auf dass du nie wirst wie sie.

Die Gesichter der Teenager, die er gerade getötet hatte, schossen ihm durch den Kopf. Der verängstigte Ausdruck, ihre Waffen auf den Boden gerichtet. Dann stürzten die Bilder der anderen Leichen auf ihn ein – das Blut, die Eingeweide und die zertrümmerten Knochen, die gequälten Gesichter, die für immer im Tod erstarrt waren.

Dann kamen die Reue und die Gewissensbisse. Die Scham, heiß und zermürbend, überspülte ihn in quälenden Wellen, der bittere Selbsthass kratzte an seiner Kehle.

Er war nichts weiter als ein Killer. Verdreht und hässlich in seinem Innersten. Barbarisch und grausam. Er konnte der brutalen Gewalt nicht entkommen. Es war das Einzige, was er gut konnte. Das Einzige, was die gefräßige Dunkelheit in ihm nährte.

Jetzt konnte er es nicht mehr ausblenden. Er konnte es nicht am Boden einer Flasche ertränken.

Das war das Monster, das ohne Schuldgefühle, ohne Zögern und ohne Reue mordete. Es mähte alles nieder, was sich ihm in den Weg stellte, auch Kinder.

Auch den kleinen Jungen aus seinen Albträumen.

Tomás Canales-Hidalgo war sein Name. Tomás: Das Nachbarskind mit dem musikalischen Lachen und dem zu großen Kopf und den zerzausten schwarzen Locken, die ihm immer in die Augen fielen.

Du hast das getan. Er sah den Jungen ganz deutlich, hörte ihn, als stünde er direkt vor ihm, im Sonnenlicht, in der Hitze und im Gemetzel. Eine Halluzination von seinem Entzug. Das musste es sein. Der Junge sah ihn mit diesen dunklen, anklagenden Augen an. Urteilte über ihn und befand ihn für unzureichend. *Du hast mich ermordet.*

Tomás, der Nascar- und Hot-Wheels-Autos liebte. Tomás, der Logan immer die Orange aus seiner Brotdose schenkte, wenn er von der Schule nach Hause kam, damit die Mutter des Jungen nicht herausfand, dass er sein Obst nie aß.

Tomás war sieben Jahre alt gewesen, als Logan ihm in den Hinterkopf schoss. Das Gesicht dieses Jungen verfolgte Logan seither Tag und Nacht.

»Logan?«, fragte Shay. »Geht es dir gut?«

Logan drehte seinen Kopf und erbrach sich.

Maddox Cage verlor immer wieder das Bewusstsein. Sein Körper brannte vor Fieber. Seine Haut war glühend rot und strahlte Hitze und Schmerz aus. An seinen Armen, Beinen und im Gesicht platzten Blasen.

Er träumte von Feuer, von verkohlten Leichen, von Zerstörung, Ruin und Tod.

Jemand murmelte ihm etwas zu. Ein Engel? War er im Himmel? Hatte er endlich die Belohnung erhalten, die er verdient hatte?

Aber nein, das Feuer kehrte zurück, ein wütendes Inferno, das die Welt verwüstete und alles verbrannte, während die Menschen schrien und um Gnade flehten. Es gab keine Gnade, nur ein verbranntes und geschwärztes Ödland ohne jedes Leben.

Stunden vergingen. Tage vergingen. Es gab Licht, dann Dunkelheit, dann wieder Licht.

Er schwebte in einem Meer aus loderndem Feuer, Flammen verschlangen ihn, verzehrten ihn Stück für Stück, Zelle für Zelle, Knochen für Knochen.

Aber ihm war die Ewigkeit versprochen worden. Das war ein

grausamer Trick, ein Verrat. *Und warum solltest du nicht bren-nen?*, flüsterte eine Stimme in seinem fiebrigen Geist. *So, wie der Prophet dich gewarnt hat? Schließlich hast du versagt, nicht wahr?*

»Nein!«, röchelte er.

Er riss die Augen auf. Alles war zu hell, blendend weiß. Er blinzelte schnell. Die Welt war ein verschwommener, undeutlicher Schleier.

Schmerz durchfuhr seinen Körper. Er leckte sich über die rissigen, blasigen Lippen, während sich sein trüber Blick langsam fokussierte. Es fühlte sich an, als käme er aus einem tiefen, endlosen See an die Oberfläche.

Mühsam drehte er den Kopf und nahm seine Umgebung in Augenschein. Er lag in einem Bett mit einer Matratze und einem Kissen. Ein dünnes Laken bedeckte seinen Körper bis zur nackten Brust. Ein an einer Stange befestigter Tropf mündete in eine Vene in seiner Ellenbeuge.

Der Raum war einfach, mit einem Holzboden, vier Bretterwänden und einer niedrigen Decke. Durch hohe Fenster an drei Wänden strömte Tageslicht. An der vierten Wand war eine Reihe von Schränken neben einem kleinen Kühlschrank aufgestellt.

In der Mitte des Raums stand ein Wagen mit einer Arbeitsplatte aus rostfreiem Stahl. Darin befanden sich Körbe, Wannen und Behälter mit Skalpellen, Scheren, Mullbinden und anderem medizinischen Material.

Maddox erkannte die Klinik. Hier hatte er viele Tage seiner Jugend verbracht, um sich von seinen Prügelstrafen zu erholen.

Er war zu Hause.

Er stieß einen tiefen, schmerzhaften Atemzug aus.

Eine Gestalt in Weiß beugte sich über ihn. »Du bist aufgewacht.«

Die Antwort war offensichtlich, also sagte er nichts. Er konzentrierte sich auf die verschwommene Gestalt: Eine mollige

Frau Mitte sechzig, mit einem freundlichen, faltigen Gesicht und blauen Augen, die noch immer vor Intelligenz strotzen. Sie hatte die tiefe, raue Stimme eines ehemaligen Rauchers.

Obwohl es allen verboten war, in der Kommune über die Vergangenheit zu sprechen, hatte Maddox seinen Vater belauscht – er wusste, dass sie sowohl als Heidin in Sünde als auch als katholische Nonne im Götzendienst gelebt hatte, bevor sie ihren Weg fand.

Sie lebte in der Kommune, solange Maddox denken konnte, kümmerte sich um die Kinder und pflegte sie gesund, wenn sie krank waren. Mit ihrem scharfen Verstand, ihrem freundlichen Lächeln und den verbotenen Süßigkeiten, die sie ihnen zusteckte, war sie die Lieblingsschwester aller Kinder. Nun, fast aller Kinder.

»Schwester Rosemarie«, krächzte er.

»Du erinnerst dich also an mich.«

Er versuchte sich an einem Grinsen. »Wie ... könnte ich meine ... Lieblingsschwester vergessen ...«

Sie runzelte die Stirn. Weniger leichtgläubig als die anderen war sie nie auf seinen Charme hereingefallen. »Und wo bist du jetzt gerade?«

»River Grass ... Kommune ...«

Sie schniefte. »Wie ich sehe, hast du wenigstens deine geistigen Fähigkeiten behalten.«

»Wie ... lange?«

Sie ließ einen sauberen Waschlappen in eine Schüssel mit Eiswasser auf den Tisch fallen, drückte ihn aus und legte ihn sanft auf seine Stirn. »Du warst vier Tage lang bewusstlos.«

»Vier ...?« Sein Herz schlug heftig. Er versuchte, sich in eine sitzende Position zu heben, aber er sackte auf das Bett. Ein neuer Schmerz durchzuckte ihn. Es fühlte sich an, als würde sein Rücken wund gescheuert werden. »Das ist zu lange ... Ich muss mit dem Propheten sprechen ...«

»Ich weiß, und ich werde ihn rufen. Du hast viel zu tun, aber du musst dich erst ausruhen. Du hast die Strahlenkrankheit. Du kannst von Glück sagen, dass du noch lebst.«

»Ich fühle mich besser. Ich kann aufstehen.«

»Dir geht es noch nicht gut. Deine Haut ist rot wie ein Hummer, mit Blasen und Wunden. Es wird wehtun, wenn du dich bewegst.«

Er schnaubte. Er würde sie seinen Schmerz nicht sehen lassen. Sie hatte schon genug davon erlebt. Sie hatte ihn schwach gesehen, weinend und flennend wie ein Kind. Er verabscheute diese Schwäche. »Ich bin stark genug, um mit einem Sonnenbrand fertig zu werden.«

»So einen Sonnenbrand hast du noch nie gesehen«, murmelte Schwester Rosemarie. »Du hattest hohes Fieber und hast dich übergeben und Durchfall gehabt. Du hast aus dem Zahnfleisch geblutet. Ich bin kein Experte, Maddox, aber du solltest zu einem richtigen Arzt gehen, in einem Krankenhaus. Die Strahlung schädigt Magen und Darm, die Blutgefäße, das Knochenmark und die roten Blutkörperchen ...«

Er zwang sich in eine sitzende Position, zwang seine zittrigen Muskeln, ihn aufrecht zu halten und biss die Zähne gegen den Schmerz zusammen. »Das ist Blasphemie, Schwester Rosemarie«, zischte er. Sie wusste so gut wie jeder andere, dass Krankenhäuser von außerhalb – Krankenhäuser, die von Heiden geführt wurden – verboten waren. »Ich muss mich verhört haben.«

Schwester Rosemaries Gesicht verzerrte sich – nicht vor Angst, sondern vor Sorge. Zwischen ihren ergrauten Augenbrauen bildeten sich Fältchen. »Maddox Cage, ich habe mich um dich gekümmert, seit du ein Kleinkind warst. Wir wissen beide, dass du ein schwieriger Junge warst, um es vorsichtig auszudrücken. Aber ich habe dich immer wie das Kind Gottes behandelt, das du bist. Ich möchte nicht, dass du stirbst oder dass dein Vater seine beiden Söhne verliert.«

Maddox zuckte bei der Erwähnung des Todes seines Bruders zusammen. »Das hast weder du noch sonst jemand zu entscheiden. Gott wählt aus, wer lebt und wer stirbt. Alles andere ist ein Test. Etwas anderes zu behaupten, ist eine schwere Sünde, nicht wahr?«

Schwester Rosemarie runzelte die Stirn, als wolle sie noch etwas sagen. Dann biss sie sich auf die Lippe und nickte einfach. Sie kannte die Strafe für Gotteslästerung genauso gut wie er. Ein Besuch im Raum der Barmherzigkeit – falls sein Vater gnädig gestimmt war.

»Ich bin gerade nicht ganz bei Sinnen«, sagte er. »Ich muss immer noch halluzinieren. Ich habe mich verhört.«

»Ich bin sicher, du hast recht«, murmelte sie mit ihrer rauen Stimme, die angemessen fügsam und sanftmütig war. Aber sie sah ihn mit diesen klaren blauen Augen an, mit diesem Blick, der ihn immer beunruhigte, als könne sie direkt in sein verräterisches schwarzes Herz sehen.

Er schlug das Laken zurück und zwang seine Beine an den Rand des Bettes. Er trug nur Boxershorts. Seine Haut war rau und blasig. Es tat sogar weh, sich selbst zu betrachten.

Stattdessen blickte er Schwester Rosemarie an. »Bring mir Kleidung. Und sag dem Propheten, dass ich ihn in einer dringenden Angelegenheit zu sprechen wünsche.«

Schwester Rosemarie ging zügig durch den Raum. Sie öffnete einen Schrank und brachte ihm einen zusammengefalteten Kleiderstapel mit Socken und einem Paar Wanderstiefel. Sie zögerte und blieb neben dem Bett stehen.

»Was jetzt?«, schnauzte er.

»Hast du die Mädchen gefunden?«

Maddox unterdrückte ein Zucken, als er die Infusion aus

seinem Arm zog und die am Schlauch befestigte Nadel fallen ließ. Schwester Rosemarie würde sich darum kümmern. Vorsichtig schob er seine Arme in das weiße Hemd und knöpfte es zu.

Sie hatte Dakota immer den anderen Mädchen vorgezogen. Sie hatte sie sogar beschützt. Einmal hatte sie für sie gelogen. Maddox hatte aus Mitleid und Nostalgie ein Auge zugedrückt. Vielleicht hätte er es nicht tun sollen.

»Das geht dich nichts an«, sagte er. »Tu, was ich von dir verlange, Schwester. Das ist alles, worum du dich kümmern musst. Finde den Propheten. Sofort.«

KAPITEL 36
EDEN

Eden wachte unruhig auf. Sie hatte geträumt, obwohl sie sich nicht an die Einzelheiten erinnern konnte. Nur, dass ihre Pflegeeltern bei ihr waren, Gabriella an ihrer Seite saß und ihre Hand hielt, Jorge vor ihrem Bett auf und ab ging und lahme Witze erzählte, bis sie schließlich lachte.

Aber als sie ihre trüben, unscharfen Augen öffnete, waren sie nicht da. Und es war ihr nicht nach Lachen zumute. Ihr Kopf und ihr Magen schmerzten. Ihre Arme und Beine waren schwach und sie war so, so müde.

Sie blinzelte zur Decke hinauf. Die Decke war keine Decke – sie war ein weißes Zelt. Sie drehte den Kopf und schaute zu beiden Seiten. Sie lag in einem Krankenhausbett. Eine lange Reihe von identischen Krankenhausbetten erstreckte sich zu beiden Seiten von ihr. Am Fuße der Bettenreihe befand sich ein schmaler Gang, dann eine weitere Reihe auf der gegenüberliegenden Seite des Zeltes.

In jedem Bett lag jemand. Männer, Frauen und Kinder. Einige waren bewusstlos oder schliefen. Andere stöhnten unter

Qualen. Infusionen hingen an Haken und tropften in Schläuche, die an ihren Armen befestigt waren.

Einem Mann fehlten beide Beine. Seine Lippen waren mit Geschwüren übersät. Die Haut einer Frau war tiefrot verbrannt, ihre Augen waren milchig trüb – sie war durch den Lichtstrahl der Bombe geblendet worden. Ihr Schädel war knorrig und knochig, völlig haarlos.

In dem Krankenhausbett rechts von Eden lag ein fünfjähriger Junge, dessen Arme, Hals und Gesicht von einer Reihe von Schrapnellwunden übersät waren. Ein anderes Mädchen weinte, als sich zwei Ärzte um ihren verbrannten Körper kümmerten. Das rohe, rote Fleisch ihres linken Beins sah wie gekocht aus.

Eden sah weg. Tränen brannten ihr in den Augen.

Das war die Bombe. Eine Bombe, die jemand mit Absicht gebaut und gezündet hatte. Wie konnte es so viel Hass auf der Welt geben? Wie konnte jemand so etwas tun?

Sie blickte an sich herunter. Auch in ihrem Arm steckte eine Infusion, an der ein Beutel mit einer klaren Flüssigkeit befestigt war. Ihr Herz pochte gegen ihre Rippen. Wie war sie hierhergekommen? Wo war Dakota? Und warum war sie allein? Was war geschehen?

Schwache Bilder schwirrten knapp unter der Oberfläche ihrer Erinnerung. Sie streckte die Hand aus und berührte ihren Hals. Die hässliche, hervorstehende Narbe war noch da, und direkt darüber ein schmales Schmetterlingspflaster, das den Schnitt vom Messer ihres Bruders verdeckte.

Sie erinnerte sich an die bewaffneten Gangster, an den Autounfall, sie erinnerte sich daran, dass sie unter den Pick-up gekrochen und unfähig gewesen war, sich zu bewegen. Der Schrecken, der ihr im Hals steckte. Die blinde Panik.

Ärzte und Krankenschwestern in weißen Laborkitteln huschten zwischen den Gängen hin und her, trugen Tablette, kümmerten sich um die Patienten und schoben seltsam aussehende medizinische Geräte herum.

Eine Krankenschwester hielt am Fußende ihres Krankenhausbettes inne. »Hey, du bist ja wach. Wie geht es dir, Liebes?«

Eden gebärdete: *Wo bin ich? Was ist passiert?*

Die Krankenschwester schürzte ihre Lippen. »Oh, das tut mir leid, meine Liebe. Ich kenne die Gebärdensprache nicht. Aber ich glaube, dass jemand draußen auf dich wartet. Lass mich nachsehen.«

Dakota. Edens Herz hüpfte vor Glück und Erleichterung, dann stürzte es ab, als weitere Erinnerungen auftauchten, alles, was Maddox behauptet hatte, dass sie getan hatte. Dakotas Verrat.

»Hey«, sagte eine Stimme. Aber es war nicht Dakota.

Eden versteifte sich, als Logan Garcia hereinkam und sich in einen blauen Plastikstuhl neben dem Bett sinken ließ. Er hielt einen Block und einen Bleistift unbeholfen in seinem Schoß. In seinen großen, vernarbten Händen sah es aus wie das Spielzeug eines Kleinkindes.

Sie konnte nicht aufhören, auf die Tätowierungen zu starren, die sich an seinen muskulösen Armen entlangschlängelten. Seine bronzefarbene Haut war schweißnass, sein Kiefer mit Stoppeln bedeckt, seine Augen dunkel und aufmerksam.

Er hatte etwas Einschüchterndes und sogar Beängstigendes an sich. Er hatte all diese Leute bei dem Überfall getötet. Es waren schlechte Menschen, aber trotzdem ... Er war furchteinflößend. Er sah aus, als kannte er zehn Möglichkeiten, jemanden im Schlaf zu erwürgen.

»Du willst Dakota. Sie beendet gerade eine Sauerstoffbehandlung für ihre Rauchvergiftung. Sie hat stattdessen mich geschickt.« Er zuckte mit den Schultern, als wäre es ihm peinlich. »Eigentlich hat sie Julio geschickt. Er kann besser mit Kindern umgehen, denke ich. Aber Julio sitzt mit Park in einem der anderen Krankenzimmer, also musst du mit mir vorliebnehmen.«

Sie nickte leicht.

»Oh.« Er streckte den Block vor. »Ich nehme an, du willst den hier haben, richtig?«

Sie nahm ihn behutsam entgegen und achtete darauf, seine großen, schwieligen Hände nicht zu streifen. Seine Fingerknöchel waren voller Narben. Seine Hände, Arme und sein Gesicht waren mit kleinen Schnitten, Kratzern und blauen Flecken übersät.

Er sah, wie sie ihn ansah, und zog seine Hände zurück in den Schoß, wo er sie zu Fäusten ballte. Sein Knie wippte. Er war angespannt, sein Gesicht straff, sein Körper starr. Er sah genauso unbehaglich aus, wie sie sich fühlte.

Sie wollte ihn nicht hier haben. Sie wäre lieber allein gewesen und hätte an die Decke gestarrt.

Das war eine Lüge. Sie hasste es, alleine zu sein. Sie hatte jede Sekunde gehasst, in der sie in diesem schrecklichen Badezimmer gefangen gewesen war. Wenn sie dieses Bad in hundert Jahren wieder sehen würde, wäre es immer noch zu früh.

Dann erinnerte sie sich daran, dass es niedergebrannt war, zusammen mit dem Haus, in dem sie zwei Jahre lang mit Gabriella und Jorge gelebt hatte.

Wahrscheinlich waren sie jetzt tot. Zusammen mit hunderttausend anderen Menschen in der Innenstadt von Miami.

Sie schaute auf ihren Block. Es war nicht ihrer. Es gab keinen Regenbogen und kein Einhorn auf dem Einband, keine der Seiten war mit Skizzen gefüllt. Er war nicht verbogen und abgenutzt von stundenlangem Gebrauch.

»Ah, sie haben dein Notizbuch bei der Dekontamination mitgenommen«, sagte Logan. »Julio hat in einem Kiosk am Flughafen ein anderes für dich gefunden.«

Zu allem Überfluss hatte sie auch noch das Letzte verloren,

was sie mit ihrem alten Leben verband. All ihre Zeichnungen, die Handzeichen der Gebärdensprache, die sie so akribisch für Dakota angefertigt hatte, waren mit einem Schlag weg ...

Tränen brannten ihr in den Augen. Sie blinzelte sie weg, schlug den neuen Block auf und kritzelte wütend auf die erste, frische Seite. *Wo bin ich?*

»Wir sind am internationalen Flughafen von Miami«, sagte Logan. »Sie haben eine Reihe von Feldlazaretten sowohl im Flughafen selbst als auch auf dem Rollfeld aufgestellt. Es gibt Dekontaminations-, Aufnahme- und Triagebereiche, die wir alle bei unserer Ankunft durchlaufen haben. Wir sind jetzt auf Station F, in einer der Abfertigungshallen im Ankunftsbereich für Inlandsflüge. Glaube ich. Ich bin mir nicht ganz sicher. Dieser Ort ist riesig.«

Wie lange ist es her?

Logan räusperte sich. »Drei Tage.«

Ihre Augen weiteten sich vor Schreck. Es kam ihr wie drei Stunden vor. *Wo ist D.?*

»D für Dakota? Ihr geht es gut. Allen geht es gut, denke ich. Park erholt sich von der Operation an seinem Arm. Shay hatte ein paar Knochensplitter in ihrer Kopfhaut und ein paar Blutungen, aber sie haben ihr eine Bluttransfusion gegeben und sie wieder zusammengeflickt.« Er tippte auf den Infusionsbeutel. »Wir haben auch alle dieses Gebräu bekommen, aber dein Fall war ernster, weil du in diesem Haus nicht so viel Schutz hattest.«

Eden sah an sich herunter und erwartete einen dieser dünnen, papiernen Krankenhauskittel, aber sie trug keinen. Sie trug ein übergroßes blassrosa T-Shirt, das sie nicht erkannte. Sie deutete auf ihre Brust und hob die Augenbrauen.

Logan stieß ein nervöses Glucksen aus. »Denen sind die Krankenhauskittel ausgegangen, ist das zu glauben? Oder vielleicht heben sie sie für die Patienten auf, die sie wirklich brauchen. Wer weiß? Das Rote Kreuz hat sich mit einer Reihe von Wohltätigkeits- und Heilsarmee-Läden außerhalb der Gefahrenzone zusammengetan. Ein Haufen kirchlicher Freiwilliger sortierte all die Kleider und verteilte diese winzigen Shampoos und Seifen sowie einige Plastikzahnbürsten und Zahnpasta an alle.«

Ich erinnere mich an nichts.

»Du bist auf dem Weg hierher im Militärtransporter ohnmächtig geworden.« Er sprach schnell, stolperte fast über seine Worte. Er fuhr sich immer wieder mit den Händen durchs Haar, seine Knie wippten auf und ab, er war nervös und unruhig. »Als du in das Dekontaminationszelt kamst, haben sie dir deine alten Kleider abgenommen und dir das da gegeben. Das Gleiche gilt für uns alle. Diese Jeans ist eine Nummer zu groß, und das Shirt kratzt. Die Schuhe drücken. Aber sie sind nicht verseucht, das ist wohl die Hauptsache.« Er zögerte einen Moment lang. »Wie geht's dir?«

Sie bewegte sich, wobei sie darauf achtete, ihren Arm ruhig zu halten, und hob das Krankenlaken an. Sie hatte keine Decke, aber sie brauchte auch keine. Es fühlte sich an, als wären es über fünfundzwanzig Grad in dem Krankenhauszelt.

Das T-Shirt war in Erwachsenengröße und zu groß, aber die weichen, tannengrünen Jersey-Shorts passten gut, auch wenn der Gummizug sich in den Babyspeck um ihre Mitte grub. Sie zupfte am Shirtkragen und schaute darunter. Ihre Wangen wurden heiß. Sie trug einen BH und Unterwäsche, die sie nicht kannte.

Er räusperte sich unbehaglich. »Sie – ah, Dakota – sie hat bei dem Mädchenkram geholfen.«

Sie schrieb auf ihren Block. *Die Kleidung ist in Ordnung.*

»Großartig«, sagte er, sichtlich erleichtert.

»Kann ich einen Moment mit dir sprechen?« Eine Krankenschwester blieb am Fußende von Edens Bett stehen. Sie war Ende vierzig, klein und pummelig mit einem freundlichen Lächeln. Ihr blondes, gesträhntes Haar war zu einem knackigen Bob am Kinn geschnitten.

Eden nickte.

Die Krankenschwester schaute Logan an und runzelte die Stirn. »Sir, gehören Sie zur Familie?«

Logan stand hastig auf. Die Augen der Krankenschwester weiteten sich, als sie ihn in Gänze betrachtete. Er sah aus, als gehöre er auf die Straße oder in einen MMA-Käfig, nicht in ein sauberes, steriles Krankenhaus.

»Äh ...«, stammelte er. »Ich gehe nur kurz pinkeln und ... bin gleich wieder da.«

Er senkte den Kopf, schob sich an der Krankenschwester vorbei und eilte hinaus.

KAPITEL 37
EDEN

Die Krankenschwester starrte Logan hinterher und sah dann wieder zu Eden. Ihre geschwollenen, blutunterlaufenen Augen verengten sich. Sie sah aus, als hätte sie geweint. »Geht es dir gut, Schätzchen? Bist du sicher, dass du ihn kennst?«

Eden biss sich auf die Unterlippe. Ja, er sah ein bisschen furchteinflößend aus, so stämmig und gefährlich, aber sie erinnerte sich daran, wie er die Gangster erschossen hatte. Er war zurückgeblieben und hatte an Dakotas Seite weitergekämpft, damit Julio sie retten und in Sicherheit bringen konnte.

Machte ihn das nicht zu einem Helden, egal wie er aussah?

Einst hatten ihre Brüder oder ihr Vater ihr gesagt, wer gut und wer böse war, wem sie vertrauen und wen sie fürchten sollte. Sie schienen es ohne den Hauch eines Zweifels zu wissen, als hätte Gott selbst es ihnen offenbart. Vielleicht hatte er das auch. Aber er hatte es ihr nicht gesagt, und keiner von ihnen war hier.

Unentschlossenheit und Unruhe schwirrten in ihr herum. Sie hasste es, Entscheidungen zu treffen. Sie war nicht gut darin, nicht einmal jetzt, drei Jahre nach der Zeit in der Kommune.

Jorge und Gabriella hatten mit ihr daran gearbeitet. Für sich selbst einzustehen, ihre eigenen Entscheidungen zu treffen, ihre Stimme zu finden. Das war es, was Gabriella immer sagte – *finde deine Stimme* – ohne auch nur einen Hauch von Ironie. *Chiquita,* hatte sie einmal gesagt, *sie ist immer noch da. Du musst dich nur ein bisschen mehr anstrengen als alle anderen, damit sie gehört wird.*

»Liebes?«, drängte die Krankenschwester.

Eden zwang sich zu einem Lächeln. *Ja,* schrieb sie. *Er ist ok.*

»Okay, man kann nie vorsichtig genug sein. Besonders in einer Zeit wie dieser ...« Ihre Stimme verstummte. Einige lange Sekunden lang starrte sie einfach nur auf ihren Tisch, mit einem leeren Ausdruck in ihren Augen.

»Es tut mir leid.« Sie räusperte sich und wischte sich unwirsch über die Augen. Als sie aufblickte, war sie wieder ganz bei der Sache. »Lass mich dich auf den neuesten Stand bringen, Schätzchen. Wir haben in den letzten Tagen mehrere Bluttests durchgeführt, um festzustellen, ob deine weißen Blutkörperchen, die die Krankheit bekämpfen, zurückgegangen sind. Wir haben auch nach abnormen Veränderungen in der DNA deiner Blutzellen gesucht, um das Ausmaß der Knochenmarkschädigung festzustellen. Glücklicherweise bist du ein gesundes junges Mädchen. Die bleibenden Schäden dürften gering sein.«

Das klang gut. Oder zumindest nicht schlecht.

»Zusätzlich zu einem Flüssigkeits- und Elektrolytcocktail haben wir dir ein Protein namens Granulozyten-Kolonie-stimulierender Faktor verabreicht, um das Wachstum weißer Blutkörperchen zu fördern und so den Auswirkungen der Strahlenvergiftung auf dein Knochenmark entgegenzuwirken ...«

Die Krankenschwester sprach weiter, aber Eden konnte ihr nicht folgen. Es war zu überwältigend.

Alles war noch langsam und unscharf. Die Worte der Frau

wirbelten in ihrem vernebelten Gehirn umher. *Strahlung. Abnorme DNA. Schädigung des Knochenmarks.* Sie konnte die Worte kaum verstehen, geschweige denn ihre Bedeutung ausmachen.

Damals in der Kommune hatte sie nie einen richtigen Arzt gesehen. Der Prophet sagte, dass Krankenhäuser sich dem Willen des Herrn entgegenstellten, dass nur Gott entscheiden könne, wer lebte oder starb. Dakota sagte, er rede nur Blödsinn, nur benutzte sie ein anderes Wort.

Eden wusste nicht, wer recht hatte. Ihre Sozialarbeiter und Pflegeeltern hatten sie zu Untersuchungen und Kontrollen mitgenommen, und kein Blitz hatte sie zur Strafe niedergestreckt. Jedenfalls noch nicht.

Die Krankenschwester schaute auf ihr Tablet und wischte ein paar Mal darüber. »Ich würde dich gerne noch ein paar Tage hier behalten, um deine Fortschritte zu beobachten, aber wir haben Tausende von Patienten, die auf eine Behandlung warten. Du wirst morgen früh entlassen. Wir geben dir Anweisungen für die medizinische Versorgung mit, wenn das akute Krankheitsstadium einsetzt, okay?«

Eden warf ihr einen leeren Blick zu.

»Du wirst dich ein paar Wochen lang besser fühlen, aber dann werden die Symptome leider noch schlimmer zurückkehren. Das akute Strahlensyndrom kann sich über Monate hinziehen. Du hast gute Chancen, dich zu erholen, aber du könntest lebenslange Komplikationen und ein erhöhtes Krebsrisiko haben.«

Eden dachte an Ezra und all seine düsteren Vorhersagen. Das war genau das, wovor er sie immer gewarnt hatte. Es schien das gleiche Unheil zu sein, das der Prophet und ihr Vater gepredigt hatten, nur auf eine andere Art und Weise.

Es hatte ihr immer so viel Angst gemacht, dass sie es verdrängte und sofort wieder vergaß, indem sie sich vorstellte, dass die Fakten, Statistiken und Wahrscheinlichkeiten wie durch ein Sieb aus ihrem Gehirn herausliefen.

Jetzt war es real. Die Tausenden von Leichen, die zu Asche verbrannt waren. Die verstrahlten Ruinen von einem Dutzend Städten. Das Gift in ihr, das sich durch ihre inneren Organe fraß.

»Es tut mir leid«, sagte die Krankenschwester mit erstickter Stimme. Sie sah so unendlich müde aus. Dunkle Schatten umrahmten ihre gequälten Augen. »Wir haben einfach nicht die Mittel, um alle zu behandeln, die es nötig haben.«

Eden nickte erneut. Sie wusste nicht, was sie sonst tun sollte.

»Du hast Glück gehabt, Liebes«, sagte die Schwester schließlich. »Die Dinge, die ich in den letzten Tagen gesehen habe ... einfach ... schreckliche, schreckliche Dinge. Das Leiden ... Du bist krank, aber du wirst leben. Das Leben ist ein Geschenk. Ein kostbares Geschenk.«

Sie trat an die Seite des Bettes und drückte Edens Hand.

Eden zwang sich zu einem Lächeln, das sie nicht spürte.

»Hast du Hunger? Ich lasse dir etwas zu essen bringen.«

Eden merkte, dass sie hungrig *war*. Ihr leerer Magen knurrte schmerzhaft. Die saure, quälende Übelkeit schien verschwunden zu sein. Fürs Erste.

Die Krankenschwester drückte noch einmal ihre Hand und ging, um sich um den nächsten Patienten zu kümmern, wobei sie beim Gehen etwas schwankte. Wahrscheinlich war sie erschöpft von den vielen Schichten, in denen sie sich um die Kranken und Sterbenden gekümmert hatte und den endlosen Stunden, die sie auf den Beinen war.

Einige Minuten später kehrte Logan zurück. Er saß steif auf dem Plastikstuhl, genauso angespannt und unruhig wie zuvor, mit einem gequälten Gesichtsausdruck.

Eine andere Schwester brachte ihr ein Plastiktablett mit einem Styroporteller. Darauf befand sich ein Klumpen, der ein wenig wie Hackbraten aussah, eine kalte, geronnene Bratensoße, ein Haufen verschrumpelter Erbsen und ein Klecks angetrocknetes Kartoffelpüree.

Eden stach mit ihrer Gabel in das Kartoffelpüree. Es bewegte sich nicht.

Logan stieß ein Schnauben aus.

Eden sah ihn überrascht an. Ein paar Krankenschwestern starrten in seine Richtung.

Er zuckte verlegen mit den breiten Schultern und lehnte sich näher an Edens Bett heran. »Man sagt, dass Krankenhausessen immer eklig sei, egal wo man lebt oder in welchem Krankenhaus man ist. Ich schätze, die Apokalypse ändert doch nicht alles, oder?«

Das kleinste Grinsen zuckte um ihre Mundwinkel.

»Vielleicht sollte es uns ein Trost sein, dass sich manche Dinge nie ändern.« Logan zog etwas aus der Tasche seiner Jeans und steckte ihr heimlich einen Snickers-Schokoriegel zu. »Der ist zwar halb geschmolzen, aber besser als dieser Matsch.«

Ihr Lächeln wurde breiter. Sie nahm den Schokoriegel und schrieb auf ihren Block. *Danke.*

Er schenkte ihr im Gegenzug ein breites Lächeln. Es sah seltsam aus in seinem Gesicht, aber es war nicht schlecht. Er sollte mehr lächeln. Dann würden sich die Leute vielleicht nicht vor ihm fürchten.

Was ist das schlimmste Essen, das du je gegessen hast?, schrieb sie.

Er lehnte sich zurück und strich sich mit der Hand durch sein widerspenstiges Haar. »Ein Limabohnensandwich mit Tomatensoße. Was ist mit dir?«

Sie rümpfte die Nase. *Sandwich mit Krokodilfleisch.*

»Nein. Krokodil ist gut. Schmeckt wie Hühnchen.«

In Ketchup getauchte Essiggurken.

Seine steifen Schultern entspannten sich ein wenig. Der Anflug eines schiefen Lächelns umspielte seine Lippen. »Du hast offensichtlich noch nicht richtig gelebt, Kleine.«

BBQ-Sauce über Haferflocken geträufelt.

»Jetzt wirst du ein bisschen kreativer. Wie wäre es mit Erdbeeren in Mayonnaise getunkt? Oder Hühnchen auf Waffeln mit Peperoni? Oder Eiscreme und Pommes frites?«

Lecker.

»Okay, das kann ich mir vorstellen.«

Cheetos mit Brokkoli gemischt und mit Sojasauce übergossen.

Er verzog das Gesicht. »Ekelhaft. Du hast gewonnen.«

Sie nahm einen Bissen von dem Schokoriegel. Die Schokolade, die Nüsse und das Karamell schmolzen auf ihrer Zunge und blieben in ihren Zähnen stecken. Sie schrieb: *Dakota isst Reis mit Ketchup.*

Er lächelte. »Das sollte ein Verbrechen gegen die Menschheit sein.«

Sie versuchte sein Lächeln zu erwidern, aber es entglitt ihrem Gesicht.

Sie war nicht so mutig und stark wie Dakota. Sie konnte keine bösen Männer mit Waffen töten. Sie hatte sich einfach versteckt, als die Schießerei losging, wie ein Feigling. Jemand anderes hätte sie retten müssen. Schon wieder.

Sie fühlte sich nutzlos, eine Last, Dakota riskierte immer wieder alles, um sie zu retten.

Die Wahrheit war, dass sie Dakota alles verzeihen würde, egal, was sie getan hatte. Das hatte sie bereits. Genauso wie sie Maddox in ihrem Herzen bereits vergeben hatte. Sie liebte ihren Bruder. Sie liebte Dakota.

Sie konnte es sich nicht erlauben, wütend oder verbittert auf einen von ihnen zu sein. Sie wollte nicht all diese schrecklichen Dinge fühlen oder schreckliche Gedanken über die Menschen hegen, die sie eigentlich lieben sollte, die sie eigentlich lieben sollten.

Dieser dunkle Gedanke war wieder in ihrem Kopf und nagte an ihrem Verstand. Dieses Mal konnte sie ihn nicht ignorieren. Verwirrung, Angst und Schuldgefühle verwickelten ihr Inneres in ein Knäuel voller Knoten, das sie nicht auflösen konnte.

Wenn es stimmte, dass Maddox schlimme Dinge getan hatte, wenn er wirklich versucht hatte, Dakota wehzutun ... dann hatte Eden einen Fehler gemacht. Sie hatte es vermasselt.

Wenn Dakota die Wahrheit wüsste, wäre es Dakota, die Eden hassen würde, und nicht umgekehrt.

Und das konnte sie nicht verkraften. Nicht nachdem sie alles und jeden sonst verloren hatte. Allein der Gedanke daran machte sie krank vor Sorge.

Sie hatte große Angst vor dem Alleinsein.

Tränen stachen ihr in die Augen. Sie begann zu weinen.

»Was ist los?«, fragte Logan hastig. Er sah beschämt aus. »Was habe ich getan?«

Sie schüttelte den Kopf. Das lag nicht an ihm. Sie war es. Es war Dakota. Es war alles.

»Soll ich die Krankenschwester holen?«

Sie schüttelte erneut den Kopf, schniefte und wischte sich die Nase mit dem Armrücken ab. Sie nahm ihren Block in die Hand.

Ich habe Angst.

Er zögerte einen Moment, sein Kiefer arbeitete, als wüsste er nicht, was er sagen sollte. »Wir haben alle Angst, Kleine.«

Vor allem.

Logan stieß einen schweren Seufzer aus. Er saß da, die großen Hände nutzlos im Schoß verschränkt, die Schultern gekrümmt, als trüge er allein das Gewicht der ganzen kaputten Welt. »Das auch.«

KAPITEL 38
DAKOTA

»Sie sind spät dran«, murmelte Dakota.

»Ganz ruhig«, sagte Logan. »Sie werden schon kommen.«

Hawthorne hatte sie alle gebeten, ihn nach dem Mittagessen zu treffen, ohne einen Grund zu nennen.

Logan saß am Tisch neben ihr und aß einen Cheeseburger. Sie befanden sich im Terminal D in der American Airlines Admirals Club Lounge. Sie saßen beide steif in schwarzen, gepolsterten Stühlen, die an die Wand gelehnt waren, mit Blick auf den Raum und das luftige Terminal dahinter.

Keiner von ihnen mochte es, mit dem Rücken ins Freie zu sitzen. Sie waren beide aufmerksam und wachsam und scannten ständig ihre Umgebung.

Logan nahm einen großen Bissen von seinem Cheeseburger und spülte ihn mit einer Cola herunter. Dakota hatte ihr Sandwich und ihre Pommes bereits aufgegessen. Als Pflegekind lernte man, schnell oder gar nicht zu essen.

Das Essen kam von Shula's Bar and Grill. Mehrere Restaurants auf dem Flughafen waren geöffnet geblieben, um die

Hunderte von Mitarbeitern der Notfalleinsatzzentrale kostenlos zu versorgen. Zumindest für die Menschen. Sie war sich sicher, dass die Restaurants für die Regierung eine Strichliste führten. Und die Hotels auch.

Hawthorne hatte sie zusammen mit Hunderten von Regierungsangestellten und Beamten in ein paar Zimmern des Sheraton neben dem Flughafen untergebracht. Hawthorne sagte ihnen, dass das Hilton, das Marriott, das Hyatt und fast jedes andere Hotel in der Umgebung des Flughafens bereits überfüllt seien.

Einschließlich des Hilfspersonals gab es fast zweitausend Beamte, das medizinische und militärische Personal nicht mitgerechnet. Außerdem hatte sie Hunderte von Agenten mit Abzeichen des DHS, der FEMA, des ATF, des Armeekorps, der EPA und des Verteidigungsministeriums gesehen.

Offensichtlich hatte Hawthorne einen gewissen Einfluss oder ernsthafte Beziehungen, denn mit den Besucherausweisen, die er ihnen besorgt hatte, konnten sie sich in bestimmten Bereichen des Flughafens frei bewegen, in denen die meisten normalen Zivilisten nicht zugelassen waren. Daher auch die von der Regierung finanzierte warme Mahlzeit in der Admirals Club Lounge.

Dakota bewegte sich unruhig in ihrem Ledersessel. Diese tagelange Warterei machte sie wahnsinnig. Sie konnte es kaum erwarten, sich wieder auf den Weg zu machen, endlich Ezra und seinen Unterschlupf zu erreichen, nach Hause zu kommen.

Hier fühlte sie sich träge und unproduktiv. Als ob jeder außer ihr eine Bestimmung hätte.

Nun, alle außer den Wilburns. Carson und Vanessa hatten die meiste Zeit damit verbracht, in ihrem Hotelzimmer zu faulenzen und sich offenbar zu »erholen«. Jedes Mal, wenn Dakota sie sah, weinte Vanessa oder rollte sich zu einem Ball zusammen, Carson beugte sich über sie und murmelte mitfühlende Ermutigung.

Sie waren beide völlig nutzlos.

Dakota nahm ihre Anwesenheit kaum wahr. Vielleicht war es kaltherzig, aber es war die Wahrheit.

Shay war irgendwo in einer der Krankenstationen und tat etwas Hilfreiches, aber sie hatte versprochen, zu Hawthornes Treffen zu kommen. Julio war bei Eden auf Station F. Er hatte darauf bestanden, dass Dakota eine Pause von ihrer Nachtwache machte und sie hinausgescheucht. Die Krankenschwester hatte gesagt, dass Eden am Morgen entlassen werden würde.

Auch Park war noch nicht entlassen worden. Er erholte sich immer noch von seiner Operation, bei der die zertrümmerten Knochen in seinem rechten Unterarm repariert worden waren. Der Arzt hatte erklärt, dass sie nicht in der Lage waren, eine mikrochirurgische Operation durchzuführen, um die durchtrennten Sehnen zu reparieren.

Da fast alle Traumazentren des Landes bereits mit Patienten überlastet waren, hatten sie ihn vor Ort behandelt. Parks Verletzung war nicht lebensbedrohlich. Man hatte sich entschieden, keine Mittel für einen Lufttransport in ein richtiges Krankenhaus aufzuwenden. Dauerhafte Nervenschäden und eingeschränkte Mobilität waren die wahrscheinlichsten Folgen.

Es war alles beschissen. Aber wenigstens war er am Leben.

Dakota wirbelte eine Pommes um den Ketchup auf ihrem Teller und seufzte. »Ich sollte nach Eden sehen ...«

»Hast du den Teil mit der Entspannung nicht gehört?«, fragte Logan verschmitzt.

»Ja, ja.« Sie warf ihm einen bösen Blick zu. »Wer im Glashaus sitzt, sollte nicht mit Steinen werfen.«

Er zuckte mit den Schultern und schenkte ihr ein träges Grinsen. Das war das einzig Träge an ihm. Sein Körper war angespannt, seine Schultern steif, sein Blick schweifte unablässig durch die Lounge und die dahinter liegende Halle. Er hatte seine Wachsamkeit nicht verloren, nicht einmal hier.

Ihre Hand wanderte zu den leeren Stellen an ihrem Gürtel. Sie vermisste ihr taktisches Messer und ihre Pistole. Ohne sie fühlte sie sich fast nackt. Dem verärgerten Gesichtsausdruck von Logan nach zu urteilen, ging es ihm genauso.

Ihr Messer lag wieder im Hotelzimmer – der Sicherheitsdienst hatte ihr erlaubt, es zu behalten, aber sie durfte es nicht auf das Gelände der Notfalleinsatzzentrale mitnehmen. Bei ihrer Ankunft hatte sie das Messer im Dekontaminationszelt gründlich geschrubbt. Auch die Karte, die wie durch ein Wunder überlebt hatte.

Bevor sie ankamen, hatte Hawthorne ihre Schusswaffen, einschließlich der beiden AR-15, an sich genommen, damit sie nicht von den Sicherheitskräften konfisziert werden konnten. Er und Captain Kinsey hatten auch den F-150 irgendwo hingebracht.

Er hatte versprochen, alles sicher aufzubewahren.

Sie waren gezwungen, ihm zu vertrauen. Welche Wahl hatten sie denn schon? Aber niemand konnte sie zwingen, es zu mögen. Dakota hasste jede Sekunde.

Sie wäre lieber auf sich allein gestellt, ihr Schicksal in ihrer eigenen Hand.

Sie warf einen Blick auf Logan. Er hatte sich halb gedreht, um die Flasche weißen Bacardi-Rum zu betrachten, die auf dem Tresen der Getränkebar hinter ihnen stand. Sie erkannte den Ausdruck in seinem Gesicht – Sehnsucht und Bedauern, gemischt mit einer bitteren Verzweiflung.

Der Blick eines Süchtigen, der nach einem Schuss giert.

Aber er biss nicht an. Er machte keine Anstalten, von seinem Stuhl aufzustehen.

Sie respektierte das. Sie hatte als Pflegekind mehr als einen Süchtigen erlebt, der sich seinen niederen Instinkten nie widersetzte. Sobald sie besoffen waren, begannen die undeutlichen Flüche und schlampigen Schläge, getreu wie ein Uhrwerk. Sie rieb sich den Kiefer und erinnerte sich an eine längst verheilte Prellung.

Sie sollte versuchen, ihm zu helfen. Logan brauchte eine Ablenkung, aber sie hatte keine Ahnung, was sie sagen oder tun sollte, außer ihn zu beleidigen oder ihm vielleicht gegen das Schienbein zu treten.

Eine bessere Ablenkung kam in Form von Shay, die in einem weißen Laborkittel über ihrer Kleidung in die Admirals Club Lounge schlenderte, mit einem müden, aber überschwänglichen Grinsen, wie immer.

Hawthorne folgte ihr dicht auf den Fersen. Seit ihrer Entlassung hatte er jede freie Minute, die er nicht im Einsatz war, mit Shay verbracht. Was Shay betraf, so hatte sie fast jeden wachen Moment damit verbracht, als freiwillige Pflegehelferin zu arbeiten.

Das Krankenhaus war bereits stark unterbesetzt; sie nahmen jeden mit medizinischer Erfahrung auf. Da Shay eben Shay war, hatte sie die Chance ergriffen, zu helfen.

Logan drehte sich schnell um, sein Gesicht war ernst, seine Augen leer. Was auch immer er gedacht oder gefühlt hatte, er hatte es fest verschlossen.

»Nette Brille«, sagte Dakota, um die Aufmerksamkeit von ihm abzulenken.

Shay berührte verlegen die viereckigen lila Rahmen. »Eine der Krankenschwestern hat sie für mich gefunden. Ich bin nur froh, dass ich diese schrecklichen Kontaktlinsen endlich loswerden konnte. Nach vier Tagen mit brennenden Augen konnte ich kaum noch sehen. Aber jetzt geht es mir gut.« Sie nahm eine alberne Pose ein, eine Hand auf die Hüfte gestützt. »Ist das mein Stil?«

Sie sah hinreißend aus. Shay konnte alles bezaubernd aussehen lassen.

»Du rockst es«, sagte Hawthorne.

Shay neigte ihr Kinn und schenkte ihm ein breites, schüchternes Lächeln. Vielleicht wurde sie sogar rot. »Danke.«

»Wie geht es deinem Kopf?«, fragte Dakota.

Schatten umspielten noch immer Shays Augen, aber ihr Blick war hell und wach, ihre Haut hatte wieder ihr sattes, lebhaftes Braun. Ihr vertrautes freches Grinsen spielte über ihr Gesicht. Der große Verband, den man ihr um den Kopf gewickelt hatte, war verschwunden und durch ein kleines Quadrat aus Gaze ersetzt worden. Sie hatte ihre wilden, drahtigen Locken gescheitelt, sodass sie die Gaze – und die kahle Stelle – größtenteils verdeckten.

Shay ergriff Dakotas Hand und drückte sie. »Viel besser, dank dir.«

Sie ließ ihr Kaugummi fröhlich platzen. Sie war definitiv wieder ihr altes enthusiastisches Selbst.

Eine nicht gekennzeichnete Tür hinter ihnen öffnete sich, und ein Mann in einer mit Auszeichnungen und Bändern geschmückten Offiziersuniform schritt heraus. Hawthorne winkte und der Mann ging auf sie zu.

»Ich möchte euch jemanden vorstellen«, sagte Hawthorne mit einem Grinsen. »Das ist mein Onkel, General Randall Pierce, State Coordinating Officer für die Vereinte Einsatzzentrale für Katastrophen und die Notfall Einsatzzentrale. Im Grunde ist er der Mann, der für alles verantwortlich ist.«

General Pierce war Mitte fünfzig und ein stattlicher dunkelhäutiger Mann mit kurzem, drahtigem, grauem Haar und einem Hauch von grauem Bart, der sein kantiges Kinn zierte. Er war so groß wie sein Neffe, aber mindestens hundert Pfund schwerer, groß, aber nicht fett, und solide wie eine Betonplatte.

Logan schob seinen Stuhl zurück und stand hastig auf.

Dakota folgte ihm. »Freut mich, Sie kennenzulernen, Sir.«

»Sie müssen die Leute sein, die meinem Neffen das Leben gerettet haben«, sagte General Pierce mit einem tiefen Bariton. »Ich habe Hawthorne gebeten, uns einander vorzustellen.«

»Das waren Logan und Dakota, Sir«, sagte Shay und strahlte sie an. »Sie haben mir jetzt schon mehrmals das Leben gerettet.«

General Pierce schüttelte ihnen mit festem Griff die Hand. »Ich kann Ihnen nicht genug danken. Wenn ich irgendetwas für Sie tun kann, lassen Sie es mich einfach wissen.«

»Hawthorne hat uns bereits bei allem geholfen, was wir brauchten«, sagte Shay.

Hawthorne hatte sich für sie weit aus dem Fenster gelehnt, aber auch wenn sie ihm den Arsch gerettet hatten, dachte Dakota, dass er sich genauso stark für Shay engagierte wie für sie und Logan. Der ATF-Beamte konnte seinen Blick kaum von Shay abwenden. Er war offensichtlich verknallt.

»Ich weiß, dass ihr Fragen zum Stand der Dinge haben werdet«, sagte Hawthorne. »Das ist der Mann, den ihr fragen solltet.«

»Wer hat uns das angetan?«, fragte Logan. »Das wüsste ich gerne.«

General Pierce kratzte sich an seinen Bartstoppeln. »Ein Haufen Verrückter ist aus dem Unterholz hervorgekrochen, um die Lorbeeren zu ernten. Aber die meisten sind nicht das, was wir als glaubwürdige Informationen ansehen würden. Dennoch geht Homeland jeden einzelnen der dreihunderttausend Berichte über verdächtige Aktivitäten durch, die wir von den Agenturen erhalten haben.

Einige der Gerüchte deuten auf radikalisierte muslimische

Extremisten im Irak und in Syrien hin. Andere Experten vermuten, dass es eine Verbindung im Inland gibt – tiefe Zellen, die seit Jahren, vielleicht Jahrzehnten, unter uns versteckt leben. Russland und China sind natürlich auch verdächtig. Oder vielleicht ein kleiner Schurkenstaat, den wir nicht in Betracht gezogen haben. Nordkorea hat viel Lärm von sich gegeben, aber am Ende einen Rückzieher gemacht.«

»Wir haben also immer noch keine Ahnung«, sagte Logan.

»Es ist eine heikle Situation. Viele Generäle wollen den Nahen Osten ohne Rücksicht auf Beweise wegbomben. Aber die neue Präsidentin ist vorsichtig. Einige verachten ihre Umsicht als Schwäche, andere begrüßen sie als Stärke. Wir wollen kein weiteres Afghanistan- und Massenvernichtungswaffen-Fiasko, aber die Menschen wollen unbedingt Blut sehen. Offen gesagt, will ich das auch.«

»Was ist mit Beweisen?«, fragte Shay. »Woher sollen wir überhaupt wissen, wer es getan hat?«

»Ground Zero ist unter Millionen von Tonnen von Schutt begraben. Selbst wenn wir ihn ausgraben könnten, wäre alles, was mit dem IND – dem improvisierten Nuklearsprengkörper – in Verbindung steht, bereits verbrannt. Aber wir haben einige Spuren. Wir haben unglaubliches Glück, dass das vierzehnte Ziel – der IND in Chicago – nicht detoniert ist. Die CIA und Homeland verfolgen die Spur des Bombengehäuses, die VIN-Registrierung des Lieferwagens und die Quelle des hochangereicherten Urans. Der Rest ist streng vertraulich, fürchte ich.«

»Verstanden«, sagte Dakota.

Die Falten auf der Stirn des Generals vertieften sich zu Furchen, als er die Stirn runzelte. »Verstehen Sie mich nicht falsch, wir werden die Bastarde erwischen, die das getan haben.«

»Wir haben keinen Zweifel, Sir«, sagte Shay. »Was ist mit den Widerherstellungsbemühungen?«

»Um es ganz offen zu sagen: Wir haben ein schwieriges Unterfangen vor uns. Wir haben weder die Ressourcen noch die Arbeitskräfte, um diese pulsierende Stadt wieder auf die Beine zu bringen.«

»Was ist mit der National Guard?«, fragte Shay.

»Der Präsident hat die National Guard landesweit föderalisiert. Florida hat über neuntausend Gardisten und etwa zweitausend Flieger. Gouverneur Blake hat die Präsidentin angefleht, uns zu erlauben, Miami wiederherzustellen, aber New York, Kalifornien und D.C. stehen auf der Prioritätenliste höher. Sie hat achttausend Mann für den Bundeseinsatz abgestellt und uns weniger als tausend Mann übrig gelassen. Das ist nicht annähernd genug«, erklärte General Pierce mit ernster Miene.

»Der Gouverneur hat die Florida State Guard als staatliche Verteidigungstruppe wieder eingeführt, die eigene Version der National Guard, die nicht den Bundesbehörden unterstellt ist. Die SDF wird unter der Leitung des Generaladjutanten von Florida und der staatlichen Militäroffiziere innerhalb des Florida Department of Military Affairs ausgebildet, organisiert und eingesetzt.

Sie nehmen Rekruten für ein beschleunigtes Trainingsprogramm in Camp Blanding auf. Dies ist die schlimmste Krise, die unser Land je erlebt hat. Wir brauchen gute Soldaten.« Der General starrte Dakota und Logan mit einem ebenmäßigen, abschätzenden Blick an. »Sie zwei wären dafür genau richtig.«

»Ich weiß das Angebot zu schätzen«, sagte Dakota schnell, »aber ich bin auf dem Weg zu einem Freund in den Glades. Dort werden wir sicher sein.«

General Pierce nickte und wandte sich an Logan. »Und was ist mit Ihnen, Mr. Garcia? Ich habe gehört, dass Sie über viele Fähigkeiten verfügen. Sie wären eine echte Bereicherung für die Wiederaufbauarbeiten.«

Logans Augen weiteten sich, wie die eines Rehs im Scheinwerferlicht.

Dakotas Bauch zog sich gegen ihren Willen zusammen. Würde er Ja sagen? Seit Tagen hatte sie vorgehabt, diesen Kerl loszuwerden. Aber jetzt erfüllte sie der Gedanke, dass Logan sie im Stich lassen würde, mit Grauen.

Irgendwann hatte sie begonnen, sich auf ihn zu verlassen. Ihm sogar zu vertrauen.

Er war ein anderer Mensch, nachdem er mit dem Trinken aufgehört hatte. Beständig, stark, zuverlässig – und ein verdammt guter Krieger. Die Art und Weise, wie er diese Blood Outlaws am Checkpoint mit unerbittlicher Präzision, ohne Zögern und ohne Gnade niedergestreckt hatte.

Vielleicht war er sogar jemand, den sie in ihrer Nähe haben *wollte*. Wem machte sie etwas vor? Sie wollte ihn in ihrer Nähe haben.

Aber ob er bleiben wollte, war eine ganz andere Frage.

KAPITEL 39
DAKOTA

Dakota spürte Logans Blick auf sich. Seine Augen waren dunkel und unleserlich.

Er fuhr sich mit der Hand durch sein widerspenstiges schwarzes Haar und schüttelte den Kopf. »Danke, aber ich habe ein Versprechen gegeben. Ich sagte, ich würde dieses Mädchen und ihre Schwester in ihren sicheren Unterschlupf bringen. Und das werde ich auch tun.«

Sie konnte nicht anders – Erleichterung floss durch ihre Adern.

Shay warf ihr einen Blick zu und grinste sie wissend an. Dakota wandte ihr Gesicht ab, um die Wärme zu verbergen, die ihre Wangen erhitzte. Dieser blöde Körper verriet sie mit Gefühlen, von denen sie nicht einmal wusste, ob sie sie wollte.

Aber sie war sich sicher, dass sie nicht wollte, dass er aus falschem Pflichtgefühl oder weil er ihr einen Gefallen schuldete, mit ihr kam. Sie brauchte keine Gefallen. Oder Mitleid.

Sie räusperte sich. »Fühl dich nicht gezwungen«, sagte sie. »Das musst du nicht tun.«

Er zuckte nur mit den Schultern. »Ich weiß.«

General Pierce nickte, sichtlich enttäuscht. »Das Angebot steht. Wir haben warmes Essen, heiße Duschen und eine gute Unterkunft. Diese Annehmlichkeiten sind im Moment Mangelware und werden es noch eine ganze Weile sein.«

»Wir werden es im Hinterkopf behalten, General«, sagte Logan.

»Was passiert außerhalb von Florida?«, fragte Dakota. »Können Sie uns etwas dazu sagen?«

»Natürlich«, sagte der General. »Kurz gesagt, Millionen von Flüchtlingen sind aus den angegriffenen Städten geflohen, auch aus denen, die nicht von der Strahlung betroffen sind. Nahegelegene Städte, die anfangs die Flüchtlinge mit offenen Armen aufnahmen, drohen nun, ihre Grenzen zu schließen.«

»Warum?«, fragte Shay entsetzt.

»Auf hundert verängstigte Familien, die Schutz suchen, kommen ein oder zwei Kriminelle, die kein Gewissen und kein Mitgefühl haben, die voller Wut sind, dass sie alles verloren haben und deshalb rücksichtslos, ohne Reue, ohne Zögern und ohne Mitgefühl von anderen nehmen. Und ich fürchte, es gibt mehr von ihnen in unserer Gesellschaft, als wir zugeben wollen.

Jede Stadt, die Zuflucht gewährt hat, hat einen sofortigen und katastrophalen Anstieg der Kriminalität gegen ihre eigenen Bürger erlebt. Ganz zu schweigen von den schwindenden Lebensmittelvorräten in diesen Städten. Jeder kümmert sich nur um sich selbst.«

»Was wird mit all den Flüchtlingen geschehen?«, fragte Shay.

Der General seufzte schwer. »FEMA untersucht mögliche Gebiete im Mittleren Westen, um die Flüchtlinge in großen Zeltstädten unterzubringen. Wir haben fünf Millionen Vertriebene im ganzen Land und können sie nirgendwo unterbringen. Zum Vergleich: Das ist so, als würde man über Nacht eine Stadt von der Größe von Las Vegas errichten – mal fünf.«

»Das ist verrückt«, sagte Shay.

»Ja«, sagte der General. »Ja, das ist es. Und das ist nur ein Teil der Probleme, vor denen wir stehen. Durch die ständigen Stromausfälle und die unterbrochene Mobilfunkabdeckung geraten sogar die Bürger in den nicht betroffenen Staaten in Panik. In über sechzig Prozent der Städte im ganzen Land sind die Regale in den Lebensmittelgeschäften bereits leer. Das System der Versorgungskette unseres Landes ist lahmgelegt.«

»Es war also Absicht«, sagte Dakota. »Die Terroristen haben Hafenstädte angegriffen.«

General Pierce nickte. »Es scheint so. Der Verlust von Millionen von Menschenleben durch die Explosionen und die Strahlungsvergiftung ist verheerend. Aber das war nur die erste Runde. Was uns wirklich vernichten wird, ist die langfristige, kritische Unterbrechung der Versorgungskette der Nation.

Der Hafen von Los Angeles und der Hafen von Long Beach bringen zusammen mehr als ein Drittel der Einfuhren des gesamten Landes ein. Allein diese beiden Häfen wickeln siebzig Prozent des Containerverkehrs an der Westküste ab. Beide Häfen sind aufgrund von Schäden und starker Strahlung stillgelegt. Die Fracht kann nicht nach Seattle verlagert werden, denn auch diese Häfen wurden getroffen. Oakland hat nicht die Kapazität, um die erhöhte Last aufzunehmen.

Und hier in Florida wird über Miami und den Hafen der Everglades ein Drittel des Öls des Südwestens eingeführt. Beide Häfen wurden stark verstrahlt. Sie sind jetzt für Monate – möglicherweise Jahre – zu gefährlich für menschliche Arbeiter.«

»Deshalb kostet Benzin dreißig Dollar pro Gallone«, sagte Dakota.

»Und ich fürchte, der Preis wird noch weiter steigen«, sagte der General. »Die Präsidentin hat Sofortmaßnahmen erlassen, die vorschreiben, dass jeder einzelne Frachtcontainer vor dem

Verlassen des Hafens kontrolliert werden muss, auch jedes Hilfspaket, das vom Ausland geliefert wird. Ich kann ihr diese Vorsichtsmaßnahmen nicht verübeln, aber dadurch wird die Versorgung der Menschen mit dringend benötigten Hilfsgütern noch weiter verzögert.

Die Hälfte der Hafenarbeiter im ganzen Land kam nicht mehr zur Arbeit. Wer könnte es ihnen verdenken? Sie haben Angst vor einem weiteren Angriff. Es gibt nicht genug Leute, um die Frachtlieferungen, die wir haben, zu entladen oder zu kontrollieren. Der Transport von Lebensmitteln, Benzin und anderen lebenswichtigen Gütern hat sich von einer gut geölten Maschine in ein träges Kriechen verwandelt.«

Alle starrten den General einfach nur an und staunten.

Für Dakota war es eine schreckliche Bestätigung. Ezra hatte recht gehabt. Er hatte mit allem recht gehabt.

»Wir erhalten umfangreiche Hilfsangebote aus Kanada, Australien und dem Vereinigten Königreich«, sagte General Pierce. »Erstaunlicherweise sogar aus Russland. Humanitäre Hilfe, Lebensmittel, Hygieneartikel, medizinische Versorgung. Kanada hat angeboten, als Vermittler zu fungieren und einen bestimmten Prozentsatz seiner Häfen für die Hilfsgüter zur Verfügung zu stellen. Wir leiten auch Frachtschiffe von der Westküste nach Anchorage um, um die Fracht auf dem Landweg durch Kanada zu transportieren. Aber mit Millionen von Vertriebenen, Hunderten von unpassierbaren Straßen und mehr als einem Dutzend Städten, die entweder in der Strahlungszone sind oder in denen es zu Ausschreitungen und Plünderungen kommt, ist die Realität, diese Hilfe zu den Menschen zu bringen, die sie brauchen, ... entmutigend.«

»Es ist schon eine Woche her«, sagte Dakota. »Die meisten Leute haben nicht mehr als Lebensmittel für eine Woche in ihren Vorratskammern. Viele sogar weniger.«

»Sie haben recht.« Der General wischte sich den Schweiß von seiner glänzenden Stirn. »Früher hatten die Läden Waren für drei Tage auf Lager, um sie frisch auf Anfrage zu liefern. Jetzt ist es noch weniger. Das bedeutet, dass die Unruhen und Plünderungen nur noch schlimmer werden, nicht besser.«

»Wie kann das sein?«, fragte Shay. »Wir haben hier in den Staaten so viele Farmen. Indiana ist ein einziges großes Maisfeld.«

»Nicht annähernd groß genug. Neunzig Prozent der Regale von Walmart sind mit Verbrauchsgütern bestückt, die in anderen Ländern hergestellt werden, in China, Mexiko und Brasilien. Was passiert, wenn unsere Importe zum Stillstand kommen? Es entsteht ein Dominoeffekt, ein systemischer Zusammenbruch, bei dem jeder fallende Dominostein alle anderen beeinflusst – Lebensmittel, Transport, Energie, Banken.

Betrachten Sie nur ein einziges Beispiel von Hunderten möglicher Auswirkungen: Lieferungen von Industriegütern haben sich verzögert, was zu ernsthaften Problemen für kritische Einrichtungen wie Wasseraufbereitungsanlagen geführt hat. In kurzer Zeit könnte das städtische Wasser für die Bürger nicht mehr trinkbar sein. Unser ganzes Land wird sich in Flint, Michigan, verwandeln.«

»Das ist Amerikas Schwäche«, sagte Hawthorne nüchtern. »Seine Achillesferse. Wenn ein Dominostein fällt, kippt der ganze Rest mit ihm um.«

Einen langen Moment lang sprach niemand. Es gab keine Worte, die das Ausmaß der Katastrophe, die sich für die Vereinigten Staaten und ihre Bevölkerung abzeichnete, hätten ausdrücken können.

»Ich möchte keine Panik auslösen«, sagte General Pierce langsam, »aber ich glaube, dass die Wahrheit das beste Mittel ist, um unsere Bürger zu wappnen. Und die Wahrheit ist, dass diese

Krise erst am Anfang steht. Sie wird noch viel, viel schlimmer werden.«

Dakota, Logan und Shay sahen sich an, und in ihren Augen spiegelte sich die gleiche Angst. Dakota zitterte. Ihr wurde kalt am ganzen Körper. Es war eine Sache, abstrakt über eine nationale Katastrophe und einen gesellschaftlichen Zusammenbruch nachzudenken.

Es war etwas ganz anderes, es zu erleben.

»Wir können nicht zulassen, dass uns das zerstört«, flüsterte Shay. Ihre dunklen Augen funkelten feucht. »Dann haben sie gewonnen. Wer immer das getan hat, all diese Menschen, die sich von Hass und Leid ernähren.«

»Es ist Angst.« Der General schüttelte müde den Kopf. »Die Angst wird uns am Ende zerstören. Terroristen können Amerika und das, wofür es steht, nicht zerstören. Die Einzigen, die wirklich in der Lage sind, Amerika zu zerstören, sind wir selbst.«

»**W**ir dürfen die Hoffnung nicht verlieren«, betonte Shay. »Egal, wie düster es aussieht.«

»Verstehen Sie mich nicht falsch«, sagte General Pierce. »Ich werde niemals aufgeben. Und die guten Soldaten, die dieses Land mit ihrem Leben verteidigen, auch nicht. Es gibt immer noch gute Menschen, die den guten Kampf kämpfen. Amerika ist zu stark, um sich davon besiegen zu lassen.«

Eine Frau in einem zerknitterten, schweißnassen Hosenanzug eilte auf General Pierce zu, ein Tablet in der Hand. »Sir, ein weiterer Kontrollpunkt wurde angegriffen. Und der Leiter der Bergungslogistik und der Leiter der Abteilung für öffentliche Hilfe warten auf das Treffen.«

Hinter der Frau erblickte Dakota mehrere Männer in dem Raum, den General Pierce wenige Minuten zuvor verlassen hatte – alle in teuren, maßgeschneiderten Anzügen, die Köpfe in ernster Diskussion gesenkt.

Zwei Männer standen etwas abseits von der übrigen Gruppe. Der eine war ein kleiner, stämmiger weißer Mann mit Schweinsaugen, dessen scharfer, misstrauischer Blick durch den Raum schweifte. Der Mann neben ihm trug eine Militäruniform. Er war breit und blond, sein ledriges Gesicht war mit Aknenarben übersät. Mit finsterer Miene gestikulierte er aggressiv auf ein Bündel Papiere, das auf dem langen Mahagonitisch verstreut lag.

Die Frau sah, dass Dakota sie beobachtete und schloss eilig die Tür.

General Pierce schüttelte ihnen erneut die Hand. »Es war mir ein aufrichtiges Vergnügen, Sie alle kennenzulernen«, sagte er mit seinem dröhnenden Bariton. Er drehte sich um und schaute Shay aufmerksam an, dann jeden von ihnen der Reihe nach. »Was auch immer Sie tun, geben Sie nicht auf.«

Shay hob ihr Kinn. »Nein, Sir. Das werden wir nicht.«

Nachdem der General weggegangen war, blickte sich Hawthorne vorsichtig um und senkte seine Stimme. »Es gibt noch einen anderen Grund, warum ich mich mit euch treffen wollte. Ich muss euch warnen. Die überlebenden Kabinettsmitglieder der Präsidentin drängen sie dazu, das Kriegsrecht zu verhängen. Ebenso Gouverneur Blake. Einige der hohen Tiere des Einsatzkommandos drängen darauf, dass alle Flüchtlinge in FEMA-Lagern untergebracht werden, wo sie erfasst und eingesperrt werden können.«

Shay knabberte besorgt an ihrem Daumennagel. »Was bedeutet das?«

»Ich meine, dass wir vielleicht nicht mehr lange die Wahl haben. Die Regierungen der Bundesstaaten und Kommunen sind so besorgt über Kriminalität und Unruhen, dass sie damit drohen, die Lager innerhalb ihrer Grenzen zu verbieten, wenn FEMA nicht verspricht, die Flüchtlinge unter Kontrolle zu halten. Die einzige Möglichkeit, dies zu tun, besteht darin, sie gewaltsam in den Lagern unterzubringen, wenn sie nicht freiwillig gehen wollen. Und sie dann dort unter Bewachung zu halten.«

Dakotas Brust zog sich zusammen. »Wie lange haben wir noch?«

»Ich bin mir nicht sicher. Nach den Gerüchten, die ich gehört habe, ist mein Onkel gerade auf dem Weg zu diesem Treffen.«

Logan versteifte sich. »Verdammt, nein. Ich lasse mich nicht in ein FEMA-Lager stecken.«

»Auf keinen Fall.« Dakota wusste genau, wie die staatlich geförderte Pflege aussah. Sie hatte die Mängel des Systems am eigenen Leib erfahren. Sie hatte auch ein paar Schläge davon abbekommen.

Sie würde sich selbst den Fuß abkauen, bevor sie dahin zurückging.

»Aber FEMA hilft«, sagte Shay und rümpfte die Nase. »Ohne sie hätten all diese Familien nichts, wohin sie gehen könnten.«

»Ich habe über das absolute Chaos nach dem Hurrikan Katrina gelesen«, sagte Dakota. »Tausende von verängstigten, panischen, gestressten Menschen, die tagelang, wochenlang oder noch länger auf engem Raum zusammengepfercht wurden, das ist eine besondere Art von Folter.«

»Für manche Leute ist das die einzige Möglichkeit«, sagte Hawthorne. »Aber wenn ihr bessere Optionen habt – zum Beispiel Freunde oder Familie mit einem Haus mit Vorräten außerhalb der Stadt – solltet ihr diese nutzen, solange ihr noch könnt.«

»Das tun wir«, sagte Dakota.

»Ich hole unsere Sachen aus dem Hotelzimmer«, sagte Logan. »Wir treffen uns dann wieder hier.«

»Ich werde Eden holen«, sagte Dakota. »Julio ist bei ihr.«

»Okay«, sagte Shay. »Okay. Ich verstehe. Was ist mit Carson und Vanessa?«

Dakota verzog das Gesicht. »Was ist mit ihnen? Was mich betrifft, so haben wir sie vor den Blood Outlaws gerettet, und zwar trotz ihrer eigenen Dummheit. Wir schulden ihnen nichts weiter.«

»Und Park?«, fragte Shay. »Was ist mit ihm? Die Ärzte konnten die beschädigten Sehnen nicht reparieren, weil sie keinen Zugang zu den Instrumenten hatten, die sie für die Mikrochirurgie benötigten. Er kann seine rechte Hand nicht mehr benutzen. Er ist noch nicht entlassen worden.«

Dakota mochte Park eigentlich. Er war witzig und unverwüstlich und nicht annähernd so nervig wie die meisten Menschen. Außerdem fühlte sie sich wegen Harlows Tod verdammt schuldig. Sie wollte ihn nicht allein und hilflos zurücklassen. »Verdammt noch mal.«

»Wir müssen gehen«, sagte Logan, der sich bereits unruhig und nervös auf den Eingang der Lounge zubewegte.

Shay biss sich auf die Unterlippe. »Und wenn wir ihn früher rausholen? Wenn er mitkommen will, meine ich. Oder ihm zumindest eine Chance geben, sich zu entscheiden. Andernfalls werden sie ihn, sobald sie ihn entlassen, in das nächste Lager verfrachten. Ich weiß, wir kennen ihn nicht gut, aber das scheint nicht sein Ding zu sein.«

»Ich werde ihm helfen«, sagte Hawthorne schnell. »Ich kann den Einfluss meines Onkels nutzen, um ihn zu entlassen, wenn es sein muss. Aber bei der überwältigenden Nachfrage nach Betten sehe ich nicht, dass das ein Problem wird.«

Shay berührte Hawthornes Arm und schenkte ihm ein dankbares Lächeln. »Danke.«

»Es ist ... ah, nichts«, stammelte Hawthorne, schlurfte mit den Füßen und blickte wie ein unbeholfener Teenager auf den Boden.

Shays Lächeln wurde breiter.

Dakota räusperte sich. »Meinst du, wir könnten unsere Waffen zurückbekommen? Und unseren Pick-up?«

»Ah ja«, sagte Hawthorne, der plötzlich wieder zur Tagesordnung überging. »Holt eure Leute und wir treffen uns um sechzehnhundert, draußen am Eingang D für Inlandsflüge. Das ist in drei Stunden. Packen wir's an.«

KAPITEL 41
MADDOX

»Maddox Cage! Mein Mann!«

Maddox riss den Kopf hoch, als ein großer Mann über die Lichtung auf ihn zu joggte. »Reuben.«

Sein Cousin war ein dicker, stämmiger Mann Mitte zwanzig. Sein Gesicht war kantig und breit wie sein Hals, sein Mund und seine Nase flach. Er trug eine leichte Tarnhose, Wanderschuhe und ein graues T-Shirt, das von der brütenden Hitze bereits Schweißflecken aufwies.

»Wir warten schon seit Tagen darauf, dass du aufwachst!«

»Wer ist wir?«

»Alle, die wichtig sind, natürlich.« Mit einem jovialen Grinsen klopfte Reuben ihm auf die Schulter. »Die Hirten.«

Ein stechender Schmerz breitete sich in seinem Arm aus. Maddox konnte nicht anders – er zuckte zusammen.

»Du siehst furchtbar aus, Mann.«

Er zwang sich zu einem Lächeln. »So fühl' ich mich auch.«

Reuben trat dicht an Maddox heran und strich sich mit der Hand durch sein dunkelblondes, kurz geschnittenes Haar. Alle

Cage-Jungs waren blond. »Hey, Mann. Was das angeht. Nimm's mir nicht übel, okay? Ich habe versucht, dich zu warnen, sobald ich herausfand, dass es früher passiert. In Chicago ist etwas schiefgelaufen. Sie haben den Van zu früh abgestellt und jemand hat ihn gefunden und es dem FBI gemeldet. Es lag nicht mehr in unserer Hand. Wir mussten alles in Bewegung setzen, bevor das ganze Land in höchste Alarmbereitschaft versetzt wurde, verstehst du?«

Maddox starrte ihn an, sein verwirrter Verstand arbeitete noch immer daran, alles zu verarbeiten, was Reuben gerade gesagt hatte. Was er vermutet hatte, war die Wahrheit.

Der Prophet – und die Hirten – steckten hinter den Anschlägen. Sie hatten das getan. Alles. Die Bomben. Der radioaktive Niederschlag. Die Zerstörung und der Tod.

»Ich wusste, dass du cool bist«, sagte Reuben mit einem weiteren breiten Grinsen, obwohl Maddox gar nichts gesagt hatte. In dieser Hinsicht war er wie Jacob – er brachte andere immer dazu, sich seinem Willen zu beugen, entweder durch Charme und Schmeicheleien, Gruppenzwang oder schiere Gewalt.

»Du hast es zurückgeschafft«, sagte Reuben. »Der Herr hat dich gesegnet. Ich werde bei meinem Vater ein gutes Wort für dich einlegen. Wir brauchen dich an unserer Seite.«

Maddox spähte über Reubens Schulter. Einige der Jungs, mit denen er aufgewachsen war, saßen an einem der gelb gestrichenen Picknicktische in der Mitte des Geländes. Eine mürrische Frau, Schwester Ada, servierte ihnen frische Sandwiches und Limonade von einem großen Tablett, das sie auf einer Hand balancierte.

Sie alle waren Hirten, die Auserwählten, der innere Kreis der Krieger des Propheten. Diese jungen Männer hatten zusammen trainiert, seit sie zehn Jahre alt waren. Fast jeder Junge in der Kommune war ausgewählt worden.

Mit Ausnahme von Maddox. Das schwarze Schaf. Die Enttäuschung. Der ungläubige Thomas.

Er wandte sich ab. »Wo ist Franklin?«

»Er und Gerber sind beide in Montana, um einige Dinge zu beenden.«

Maddox wusste, dass es noch andere Hirten gab, zumindest einen weiteren Außenposten, der allerdings eher paramilitärisch als eine Kommune war. Der Prophet reiste zwischen ihnen hin und her, kam und ging, wie er wollte.

Bei seiner Rückkehr wurde er stets mit der Verehrung und Anbetung seiner Herde begrüßt. Während seiner Abwesenheit hatte Maddox' Vater, Solomon Cage, die Verantwortung.

»Was für Dinge?«, fragte Maddox.

»Um unsere digitalen Spuren zu verwischen oder so. Sie sind die Internet-Experten.« Er zuckte mit den Schultern, als würden sie über Angeln oder Golf sprechen – einfach ein Hobby, das ihm Spaß machte, nicht die Zerstörung ganzer Städte.

Aber er hatte die Verwüstung nicht mit eigenen Augen gesehen. Er hatte sie nicht erlebt.

Reuben sah etwas in Maddox' Gesichtsausdruck, das ihm nicht gefiel. Die Winkel seines flachen Mundes zuckten nach unten. Er war ein lustiger Typ – bis er es nicht mehr war. »Du weißt, dass ich dir so etwas nicht sagen darf. Du bist kein Hirte.«

»Noch nicht«, sagte Maddox.

Das Misstrauen verblasste aus seinem Blick. »Das ist die Einstellung, die der Prophet sehen will. Komm schon, Mann! Wach auf! Das Gericht ist endlich gekommen. Das, von dem wir schon unser ganzes Leben lang hören. Und wir werden ein Teil davon sein. Wir werden diejenigen sein, die das neue Amerika aufbauen. Es ist wild, Mann. Jenseits unserer Vorstellung.«

Er konnte Reuben nicht sagen, wie krank er sich immer noch fühlte. Dass jeder Zentimeter seiner Haut roh war, als würde sie von einer gnadenlosen Sonne versengt. Das Letzte, was er wollte, war, dass man ihn jetzt, nachdem er so viel gelitten hatte, beiseiteschob.

»Wo ist der Prophet?«, fragte er. »Ich muss mit ihm sprechen.«

»Im großen Haus. Ich bringe dich hin.«

Maddox drehte sich um und ließ seinen Blick über das Grundstück schweifen, wobei er die bekannten Angel- und Luftbootanleger am westlichen Rand des Sumpfes neben dem Bootshaus wahrnahm. In der Mitte des Geländes erstreckte sich eine große Rasenfläche, die von Picknicktischen in leuchtenden Farben gesäumt war. Adirondack-Stühle umgaben eine riesige Feuerstelle.

Ihm gegenüber standen die Familienhütten und die Baracken, in denen die alleinstehenden Männer untergebracht waren. Das große Haus, in dem der Prophet wohnte, lag ein wenig zurückgesetzt. Hinter den Familienhütten befanden sich die Küche und die Cafeteria, das einräumige Schulhaus, die Gewächshäuser und die Waschküche, in der die Frauen arbeiteten.

Zwischen den stämmigen Kiefern waren Wäscheleinen aufgespannt, an denen mehrere Frauen die Wäsche wuschen und aufhängten. Ein paar Kinder, die noch zu jung waren, um im Schulhaus unterrichtet zu werden, spielten um ihre Beine herum und ihr lautes, helles Lachen hallte in der stillen Luft wider.

Es gab Sonnenkollektoren auf den Dächern, Generatoren und mehrere Propangastanks hinter den Lagerschuppen – das Gelände hatte Strom, aber der Prophet missbilligte moderne Annehmlichkeiten. Die Wäsche wurde von Hand gewaschen. Das Essen wurde selbst angebaut, zubereitet und gekocht – natürlich von den Frauen. Die Männer hatten Wichtigeres zu tun.

Im Osten, auf einer erhöhten Landzunge, befand sich die

Kirche: ein einfaches, schmuckloses Gebäude mit harten Holzbänken, Zementblockwänden und einem schlichten Holzkreuz hinter der handgeschnitzten Kanzel.

Die anderen Gebäude waren hinter einem Wald aus Zypressen und Eichen versteckt und lagen weit entfernt vom Rest des Geländes. Dort trainierten die Männer Waffengebrauch, Kampf und taktische Übungen – Militäroperationen, Patrouillen, Hinterhalte, Überfälle, Verstecken und Guerillakrieg.

Und dort erfuhren sie die Einzelheiten der Pläne des Propheten und führten seine Anweisungen aus – Anweisungen, die natürlich von Gott persönlich kamen.

Es gab Männer, die mit dem Propheten reisten, Männer, die Maddox nicht kannte. Sie waren alle schwer bewaffnet, sprachen nicht viel und verbrachten die meiste Zeit in den Gebäuden, die nicht betreten werden durften.

Drei der sieben Söhne des Propheten waren ausgebildete Soldaten in der Armee der Vereinigten Staaten. Es gab andere Soldaten, die kamen und gingen. Ehemalige Navy Seals und Special Forces – allesamt muskulöse, gewiefte Killer, die im Irak und in Afghanistan gedient hatten.

Sie waren desillusioniert vom amerikanischen militärisch-industriellen Komplex, von guten amerikanischen Jungs, die in der Wüste starben, damit Rüstungsunternehmen und reiche, fette Politiker noch reicher und noch fetter werden konnten.

Die Soldaten kämpften, um Amerika zu verteidigen; die Rüstungsunternehmen produzierten Kriege, um Milliardengewinne zu erzielen. Der Prophet versprach diesen müden, desillusionierten Kriegern, dass sie Amerika retten könnten – das wahre Amerika, das auf dem Rückgrat guter, hart arbeitender, gottesfürchtiger Menschen aufgebaut wurde.

Maddox hatte die Waffenkammer gesehen. Tausende von

Patronen aller möglichen Kaliber. Dutzende von halbautomatischen und automatischen Waffen. Sogar ein paar Panzerfäuste.

Sie waren vorbereitet. Sie hatten sich seit fast zwanzig Jahren vorbereitet.

Und der Prophet war schlau dabei. Sie kauften ihre Waffen auf Waffenausstellungen. Es war leicht genug, »Sammlerstücke« zu erwerben, darunter ein Browning-Maschinengewehr vom Kaliber .50, das 500 Schuss pro Minute mit einer Mündungsgeschwindigkeit von 1.000 Metern pro Sekunde auf eine Entfernung von 2.000 Metern abgeben konnte. Jedes Geschoss war über zwölf Zentimeter lang.

Maddox starrte angestrengt durch die Bäume. Waren die Bomben selbst dort hinten gebaut worden? Oder waren sie anderswo versteckt worden? Und wo zum Teufel hatten sie das radioaktive Material herbekommen?

»Maddox!«, rief Reuben. »Bist du da hinten eingeschlafen? Komm schon!«

Maddox schüttelte den Kopf, um seine Gedanken zu ordnen. Er eilte über das Grundstück und ärgerte sich über die Kleidung, die an seiner wunden Haut kratzte, und über das unangenehme Gefühl in seinem Bauch – die Übelkeit hatte noch immer nicht ganz nachgelassen.

Er öffnete die Fliegengittertür zu dem großen Haus und betrat den abgedunkelten Raum. Der Wohnbereich war bescheiden – Holzdielenboden und weiß gestrichene Wände, Spitzenvorhänge an den Fenstern, ein beiges Sofa mit einem Couchtisch in der einen Ecke, ein Klavier in der anderen.

An der gegenüberliegenden Wand, unter einem großen Metallkreuz, stand ein kleiner Schreibtisch. Der Prophet saß an diesem Schreibtisch und blätterte in einem Stapel handgeschriebener Papiere. Eine schwere Lederbibel lag neben seinem linken

Ellbogen, daneben ein Satellitentelefon und ein batteriebetrie-
benes Radio.

Er sah auf, als Maddox hereinkam. »Sei gesegnet, Maddox
Cage.«

KAPITEL 42
DAKOTA

Hitze und Feuchtigkeit schlugen Dakota entgegen, sobald sie ins Freie trat. Wenigstens würde es bald regnen. Am Horizont zogen dunkle Gewitterwolken auf. Der Wind hatte zugenommen, peitschte durch die Palmwedel und wehte ihr Strähnen ihres Haares ins Gesicht.

Sie warf einen Blick auf ihre Uhr. 14:45 Uhr. Der typische Sommerregen in Florida kam genau zur richtigen Zeit. In ein oder zwei Stunden wäre er vorbei und die Sonne würde wieder scheinen.

Dakota eilte über den Flughafenparkplatz, vorbei an Soldaten, Polizisten, Regierungsbeamten und Sicherheitsleuten, die in alle Richtungen eilten. Überall standen Busse, Shuttles und Humvees der Armee.

Ein rot-weißer medizinischer Hubschrauber senkte sich mit dröhnenden Rotoren in Richtung Osten. Auf der anderen Seite des Flughafens schwebte ein militärisches Frachtflugzeug auf eine nahe gelegene Landebahn zu.

Sie kam an einem Zelt nach dem anderen vorbei, alle mit unterschiedlichen Bezeichnungen: Radiologie, Intensivstation,

Notaufnahme, Triage, Untersuchungs- und Dekontaminationszelte, Chirurgie und mindestens drei Dutzend großer weißer mobiler Gebäude in einer Reihe, alle mit der Aufschrift »Leichenhalle«.

Am Eingang des Zeltkrankenhauses bildete sich eine lange Schlange von Menschen, so weit sie blicken konnte. Hunderte von ihnen saßen oder lagen auf der Straße, zu krank oder verletzt, um zu stehen. Freiwillige Helfer in T-Shirts des Roten Kreuzes liefen mit Karren an der Schlange auf und ab und boten den Wartenden Essen und Wasser an.

Mehrere Dutzend mit Gewehren bewaffnete Gardisten standen vor dem Haupteingang des Krankenhauszeltes und sorgten für Ruhe. Dutzende weitere bewachten die Eingänge des Flughafens zusammen mit mehreren Militärfahrzeugen und einigen Panzern. Sie sorgten dafür, dass niemand, der nicht dazugehörte und die Dekontaminationsprozedur nicht durchlaufen hatte, ins Innere gelangte.

Als sie auf der Station F ankam, atmete sie schwer und keuchte fast. Bei der Entlassung hatte der Krankenpfleger sie vor den Langzeitfolgen der Rauchinhalation wie Heiserkeit, anhaltendem Husten und Kurzatmigkeit gewarnt. Er hatte ihr ein paar Wochen Ruhe empfohlen. Als ob.

Der Wind frischte auf, als die Gewitterwolken näher kamen. Sie richtete ihren Pferdeschwanz neu, um sich die Haare aus den Augen zu halten, als die ersten dicken Regentropfen auf ihre Wangen platschten.

Sie zeigte den Soldaten, die den Eingang bewachten, ihren Besucherausweis, schlüpfte in das Zelt und bahnte sich ihren Weg vorbei an einer Gruppe von Krankenschwestern und einer langen Reihe von Krankenhausbetten mit verwundeten und kranken Patienten zu Edens Bett.

Stöhnen und Wimmern hallten durch das Zelt. Jemand

weinte. Eine Frau mittleren Alters mit rauer und blasiger Haut riss sich dicke Strähnen ihres eigenen Haares von der Kopfhaut und legte sie in ordentlichen Reihen über ihr Bettlaken. Drei Ärzte beugten sich über einen sich windenden, stöhnenden Teenager, der sich eine klaffende Wunde an der Schulter hielt.

Dakota blendete die schrecklichen Anblicke und Geräusche des Leids aus und konzentrierte sich auf Eden. Das Mädchen saß aufrecht, auf ihrem Schoß lag ein neuer Block, auf dem mehrere Skizzen der Gebärdensprache abgebildet waren. Die ersten sechs Handzeichen waren nahezu perfekt schattiert.

Eden gebärdete etwas, und Julio, der auf dem Stuhl neben dem Bett saß, versuchte, es nachzuahmen. Er blickte lächelnd auf, als Dakota sich ihm näherte. »Deine Schwester bringt mir bei, wie man *Ich liebe dich* in Gebärdensprache sagt.«

»Großartig.«

»Und *Ich muss dringend pinkeln*!«

Eden stieß ein heiseres, flüsterndes Lachen aus. Sie sah besser aus – glücklicher.

»Klingt lustig«, sagte Dakota. Sie hielt eine vorbeieilende Krankenschwester an. »Entschuldigen Sie. Kann meine Schwester früher entlassen werden? Wir haben einen Freund, der uns aufnimmt.«

»Eden Sloane, richtig?« Sie ratterte ein Geburtsdatum herunter. Eden nickte. Die Krankenschwester schaute stirnrunzelnd auf ihr Tablet, bevor sie sich Eden zuwandte. »Hier steht, dass du morgen früh entlassen wirst, aber deine Vitalwerte sind gut. Geht es dir besser?«

Eden nickte erneut.

»Wir könnten das freie Bett gut gebrauchen.« Die Krankenschwester zog einen gefalteten Zettel mit Anweisungen aus einer Seitentasche ihres Wagens. Sie trat einen Schritt näher an Dakota heran und senkte ihre Stimme. »Dies ist nur das erste Stadium der Strahlenkrankheit. Wir schätzen, dass ihr Körper zwischen zwei und zweieinhalb Gray absorbiert hat.

Achtzehn bis achtundzwanzig Tage nach dem Prodromalstadium, also den ersten Symptomen, scheint es ihr besser zu gehen. Dann kommt es wahrscheinlich zu Appetitlosigkeit, Fieber, Schwäche, verstärkten Blutungen und Infektionen sowie teilweise zu Haarausfall. Das wird mehrere Wochen andauern, möglicherweise auch länger.«

Dakotas Magen zog sich zusammen. Sie hatte bei ihrer Entlassung die gleichen Warnungen erhalten, aber ihre Symptome – und die Belastung – waren weitaus geringer als die von Eden. »Ich verstehe. Ich danke Ihnen.«

Innerhalb weniger Minuten hatte die Krankenschwester Edens Infusion abgenommen und sie entlassen. Dakota unterschrieb ein Entlassungsformular auf dem Tablet, und sie konnten gehen.

Julio half Eden aus dem Krankenhausbett. »Vorsichtig jetzt. So ist's gut.«

Dakota beugte sich hinunter, bis sie auf gleicher Höhe mit dem Gesicht des Mädchens war. Sie legte ihre Hände auf ihre Schultern. »Ich weiß, dass du Angst hast, aber du musst jetzt stark sein.«

Edens Augen quollen über vor Tränen. Ihr Kinn zitterte. Das Mädchen sah verängstigt aus. Wollte sie jedes Mal erstarren, wenn etwas Schlimmes passierte? Sie würde sie alle in Gefahr bringen.

Dakota biss ihre Frustration zurück. Sie hatten keine Zeit für so etwas. Sie konnten es sich nicht leisten.

»Sei nicht so streng mit ihr«, sagte Julio sanft. »Sie ist nur ein verängstigtes Kind.«

»Sie kann es sich nicht mehr leisten, ein verängstigtes Kind zu sein«, sagte Dakota. Sie dachte an den Moment während der Schießerei zurück, als ihr klar geworden war, dass Eden nicht hinter dem Kipplaster in Deckung gegangen war. »Sie hat dich fast umgebracht, Julio.«

Eden zuckte zurück, als hätte sie sie geohrfeigt.

Sie fühlte sich schuldig, aber sie schob das Gefühl beiseite. »Es ist wahr. Du darfst nicht wieder so erstarren, Eden. Hast du das verstanden?«

Zitternd nickte Eden.

Dakota richtete sich auf und wandte sich ab.

Eden zupfte an ihrem Arm.

»Was?«

Eden blätterte in ihrem Block und kritzelte mit ihrem Bleistift. *Ich muss dir etwas sagen.*

Dakota unterdrückte ihre Ungeduld. »Später. Wir müssen los.«

Eden schüttelte den Kopf. *Du verstehst nicht.*

Dakota seufzte. »Okay, gut. Aber was?«

Es tut mir leid.

»Was tut dir leid?«

Eden neigte den Kopf, während sie schrieb, und ihr blondes Haar fiel wie ein Vorhang über ihr kleines, entschlossenes Gesicht. Als sie wieder aufblickte, waren ihre Augen voller Traurigkeit und Schuldgefühle.

Maddox hat mich gefragt, wo wir uns zuvor versteckt hatten, schrieb sie. *Ich habe es ihm gesagt. Ich habe ihm von Ezra erzählt.*

Eine Sekunde lang starrte Dakota sie nur fassungslos an. Dann schoss die Wut in ihr hoch, scharf und wütend. Was zur Hölle? Was hatte sich Eden nur dabei gedacht? Wie konnte sie nur so etwas unglaublich Dummes tun?

Etwas viel Stärkeres und Tieferes ergriff von ihr Besitz: eine intensive, lähmende Angst.

Nicht Angst um sich selbst, sondern Angst um Ezra.

Er war ein ehemaliger Soldat, aber der alte Bär war schon

siebzig Jahre alt. Selbst die mächtigsten Krieger wurden durch das Alter gebremst und geschwächt. Selbst die gerissensten Kämpfer konnten durch das Überraschungsmoment, durch einen unvorhergesehenen Hinterhalt, besiegt werden.

Maddox Cage war hinter Ezra her. Dessen war sie sich sicher. Er würde voller Wut darüber sein, dass der alte Narr, den er so oft verspottet hatte, derjenige war, der Eden und Dakota direkt vor seiner Nase beherbergt hatte.

Er würde es als einen Affront betrachten. Eine Beleidigung. Und er würde Vergeltung fordern.

Und Maddox würde auch nicht allein gehen. Nicht so nahe an seiner Heimatbasis. Sein Vater hatte eine kleine Miliz zu seiner Verfügung. Keiner der beiden würde zögern, sie einzusetzen.

Maddox kümmerte sich nicht um Fairness, Gerechtigkeit oder Ehre – er wollte nur gewinnen. Er würde mit Feuer und Wut auf Ezras Hütte losgehen.

Sie musste ihn warnen.

Aber der alte Mann hatte weder ein Festnetztelefon noch ein Handy, sondern nur ein Postfach in der Stadt, das er einmal in der Woche überprüfte. Er hatte sein Amateurfunkgerät, aber sie wusste nicht, wie sie eines finden konnte, um ihn zu kontaktieren.

Der Versuch, ihn zu warnen, war zwecklos und reine Zeitverschwendung. Sie musste zuerst dort sein.

Ihr Mund wurde trocken. Eden hatte Maddox vor vier Tagen von Ezra erzählt.

Vier Tage.

Die Zeit war bereits abgelaufen.

»Wir müssen gehen.« Dakota ergriff Edens Hand. »Jetzt sofort.«

KAPITEL 43
DAKOTA

Dakota, Eden und Julio verließen das Zeltkrankenhaus und gingen in Richtung Osten zum Sheraton Hotel. Der Himmel über ihnen verdunkelte sich zu einer kohlefarbenen Fläche. Ein leichter Regen prasselte ihnen ins Gesicht.

Überall wimmelte es von Zivilisten – die Straßen, die Bürgersteige, die Parkhäuser, die Be- und Entladestellen. Die Menschen wuselten umher, ihre Gesichter waren ängstlich, verwirrt, geschockt.

»Was benutzen wir für den Transport?«, fragte Julio.

»Vielleicht sind die Autovermieter noch im Geschäft«, sagte Dakota zweifelnd. »Oder vielleicht kann Hawthorne uns den Wagen besorgen. Ich weiß nicht einmal, was sie damit gemacht haben, als wir hier ankamen. Wir werden schon etwas finden. Aber zuerst müssen wir unsere Leute finden und aus diesem Schlamassel herauskommen.«

Sie drängte sich durch die wachsende Menschenmenge zum Eingang D der Ankunftshalle, wobei sie Edens feuchte Hand fest im Griff hatte.

Jetzt regnete es noch stärker. Die Menschen stöhnten und schrien, bedeckten ihre Köpfe mit den Armen und drängten sich unter dem Überhang vor den Türen.

»Was auch immer passiert, ich kann nicht in einem FEMA-Camp festsitzen«, sagte Julio dringlich. »Ich käme nie zu meiner Frau zurück.«

»Bist du immer noch auf dem Weg nach Norden, um sie zu finden?«, fragte Dakota.

»Ich bin gestern Abend endlich nach Palm Beach durchgekommen, als Hawthorne mir sein Telefon überließ. Wir sprachen zehn Minuten lang, bevor die Verbindung abbrach.«

»Geht es ihr gut?«

Julio stöhnte, als ein schwergewichtiger Mann mit einer Marlins-Mütze ihn im Vorbeigehen anrempelte. »Meiner Frau, meiner Schwägerin und ihren Mädchen geht es gut. Sie sind in Sicherheit, vorerst. Die Strahlung hat sie nicht erreicht. Aber sie leiden unter den gleichen Stromausfällen und der gleichen Benzinknappheit wie wir. Die Lebensmittelläden sind fast leer. Zum Glück ist meine Schwägerin gut vorbereitet. Sie hat in ihrer Garage Lebensmittel für drei Monate eingelagert.«

»Gut. Sie ist also klug.«

»Das ist sie. Aber wenn es noch lange so weitergeht ... Ich fürchte mich vor dem, was passieren wird.« Er berührte sein goldenes Kreuz und schloss kurz die Augen, als würde er ein Gebet für sie sprechen. Er öffnete die Augen. »Ihr Haus ist in der Stadt. Es ist keine langfristige Lösung.«

»Nicht viele Orte sind das.«

Jemand stieß Dakota in den Rücken und warf sie fast um. Julio reichte ihr die Hand, um sie zu stabilisieren. Weniger als eine Minute später stolperte auch Eden. Immer wieder stießen Leute mit ihnen zusammen. Es war viel zu voll; irgendetwas war hier los.

Dakotas Puls hämmerte in ihrer Kehle. Ihre Handflächen

waren feucht – nicht nur vom Regen. Sie hasste all diese klammen, verschwitzten Körper, die sich an sie drängten, die sie anstießen, drängelten und schubsten.

Sie fühlte sich hilflos und außer Kontrolle – zwei Gefühle, die sie verachtete.

»Wo ist Hawthorne?«, knurrte sie. »Wir müssen von hier verschwinden.«

Eins, zwei, drei. Atmen.

Bleib ruhig. Konzentrier dich.

Sie musste das einfach durchstehen. Durchkommen und vor Maddox bei Ezra ankommen. Denn wenn er zuerst dort auftauchte ...

Sie verdrängte die Angst, die in ihrem Bauch rumorte. Im Moment musste sie sich auf die Flucht konzentrieren. Dann konnte sie sich um Ezra kümmern.

»Ich würde gerne meine Familie in deinen Unterschlupf bringen, Dakota«, sagte Julio.

»Ich kann dir nichts versprechen«, sagte Dakota ehrlich. Sie hatte es satt zu lügen. »Ich weiß nicht genau, ob Ezra bereit ist, noch mehr Leute zu füttern.«

»Sie arbeiten beide hart. Yoselyn, meine Frau, ist Köchin an einer Grundschule. Sie weiß, wie man alles von Grund auf zubereitet. Meine Schwägerin ist Kinderärztin. Sie haben Geld und Fähigkeiten. Sogar die Kinder würden helfen. Sie wären eine Bereicherung. Sie sind gute Menschen.«

Alles hatte sich geändert. Sie konnte niemanden mehr ohne dessen Wissen und Zustimmung in eine potenziell gefährliche Situation bringen. Sie konnte es nicht tun. Sie würde es nicht tun. »Da ist noch mehr. Es gibt noch etwas, das ich euch sagen muss ...«

Bevor sie ihren Satz beenden konnte, erschien Shay in der Menge. »Dakota! Da bist du ja!«

Sie versuchte, sich einen Weg auf sie zuzubahnen, den Arm um Parks Taille geschlungen. Sein rechter Arm war in einem Neunzig-Grad-Winkel gebogen, in einen Gips eingewickelt und in einer Schlinge an seine Brust gebunden. Er trug zu große, khakifarbene Shorts und ein lockeres, gelbes Minions-T-Shirt. Seine Haut war immer noch ein kränkliches Gelb, aber er war auf den Beinen.

»Das ist doch zum Kotzen, oder?«, brummte er, als ihn jemand anrempelte. Er zuckte zusammen, schaffte aber ein schwaches Grinsen für Eden. »Heya, Kleine.«

»Wie geht es dir?«, fragte Julio.

»Als wäre ich von einem Lkw überfahren worden. Aber das Morphium, das sie mir gegeben haben, ist wiiiirklich sehr gut.« Er klopfte mit der guten Hand auf seine Tasche. »Ich habe ein Rezept für Oxycodon, damit ich eine Weile schön betäubt bin.«

»Kommst du mit uns mit?«, fragte Dakota.

»Auf jeden Fall«, sagte Park. »Ich liebe das Adrenalinhoch eines guten Nervenkitzels. Auf unbestimmte Zeit in einem überfüllten, stinkenden FEMA-Lager festzusitzen, ist nicht meine Vorstellung von Spaß.«

»Das macht niemandem Spaß«, sagte Dakota.

Shay berührte Edens Schulter. »Wie geht es dir? Besser?«

Eden nickte mit einem zaghaften Lächeln.

Shay drehte sich mit ihrem eigenen Grinsen zu Dakota um, aber es entglitt ihr, als sie Dakotas Gesichtsausdruck sah. »Was ist los?«

»Sie hasst Menschenmengen«, sagte Julio.

»Ich hasse Menschen«, murmelte Dakota. »Wir müssen gehen. Jetzt.«

»Dakota!«

Dakota spähte ängstlich durch die Menge. Sie hob ihre freie Hand und winkte. »Hier drüben!«

Fünf Meter entfernt schob sich Logan durch die drängelnden Körper. Sie wichen ihm leicht aus und schluckten ihre Flüche und Beleidigungen herunter, als sie den finsteren, furchterregenden Krieger mit den gefährlichen Tätowierungen erblickten. Er bewegte sich wie ein Panther unter Kaninchen.

Dakota atmete erleichtert aus. Allein seine Anwesenheit brachte ihr ein gewisses Maß an Ruhe.

Logan pirschte sich an ihre Seite, sein finsterer Blick vertiefte sich. Sein feuchtes schwarzes Haar fiel ihm in die Stirn, seine Kleidung war vom Regen bespritzt. »Was zum Teufel ist hier los?«

Vanessa und Carson folgten hinter ihm, beide blass und verängstigt. Vanessas perfektes Haar war verfilzt. Der Regen tropfte ihr von den Schläfen. Sie sah abgehärmt und mindestens ein Jahrzehnt älter aus, ihr Gesicht war gezeichnet und ihre Augen gequält.

»Sie haben angekündigt, dass alle die Hotels verlassen und sich auf den Weg hierher machen müssten«, sagte Carson.

Von irgendwo hinter ihnen rief eine Frau in ein Megafon. »Bitte begeben Sie sich in den Flughafen und folgen Sie den Anweisungen zu Ihrem Abfertigungsgebäude. Dort warten Busse, die Sie in Ihre Schutzunterkunft bringen.«

»Warte, wir wollen nicht ...«, begann Dakota.

Aber es war zu spät.

Es waren zu viele Menschen. Hunderte. Tausende.

Es war wie eine starke Flut, zu stark, um ihr zu widerstehen, ohne zu riskieren, zu fallen und zertrampelt zu werden. Sie würde es vielleicht für sich selbst riskieren, aber nicht mit Eden.

Dakota und die anderen wurden mitgerissen, ob sie es wollten oder nicht.

Dakota drückte Edens Hand. »Nicht loslassen!«

Shay rümpfte die Nase und drehte sich um, um hinter sich zu schauen. Ein riesiger Mann stieß sie mit dem Ellenbogen in die

Seite, als er an ihr vorbeiging, und warf sie fast um. »Aber ich soll doch …«

»Geh einfach mit«, sagte Julio. »Sonst könnten wir bei dem Versuch, hier rauszukommen, zertrampelt werden.«

Sie wurden von der Menge in den Flughafen geschoben. Bunte Wandmalereien, Kunstwerke und Werbung zierten die Wände. Die Beleuchtung in den großen, luftigen Räumen war gedimmt, um Energie zu sparen.

Sie folgten dem Menschenstrom durch die Haupthalle, vorbei an Restaurants, Imbissbuden, Souvenirläden und Designerläden, von denen die meisten mit rollenden, vergitterten Toren verschlossen waren.

»Das ist der absolute Wahnsinn.« Park sah sich mit großen Augen um. »Die hätten mehr Glück, wenn sie Goldfische mit Stäbchen hüten würden.«

»Ich habe das Gefühl, dass sie genau das vorhaben«, sagte Dakota.

»Was ist hier los?«, fragte Julio einen Sicherheitsbeamten am Flughafen.

Die Frau ignorierte ihn und forderte die Leute mit Gesten auf, weiterzugehen. »Immer geradeaus, immer geradeaus!«

»Wir müssen uns den Weg nach draußen erkämpfen!«, zischte Dakota. »Jetzt sofort, bevor es zu spät ist.«

»Es wird zu schwer sein, uns hier herauszukämpfen«, sagte Logan mit angespannter Stimme. »Es sind zu viele Wachen und Soldaten überall. Wir werden nur verhaftet werden.«

Dakota blickte zu ihm auf. Seit wann war Logan die Stimme der Vernunft?

»Er hat recht«, sagte Julio. »Habt einfach Geduld.«

Geduld war das Letzte, was Dakota im Moment empfand. In ihrem Inneren herrschte eine Mischung aus Anspannung, Sorge und Furcht. Sie wollte auf etwas einschlagen, so fest sie nur konnte. Am liebsten auf einen Menschen.

Sie wurden in den Skytrain gedrängt und einige Minuten später im Terminal D abgefertigt. Der Fliesenboden war glitschig dank Hunderter nasser Schuhe. Dakota klammerte sich fester an Eden. Sie war versucht, Logans Hemd von hinten zu packen, um in seiner Nähe zu bleiben, aber sie riss sich zusammen.

»Bitte nehmen Sie in D10 Platz«, wies ein anderer Soldat eine Gruppe vor ihnen an und deutete auf die Reihen der sich schnell füllenden Sitze.

Als sie ihn erreichten, deutete er nach rechts und wies alle in den nächsten Bereich ein. »Bitte nehmen Sie in D11 Platz. Setzen Sie sich bitte in D11. Ich danke Ihnen. Ma'am, bitte setzen Sie sich.«

»Meine Damen und Herren, bitte beruhigen Sie sich und wir werden Ihnen die Einzelheiten erklären«, sagte eine beruhigende Frauenstimme über die Lautsprecheranlage. »Bitte haben Sie Geduld. Weitere Informationen werden folgen.«

Durch die großen Fenster beobachtete Dakota, wie Dutzende Busse auf das Rollfeld fuhren und sich in Reihen aufstellten: Schulbusse, Metrobusse des Miami-Dade County und sogar einige von Broward County Transit. Flughafenmitarbeiter rollten mobile Treppen zu den einzelnen Gates.

Dakotas Blut gefror ihr in den Adern. Die Regierung schickte sie in die FEMA-Lager, ob sie nun wollten oder nicht.

Es waren Hunderte von Menschen hier. Tausende.

Dies würde garantiert zu einem epischen Desaster führen.

Sie mussten von hier verschwinden.

KAPITEL 44
DAKOTA

»**D**a drüben ist noch eine Soldatin.« Julio deutete auf den Check-in-Schalter für D11, wo eine Soldatin mit einem Klemmbrett in der Hand in der Nähe von zwei Sicherheitsbeamten des Flughafens stand, die ihre Köpfe in einer ernsten Diskussion beugten. »Ich werde mal sehen, ob wir mit ihr etwas erreichen können.«

Er bewegte sich durch die Menge und entschuldigte sich immer wieder, wenn er versehentlich Leute anrempelte und anstieß. Logan fing Dakotas Blick auf und rollte mit den Augen. Er entschuldigte sich bei niemandem.

»Setzen Sie sich, Ma'am«, wiederholte der Soldat gegenüber Dakota.

»Wir müssen gehen«, sagte Dakota.

»Ma'am«, sagte der Soldat mit einem Anflug von Ungeduld. »Sie müssen sich hinsetzen und geduldig warten. Die Busse sind schon da. Schon bald werden Sie warmes Essen und heiße Duschen haben. Ein sicherer Ort zum Bleiben.«

»Ich will nicht in das FEMA-Lager gehen. Wir müssen nicht

dorthin gehen. Wir haben jemanden, bei dem wir bleiben können. Verstehen Sie das?«

Der Soldat bewegte sich unruhig. Er war ein junger Ire, vielleicht zwanzig Jahre alt, mit rotem Haar und einer Menge von Pickeln, die seine ölige Stirn und sein weiches, stoppeliges Kinn übersäten. »Es tut mir leid, Ma'am, aber die Stadt ist im Moment voller Unruhen.«

»Das wissen wir«, sagte Logan. »Wir haben es selbst erlebt.«

»Dann sollten gerade Sie verstehen, dass wir versuchen, für die Sicherheit aller zu sorgen. Die Stadt verfügt nicht mehr über das nötige Personal, um ihre Bürger zu schützen. Wir haben nicht die Arbeitskraft für eine Eskorte.«

»Wir bitten nicht um eine Eskorte«, sagte Dakota zähneknirschend. »Wir verstehen das Risiko und sind bereit, es einzugehen.«

»Wir können nicht zulassen, dass Flüchtlinge verletzt oder getötet werden. Oder dass sie plündern und Eigentum zerstören, um Nahrung und Unterkunft zu bekommen. Die Regierung wird Ihnen das geben, was Sie brauchen. Sie brauchen sich darüber keine Sorgen zu machen. Wir werden uns gut um Sie kümmern.«

»Genau darüber mache ich mir Sorgen«, murmelte Dakota.

Logan stellte sich neben sie. »Sie können uns nicht gegen unseren Willen hier festhalten.«

Das Gesicht des Mannes rötete sich. »Es tut mir leid, aber vor einer Stunde hat die Präsidentin das Kriegsrecht verhängt. Bürgerrechte und Gesetze sind außer Kraft gesetzt, ebenso wie das *Habeas Corpus*. Auf Anordnung von Gouverneur Blake müssen alle Vertriebenen zu ihrer eigenen Sicherheit und ihrem Schutz in von FEMA gesponserten Unterkünften untergebracht werden.«

Der Soldat wandte sich kurz ab und wies einer haitianischen

Familie mit zwei schreienden Babys den Weg zu ein paar leeren Sitzen im hinteren Bereich entlang der Fenster.

Julio drängte sich durch die Menge und kehrte zu seiner Gruppe zurück. »Sie lassen niemanden heraus«, sagte er frustriert. »Man muss in den Bus einsteigen und zu dem Ort fahren, den sie eingerichtet haben – das Watsco und FIU Stadion, die örtlichen Highschools, einer ist in einem großen jüdischen Gemeindezentrum – dann weist FEMA jedem eine Fallnummer zu und arbeitet sich durch die Akten, um herauszufinden, wer irgendwo hin kann und wer für wer-weiß-wie-lange bleiben muss. Es ist ein Albtraum.«

»Das ist lächerlich«, murmelte Dakota.

»Mehr als lächerlich«, sagte Park. »Das wird zu einem Desaster.«

»FEMA ist nicht böse«, murmelte Vanessa. »Die Regierung versucht, uns zu helfen.«

»Niemand hat gesagt, dass sie absichtlich böse sind«, sagte Julio. »Aber sie sind unvorbereitet und überfordert. Das ist kein Rezept für ein positives Ergebnis, leider. Ich hoffe wirklich, dass ich falschliege.«

»Es ist die beste Option für Leute, die sonst nirgendwo hingehen können«, sagte Shay. »Aber ich denke nicht, dass sie die Leute zwingen sollten.«

»Das ist mir egal«, sagte Vanessa und schüttelte heftig den Kopf. »Ich bin lieber in Sicherheit, als da draußen in diesem Wahnsinn festzusitzen.«

Carson nickte. »Es scheint das kleinere Übel zu sein.«

Dakota war überrascht über ihre Bereitschaft, in ein FEMA-Lager zu gehen. Vielleicht dachten sie, ihr gehobener sozialer Status würde ihnen eine gemütliche Suite im Ritz sichern. Da würden sie sich aber gewaltig irren. Ein harter Plastik-Stadionsitz und ein lumpiges Kissen entsprachen eher der Realität.

Onkel Sam kümmerte sich um sie genauso wenig wie um alles andere.

Dakota wollte eine sarkastische Erwiderung geben, aber sie blickte zu Eden hinunter, die die Stirn runzelte und zu ihr aufblickte. Eden mochte diese Leute.

Dakota seufzte und schluckte ihre Verärgerung um Edens willen herunter. »Geht ins FEMA-Lager. Ich hoffe, es klappt für euch.«

Vanessa drückte die Hand ihres Mannes. »Danke. Das werden wir.«

Carson legte seinen Arm um ihre Schulter. Dankbar schmiegte sie sich an ihn. Es war gut, dass sie zusammen waren. Wenn sie es schaffen wollten, mussten sie ein Team sein.

Carson sah Logan und Dakota an, sein Blick war besorgt, als wüsste er, dass es keine gute Idee war, in diese FEMA-Busse einzusteigen, aber er hatte sich mit ihrem Schicksal abgefunden.

Er öffnete den Mund, als wolle er etwas sagen, und schloss ihn dann wieder. Er runzelte die Stirn und versuchte es erneut. »Ich habe mich geirrt, mit dem Pick-up. Wir hätten auf euch hören sollen. Unser Handeln hat euch alle in Gefahr gebracht, und ihr habt uns trotzdem das Leben gerettet. Ich danke euch.«

Logan nickte ihm kurz zu.

»Wir verstehen das«, sagte Julio, wohlwollend und vergebend wie immer. »Es war eine stressige Situation für uns alle.«

Vanessa beugte sich hinunter, zog etwas aus ihrer Tasche und drückte es Eden in die Hand. »Nimm das, Schätzchen«, sagte sie leise, ihre Stimme zitterte. »Du könntest es brauchen.«

Es war ein Bündel zerknitterter Zehner – mindestens einhundert Dollar insgesamt. Sie musste es durch das Dekontaminationszentrum geschmuggelt haben, oder vielleicht hatte das Geld genau wie Dakotas Karte überlebt.

Eden lächelte zaghaft und winkte zum Abschied.

Vanessa umarmte sie schnell, und sie und Carson gingen in die Reihe D11 und suchten zwischen den Gruppen mürrischer Teenager, weinender Kleinkinder und besorgter Familien nach zwei freien Plätzen.

Dakota starrte ihnen einen Moment lang verblüfft hinterher. Niemals in einer Million Jahren hätte sie gedacht, dass die beiden zu solch selbstloser Großzügigkeit und menschlichem Anstand fähig waren.

»Was wissen wir schon?«, sagte Julio. »Wunder geschehen jeden Tag.«

Dakota rollte mit den Augen. »Wenn ich gewusst hätte, dass Wunder auf dem Programm stehen, hätte ich mir ein anderes gewünscht.«

Der rothaarige Soldat trat vor sie, sein Kiefer war verkrampft, er hatte keine Geduld mehr. »Ma'am, ich möchte Ihnen nicht wehtun, aber wenn Sie meine Befehle nicht sofort befolgen, bin ich gezwungen, die Situation zu eskalieren.«

»Wollen Sie uns rauswerfen?«, schnauzte Dakota. »Das wäre höchst ironisch.«

Julio legte eine schützende Hand auf Dakotas Arm.

Sie winkte ihn ab. »Wir haben bereits gesagt, dass wir nicht gehen wollen.«

Das Gesicht des Soldaten verhärtet sich. »Wenn Sie nicht gehorchen, sehe ich mich gezwungen, Sie zu verhaften.«

Dakota hob ungläubig die Augenbrauen. »Sie wollen uns einsperren? Weil wir keine zusätzlichen Mäuler sein wollen, die die Regierung füttern muss?«

Sein Gesichtsausdruck war nicht grausam, sondern verärgert und mehr als nur ein wenig nervös. Er gehörte zu den unteren Rängen, ein Befehlsempfänger. Es war nicht seine Sache, ob die Befehle falsch waren oder nicht. »Lassen Sie mich Ihnen versichern, dass die Regierung der Vereinigten Staaten alles Notwendige tun wird, um die Ordnung wiederherzustellen und die Sicherheit der Bevölkerung zu gewährleisten.«

Er legte seine Hand auf den Griff seiner Pistole an seiner Seite. Er hielt sich bedeckt, aber seine Handlungen sprachen Bände. Er war fertig damit, nett zu sein. »Ich werde Sie nicht noch einmal auffordern.«

Julio ergriff ihren Arm noch fester. »Wir verstehen, Sir.«

»D11 bis D19 sind jetzt voll. Gehen Sie weiter zu D20.« Er gestikulierte mit seiner freien Hand. »Ich werde Sie persönlich dorthin begleiten.«

»Wir gehen jetzt«, sagte Julio. »Wir alle.«

Dakota war so verblüfft über Julios unerwartete Eindringlichkeit, dass sie ihm erlaubte, sie durch den Terminal in Richtung D20 zu führen.

Logan murmelte einen leisen Fluch, widersprach aber nicht.

»Wir werden uns etwas anderes einfallen lassen«, sagte Shay leise. »Mach dir keine Sorgen.«

»Warten Sie bitte einen Moment.« Ein anderer Beamter stürmte auf sie zu und starrte auf das Tablet in seinen Händen. »Bleiben Sie sofort stehen.«

KAPITEL 45
DAKOTA

Der Beamte trug eine kugelsichere Jacke, auf deren Rücken die Buchstaben ATF aufgedruckt waren. Außerdem war er unglaublich groß.

Dakota musste lächeln. *Hawthorne.*

»Das ist nicht der richtige Bus«, sagte Trey Hawthorne, während er über das Tablet wischte. »Lassen Sie mich Ihre Papiere überprüfen.«

»Welche Papiere?« Der Soldat runzelte die Stirn und neigte den Kopf, um Hawthorne anzusehen. »Keiner hat Papiere.«

»Diese Gruppe schon.« Hawthorne ließ sein Sicherheitsabzeichen aufblitzen. »Über Ihrer Freigabestufe.«

Captain Kinsey joggte neben Hawthorne her und bahnte sich mit einem breiten Grinsen ihren Weg durch die Menge. Sie warf einen Blick auf den Namen und den Rang des Soldaten. »Danke für Ihre Hilfe, Private McDonald«, sagte sie mit einer herablassenden Autorität, die die Leute nicht in Frage stellen wollten.

»Natürlich, Captain«, sagte Private McDonald schnell.

»Folgen Sie mir, bitte.« Bevor irgendjemand etwas sagen konnte, ging Hawthorne mit selbstbewusstem Schritt los und schlängelte sich zwischen den Ansammlungen von Zivilisten hindurch, Kinsey joggte hinter ihm her.

Glücklicherweise war er einen Kopf größer als alle anderen in der Menge. Es war ein Leichtes, ihm zu folgen.

»Worauf warten wir noch?«, flüsterte Shay. »Lasst uns gehen.«

Sie hatte recht. Dies war ihre Chance. Welchen Plan Hawthorne auch immer ausgeheckt hatte, er musste besser sein als dieser.

Dakota zog an Edens Hand und lief hinter ihm her. Logan, Julio und Shay folgten schnell und ließen den verärgerten Soldaten zurück.

Ein paar Minuten später führte Hawthorne sie aus dem Menschenstrom heraus in einen leeren Kiosk voller gesunder Snacks, Schlüsselanhänger und Tassen mit Fotos von South Beach und der Skyline von Miami sowie Taschenbuch-Bestseller auf einem Tisch in der Mitte.

»Hawthorne«, sagte Shay atemlos. »Das war fantastisch.«
Er strahlte sie an.

»Was ist hier los?«, fragte Dakota ein wenig zu scharf. Dies war weder der richtige Zeitpunkt noch der richtige Ort für diese beiden, um sich verliebt in die Augen zu starren.

Mit offensichtlicher Mühe löste Hawthorne seinen Blick von Shay und wandte sich Logan und Dakota zu. Seine Miene wurde ernst. »Ich bin ein Patriot. Ich liebe mein Land. Ich habe mein Leben dem Dienst an Amerika gewidmet. Für mich schließt das die Menschen ein. Alle von ihnen.«

Er räusperte sich unbehaglich. »Alle hier – FEMA, National Guard, ATF, FBI, örtliche Strafverfolgungsbehörden, Notdienste – wir sind hier, um zu helfen. Es erscheint mir falsch, den Leuten mit vorgehaltener Waffe Hilfe aufzuzwingen.«

»Kein Scherz«, murmelte Dakota.

Hawthorne verschränkte sein Tablet unter dem Arm. »Diese ganze Sache scheint im Widerspruch zu allem zu stehen, wofür dieses Land eigentlich stehen sollte.«

Kinsey nickte enthusiastisch.

»General Pierce ist auch nicht damit einverstanden, aber die Befehle kommen vom Gouverneur«, sagte Hawthorne. »Da die Befehle jedoch erst heute übermittelt wurden, ist es verständlich, dass sie nicht alle gleichzeitig erhalten haben. Ich glaube sogar, dass mein Funkgerät schon den ganzen Nachmittag kaputt ist.«

»Meins auch«, zwitscherte Kinsey. »Verdammte Regierungshardware.«

»Wenn die Präsidentin gerade erst das Kriegsrecht verhängt hat, warum sind die Busse dann schon startklar?«, fragte Shay.

»Gute Frage, Shay«, sagte Hawthorne und grinste.

Dakota verdrehte die Augen.

Kinsey stupste Dakota in die Rippen. »Auf dem Feld ist dieser Typ ein hervorragender Schütze und ein absoluter Profi. Kann man sich das vorstellen?« Sie grinste. »Aber wenn man ihn in die Nähe eines hübschen Mädchens bringt, verwandelt er sich in ein liebeskrankes Hündchen.«

Shay senkte ihren Blick auf den Boden und biss sich auf die Lippe, sichtlich erregt – und erfreut.

»Ich denke, das beruht auf Gegenseitigkeit«, sagte Julio.

»Ich kann euch hören, wisst ihr.« Hawthorne räusperte sich und versuchte, ganz sachlich zu wirken, was ihm nur teilweise gelang. »Wie ich schon sagte, hat sich die Präsidentin gegen die Verhängung des Kriegsrechts gewehrt und darauf hingewiesen, dass der Verlust der amerikanischen Freiheit der letzte Ausweg sein sollte. Der Gouverneur drängt jedoch hinter den Kulissen seit Tagen auf die Verhängung des Kriegsrechts. Vor allem nach den Bandenkriegen und den Angriffen auf unsere Kontrollpunkte.

Er will die Bevölkerung unter Kontrolle haben, damit er mehr

Ressourcen aufwenden kann, um die Aufstände niederzuschlagen und die bereits von den Gangs kontrollierten Teile der Stadt zurückzuerobern. Ich bin sicher, dass er in engem Kontakt mit dem FEMA-Leiter der Unterkünfte, dem Koordinator für Katastrophenunterkünfte und dem Leiter der Logistikabteilung steht, um alles für die offizielle Ankündigung des Präsidenten heute Nachmittag vorzubereiten.«

Dakota interessierte sich nicht für den ganzen politischen Blödsinn. Sie wollte einfach nur weg. »Sag uns einfach, wie wir hier rauskommen.«

»Wir werden euch begleiten«, sagte Hawthorne. »Keiner wird uns aufhalten. Nicht in diesem ganzen Chaos.«

Kinsey grinste fast übermütig. »Ich habe eure Waffen aus dem Lager geholt. Sie wurden alle dekontaminiert und befinden sich auf dem Rücksitz des F-150, den wir ebenfalls von Hand gewaschen haben, bis in den äußersten Winkel. Er ist außerhalb des Zauns an der Miami Dairy Road geparkt.«

»Wir geben euch eine offizielle Militäreskorte von der Basis«, sagte Hawthorne, »aber dann seid ihr auf euch allein gestellt. An eurer Stelle würde ich von nun an alle FEMA-Buskonvois meiden.«

»Keine Sorge«, sagte Park.

Kinsey hielt ihm den Schlüsselanhänger hin. Logan und Dakota griffen gleichzeitig danach.

Julio schnappte ihn sich zuerst. »Ich bin mit dem Fahren dran.«

»Von mir aus. Kann nicht schlimmer sein als Carson.« Dakota erlaubte sich ein knappes Lächeln. Zum ersten Mal lief alles nach ihren Vorstellungen. Mit einem vollgetankten Pick-up könnten sie bei Einbruch der Nacht bei Ezra sein.

Ihr Magen verkrampfte sich. Sie musste den anderen sagen, was auf sie zukommen könnte. Sie musste ihnen die Wahl lassen, ob sie bleiben oder gehen wollten. »Es gibt etwas, das ich euch erst noch sagen muss ...«

»Was auch immer es ist, es kann warten«, sagte Logan. »Lasst uns gehen.«

»Ich komme nicht mit euch mit«, sagte Shay plötzlich.

Alle drehten sich um und starrten sie an.

»Was?«, fragte Julio.

Shay hob ihr Kinn. »Gestern hat mich einer der Ärzte gebeten, als Pflegehelferin zu bleiben. Ich kann hier helfen. Ich möchte helfen.«

»Du bleibst hier?«, echote Dakota, als sie Shays Worte verinnerlichte.

»Ja. Ich möchte nützlich sein und etwas Gutes tun. Ich möchte etwas bewirken. Das kann ich hier tun.« Sie begann, an ihrem Daumennagel zu knabbern, warf einen verstohlenen Blick auf Hawthorne und ließ die Hände an die Seiten fallen. »Ich bin nur gekommen, um mich zu verabschieden. Ich bleibe.«

»Ausgezeichnete Idee.« Hawthorne konnte sich ein Grinsen nicht verkneifen. »Ich werde mich besonders um sie kümmern, das verspreche ich.«

Dakota stöhnte. »Ich bin sicher, das wirst du.« Sie drehte sich zu Shay um und spürte eine plötzliche, unerwartete Enge in ihrer Brust. »Was machen wir, wenn einem von uns in den Kopf geschossen wird?«

Shays dunkle Augen funkelten. »Ich werde dich auch vermissen.«

»Hier.« Hawthorne drückte Dakota etwas in die Hand. »Ich hatte vor, es Shay zu geben.« Er schenkte ihr ein breites, albernes Grinsen. »Aber da sie hier bleibt, gebe ich es stattdessen dir. Es ist ein Satellitentelefon, aber meine persönliche Nummer ist darauf programmiert. Wenn ihr irgendetwas braucht, egal was, zögert nicht, mich anzurufen. Gute

Menschen müssen zusammenhalten. Und ihr seid gute Menschen.«

Dakota steckte das Telefon in ihre Tasche. »Danke.«

»Zitiert mich nicht, aber Kinsey hat recht«, sagte Hawthorne. »Wir wären beide tot, wenn ihr nicht euren Kopf für zwei völlig Fremde hingehalten hättet. Das werde ich nicht vergessen.«

Kinsey schlug ihm auf die Schulter. Sie musste ihren Arm über ihren Kopf heben. »Verdammt, ja, ich habe recht.«

»Wir müssen uns beeilen«, sagte Logan.

Sie umarmten sich schnell. Shay drückte Dakota so fest, dass ihre Rippen schmerzten. Sie umarmte Julio, gab Logan und Park ein Fistbump und musste sich bücken, um Eden in ihre Arme zu schließen.

»Pass für mich auf Dakota auf, okay?«, flüsterte Shay in Edens Ohr, gerade laut genug, dass Dakota es hören konnte.

Eden nickte nüchtern, ihren Block an die Brust gepresst.

Logan schüttelte Hawthorne und Kinsey die Hand. »Danke. Für alles.«

»Wir werden uns wiedersehen.« Shay wischte sich über die Augen, als sie sich zum Gehen wandte. »Da bin ich mir sicher.«

KAPITEL 46
MADDOX

Der Prophet lächelte Maddox an. »Handgeschriebene Briefe sind eine verlorene Kunst, findest du nicht auch?«

»Keine Ahnung«, sagte Maddox. Er hatte in seinem Leben noch nie einen Brief geschrieben oder verschickt.

Der Prophet hob den Stapel auf, richtete die geknickten Ecken und schob ihn in eine Schublade. Bevor sich die Schublade ganz schloss, erblickte Maddox noch ein paar gekritzelte Zeilen.

Es war nicht Englisch. Er konnte nicht erkennen, welche Sprache es war. Der Prophet sprach zu Gott. Vielleicht war es Griechisch oder Hebräisch, die ursprünglichen Sprachen der Bibel.

Bruder Richard hatte einmal versucht, ihm Hebräisch beizubringen. Er war gescheitert – vor allem, weil Maddox sich weigerte, am Unterricht teilzunehmen. Dafür war er in den Raum der Barmherzigkeit geschickt worden.

Der Prophet erhob sich und strich sein weißes Hemd glatt. »Keiner schickt mehr Briefe. Es ist wirklich eine Schande.«

Reuben schnappte sich eine Orange aus der Holzschale auf dem Couchtisch. Er warf sie in die Luft und fing sie auf. »Hier ist unser Junge. Höchstpersönlich, wie ich es versprochen habe.«

»Das sehe ich. Er muss gesegnet sein.« Der Prophet schloss die Augen, als ob er in diesem Moment mit Gott sprechen würde. Er öffnete die Augen. »Er ist es.«

Maddox errötete.

Solomon Cage stakste aus der Küche ins Wohnzimmer. »Du bist mit leeren Händen zurückgekommen«, sagte er barsch.

Reuben erstarrte in seiner Bewegung, eine Orange zu schälen. Der Prophet schüttelte kaum wahrnehmbar den Kopf.

»Bis später, Mann.« Reuben winkte Maddox eilig zu. »Wir sehen uns beim Abendessen.«

Nachdem er gegangen war, stürzte sich Maddox' Vater auf ihn. »Du hast versagt. Schon wieder.«

Seine Augen waren von einem kalten, grausamen Eisblau. Sein sandblondes Haar und sein Bart waren kurz geschnitten und mit Grau gespickt. Er war ein harter Mann, ein Mann der Regeln und Konsequenzen – schnell zornig, noch schneller strafend. Maddox hatte ihn noch nie eine einzige Träne vergießen sehen, nicht einmal bei Jacobs Beerdigung. Er regierte mit eiserner Hand und beugte sich nur dem Propheten.

Der Prophet hingegen war gutaussehend, charmant und charismatisch. Er war ein schlanker, großer Mann mit einem langen, schmalen Gesicht und gewelltem, blondem Haar, das ihm bis zu den Schultern reichte. Er war Mitte fünfzig, seine gebräunte Haut war von Lachfalten durchzogen. Es lag immer ein leichtes Lächeln auf seinen Lippen. Ähnlich wie Jacob früher – ein natürlicher Anführer. Die Leute wollten ihm einfach folgen.

Man fühlte sich in seiner Gegenwart größer, irgendwie *mehr*, wenn sein wohlwollender, aber durchdringender Blick auf einen gerichtet war und die Seele durchleuchtete. Die Menschen hingen an seinen beredten Worten. Sie waren bereit, ihr Leben und ihre Ersparnisse aufzugeben, alles, um seinem Willen zu folgen, um seinen Segen zu empfangen, um von seiner heiligen Hand berührt zu werden und das Wort Gottes von seiner silbernen Zunge zu hören.

»Ich weiß. Es tut mir leid ...«, begann Maddox.

Die Verachtung, die Solomon Cage für seinen Sohn empfand, war in jeder Linie seines Gesichts zu erkennen. »Der Prophet braucht seine Braut, so wie Christus seine Kirche braucht. Hast du nicht verstanden, wie wichtig dein Auftrag war?«

Sein Magen krampfte sich zusammen. Ihm war übel. Er redete sich ein, es seien die Überreste der Strahlenvergiftung. Eden war alt genug. Was kümmerte es ihn, wer sie heiratete? Es gab weitaus wichtigere Dinge zu tun. »Ja, Vater.«

»Deine Schwester ist unglaublich wichtig für mich«, sagte der Prophet leise. »Gott hat sie mir als ein Zeichen seiner Gnade für uns alle gegeben, für die neue Welt, die wir erschaffen werden. Sogar ihr Name deutet auf ihre entscheidende Rolle hin. Es ist ein großes Übel, dass sie draußen in der Wüste der Bosheit und der Zerstörung gefangen ist. Gott hat dir die Aufgabe gegeben, dieses Übel zu beheben.«

»Ich habe alles getan, was ich konnte ...«

»Das war nicht genug«, spottete sein Vater. »Du gibst nie genug, stimmt's?«

Maddox hielt den Kopf hoch, den Blick geradeaus gerichtet. Er würde nicht noch einmal in diese Falle tappen. Er würde nicht wütend werden, fluchen und zurückschreien, wie er es einmal getan hatte.

Er wusste ganz genau, dass sein Vater ihn bestrafte, ihn absichtlich demütigte. Für sein Versagen, ja. Aber auch, weil er nicht Jacob war, nie Jacob sein würde.

Und das war das ultimative Versagen, das, was sein Vater ihm nie verzeihen würde.

»Ich weiß, wo sie sind«, sagte er und versuchte, seine Stimme ruhig zu halten. »Oder wo sie bald sein werden. Und es ist nur eine Stunde von hier entfernt.«

Sein Vater wich zurück, verblüfft über seine Worte. Der Prophet sagte nichts, sondern beobachtete ihn nur aufmerksam, ein schwaches, verwirrtes Lächeln geisterte über sein Gesicht.

»Nachdem diese Hure meinen Bruder getötet und meine Schwester gestohlen hatte, suchte sie Zuflucht auf dem Gehöft von Ezra Burrows an der Mangrove Road auf der US 41. Dort lebte sie mehrere Monate lang, bevor sie erneut ausbrach und mit Eden nach Miami floh.«

»Ezra Burrows, dieser alte, halb verrückte Ex-Marine, der auf dem Bauernmarkt in Little Cypress Kaninchen verkauft hat?« Die Lippen seines Vaters verzogen sich vor Abscheu. »Ich dachte, du hättest sein Haus überprüft.«

»Das haben wir. Er sagte, sie seien nicht da. Wir hatten keinen Grund, ihm zu misstrauen.«

Sein Vater schaute finster drein. »Und du hast ihm einfach geglaubt? Du hast einfach aufgehört zu suchen?«

»Wir konnten doch nicht jeden Quadratzentimeter der Glades durchsuchen!«, platzte Maddox heraus.

»Woher weißt du, dass die Mädchen bei ihm wohnten?«, fragte der Prophet ruhig.

»Eden hat es mir erzählt, als ich sie in Miami gefunden habe.« Er überlegte, ob er ihnen von ihrer verstümmelten Kehle und dem Verlust ihrer Stimme erzählen sollte. Aber auch das war auf sein eigenes Versagen zurückzuführen.

Vielleicht würden sie sie jetzt als beschmutzt und unrein ansehen. Würden sie sie in den Raum der Barmherzigkeit schicken? Oder schlimmer noch, sie hinauswerfen? Obwohl sich Maddox nur um die Rettung seiner eigenen Haut kümmerte, hatte er Gefühle für seine kleine Schwester.

Er war kein Ungeheuer. Er wollte, dass sie nach Hause kam und in Sicherheit war und dass man sich um sie kümmerte, so wie früher.

Sein Vater war schon wütend genug. Er beschloss, in dieser Hinsicht den Mund zu halten.

»Ich habe versucht, sie zu retten«, erklärte er, »Aber ich wurde durch die Strahlenvergiftung krank und von der Gruppe bei ihr überwältigt.«

»Du hast sie gefunden, aber nicht nach Hause gebracht?« Sein Vater spuckte die Worte regelrecht aus, während sein Gesicht purpurrot vor Wut wurde. Eine Ader an seinem Hals pulsierte. Er machte einen bedrohlichen Schritt nach vorne, seine Fäuste erhoben sich. »Du wertloses Stück ...«

Der Prophet legte eine sanfte Hand auf die Schulter von Solomon Cage. Der Mann sträubte sich, wagte aber nicht, ihn abzuschütteln.

»Die Vergangenheit ist Vergangenheit«, sagte der Prophet. »Die Zukunft ist das, was uns jetzt beschäftigt.«

Maddox räusperte sich. »Ich kenne – kannte – Dakota Sloane besser als jeder andere. Downtown Miami liegt in Trümmern. Die Stadt versinkt im Chaos. Sie wird dorthin gehen, wo sie sich sicher fühlt. Sie geht zu Ezra.«

»Bist du sicher?«

»Darauf würde ich mein Leben verwetten.«

»Ich wusste, dass wir deinen Sohn unterschätzt hatten«, sagte der Prophet. Seine Augen leuchteten voller Zustimmung. »Wir brauchen jede Seele, die sich der Sache widmet, um unsere Aufgabe zu erfüllen und den Sieg zu erringen.«

Sein Vater sagte nichts, sondern sah nur finster drein – verärgert, aber unfähig, in Gegenwart des Propheten seine Meinung zu sagen.

»Was passiert nun?«, fragte Maddox. »Was ist der nächste Schritt?«

Der Prophet legte seinen Arm um Maddox' Schulter und führte ihn durch die Vordertür auf die hölzerne Veranda hinaus. »Siehst du diese Leute, Maddox? Meine Herde?«

Dutzende von Menschen schlenderten über die Wiese zur Kapelle, um den Abendgottesdienst zu feiern. Die Männer plauderten miteinander, lächelten und lachten. Die Frauen gingen schweigend zusammen, ihre langen Röcke wirbelten um ihre Beine, Bibeln in ihren Händen. Kinder rannten hin und her und schrien fröhlich.

»Ja«, sagte Maddox, unsicher, worauf der Prophet hinauswollte.

»Amerika hat sie im Stich gelassen. Sie haben ihre Arbeit verloren, ihre Ehen, ihre Familien, ihren Stolz, ihre Existenzgrundlage. Draußen in der gefallenen Welt gab es für sie keine Möglichkeiten mehr. Das Leben enttäuschte sie, ließ sie bitter, wütend und hoffnungslos zurück.

Aber Gott hat die Hoffnung auf sie nie aufgegeben. Und ich auch nicht. Sie haben hier einen Sinn, eine Aufgabe gefunden. Ich habe ihnen ihre Hoffnung zurückgegeben. Ich habe ihnen versprochen, ihnen alles zu geben, was sie ihrer Meinung nach verdient haben, was man ihnen schuldet.

Amerika ist zu einer Hure geworden, die die gierigen Megakonzerne, die korrupte Wall Street und kriminelle Politiker aussaugen. Sie kürzen Löhne und Sozialleistungen und entlassen amerikanische Arbeiter, um Ausländer und Illegale einzustellen. Sie lagern billigen Mist aus, der so gemacht ist, dass er kaputtgeht – und das sogar von Anfang an. Ganz wie Amerika.

Das Amerika von heute zerstört alles, was es anfasst. Es inszeniert Kriege, um Milliardäre noch reicher zu machen. Es manipuliert Revolutionen, Aufstände und gewaltsame Putsche und plant die Zerstörung ganzer Länder, um seine blutigen Taschen zu füllen. Amerika ist seelenlos. Es kümmert sie nicht.

Aber wir haben sie alle zum Nachdenken gebracht – die korrupten Politiker, ihren barbarischen, kriegstreiberischen militärisch-industriellen Komplex – wir haben ihnen die Augen geöffnet. Wie es in Jesaja 13:22 heißt: *Babylons Tage sind gezählt, bald schlägt seine letzte Stunde.* Das ist der nächste Schritt, mein Sohn. Das ist das, was kommen wird, was bereits eingetroffen ist. Ich bin die rechte Hand Gottes. Ich habe das getan.«

Drei Mitglieder der Herde des Propheten eilten auf ihn zu, die Köpfe in tiefem Respekt gesenkt, die Hände flehend ausgestreckt. »Sei gesegnet, Prophet«, murmelte ein bärtiger Mann – Bruder Samson.

»Seid gesegnet.« Der Prophet ergriff jede Hand mit einer großzügigen Geste und küsste sie. »Ich segne dich, meine Seele.«

Sie hoben ihre Köpfe und blickten ihn an, um ihn zu verehren, regelrecht anzubeten.

Sein Lächeln war freundlich, aber es hatte etwas Beunruhigendes an diesen geschwungenen Lippen, an dem weißen Aufblitzen der Zähne – ein Lächeln, das so blendend gütig war, dass es auch irgendwie bedrohlich wirkte.

Der Prophet sah zu, wie die drei Männer weggingen, immer noch mit diesem seltsamen, beunruhigenden Lächeln auf den Lippen. »Jetzt wird sich eine neue Nation erheben, angeführt von Gottes auserwähltem Propheten – ein wohlhabendes Amerika, das seinen Platz kennt. Sei geduldig, mein Sohn. Wir haben unsere Hirten, die bereit sind, den nächsten Schritt zu tun, wenn die Zeit gekommen ist. Der Herr wird dafür sorgen.«

Maddox nickte stumpfsinnig. Früher hätte er die aufgeblasenen, hochtrabenden Worte des Propheten in seinem Kopf gespeichert, um sie später Dakota gegenüber zu wiederholen, wobei sie beide spöttisch mit den Augen rollten. Jetzt aber hörte er einfach zu, ehrfürchtig und demütig.

Der Prophet starrte ihm in die Augen, sein aufmerksamer Blick durchdrang seine Seele. »Bist du einer von uns, mein Sohn?«

»Ja«, sagte Maddox, ohne zu zögern. »Das bin ich.«

KAPITEL 47
DAKOTA

»Ich muss ehrlich zu euch allen sein«, sagte Dakota. »Es gibt etwas, das ich loswerden muss, bevor wir aufbrechen.«

Ihre Gruppe schien so viel kleiner zu sein – es waren nur Dakota, Logan, Eden, Park und Julio. Park ruhte sich auf dem Rücksitz aus. Die anderen standen auf dem Seitenstreifen der Miami Dairy Road am Heck des F-150 und hielten ein paar Minuten inne, um zu verschnaufen und ihre Ausrüstung umzuladen.

Der Wagen sah höllisch mitgenommen aus – verbeult, zerkratzt und mit Einschusslöchern übersät -, aber er fuhr. Sie hatten gerade eine Waffenkontrolle durchgeführt. Alles war da, zusammen mit ein paar Schachteln 9-mm-Munition für die Pistolen und 5,56-mm-NATO-Munition für die AR-15, die beide NATO-Kammern hatten, sodass sie sowohl 5,56- als auch .223-Munition verwenden konnten.

Hawthorne und Kinsey hatten ihnen auch zwei Rucksäcke mit Wasserflaschen und MREs – militärische »Fertiggerichte« -, drei Stirnlampen, zwei LED-Stiftlampen, einen Erste-Hilfe-Kasten und eine Dose DEET gegen die allgegenwärtigen Moskitos mitgegeben. Sie hatten sogar eine rostige alte Werkzeugkiste in die Ladefläche des Pick-ups gestellt.

Während sie und Logan an ihrer Ausrüstung gearbeitet hatten, war es Julio gelungen, seine Frau für ein paar Minuten von Hawthornes Handy zu erreichen, bevor der Empfang wieder ausfiel. Er sah glücklicher aus, als er ihre Stimme hörte, er strahlte über das ganze Gesicht.

Er steckte das Telefon in seine Tasche und drehte sich zu ihr um, immer noch mit einem zufriedenen Lächeln im Gesicht. »Wir hören zu, Dakota.«

Dakota steckte ihr Messer in die Scheide und steckte zwei geladene Magazine in eine Munitionstasche an ihrem Gürtel. Sie schloss den Rucksack wieder und hängte ihn sich über die Schulter.

Dann drehte sie sich um und wandte sich an die anderen. »Ich habe euch einen Unterschlupf versprochen, aber ich weiß nicht, was wir vorfinden werden, wenn wir dort ankommen.«

Das war's. Zeit für die Wahrheit. Zeit, es mit ein wenig Vertrauen zu versuchen. Es spielte keine Rolle, dass sie bei beiden Optionen versagt hatte.

Sie war ihnen die Wahrheit schuldig, egal wie.

Eins, zwei, drei. Atmen. Sie atmete ein und wieder aus. *Auf geht's.*

»Die Wahrheit ist ...«, begann sie zögernd, »der Typ, der hinter uns her war – Maddox Cage – weiß jetzt, dass wir uns in Ezras Hütte versteckt haben, nachdem wir vor ihm und seinen Leuten geflohen sind. Er weiß, dass ich jetzt dorthin gehen werde. Er hat sich nicht die Mühe gemacht, uns zu verfolgen, weil er genau weiß, wohin wir gehen. Vielleicht ist er uns dort zuvorgekommen.«

»Und wenn wir nicht in die Hütte gehen?«, fragte Julio. »Wäre dein Freund dann in Sicherheit?«

»Nein.« Dakota schluckte den plötzlichen Kloß in ihrem Hals hinunter. »Diese Leute sind rachsüchtig. Sobald sie herausfinden, dass Ezra ihnen Eden vorenthalten hat, werden sie ihn angreifen, ob wir dabei sind oder nicht. Ezra ist ein ehemaliger Marine. Mit ihm ist nicht zu spaßen. Er ist der mutigste, mürrischste, gerissenste Bastard, den ich je getroffen habe. Aber er wird alt. Er ist nicht mehr so schnell, wie er es mal war.

Der typische Eindringling oder Dieb – damit wird Ezra problemlos fertig. Aber ein überraschender, mehrgleisiger Angriff von wer-weiß-wie-vielen trainierten Typen mit halbautomatischen Gewehren? Ich weiß es nicht.«

»Was glaubst du, was wir vorfinden werden, wenn wir dort ankommen?«, fragte Logan ernst.

»Wenn Maddox es zurückgeschafft hat oder seine Leute kontaktieren konnte ... könnte es bereits vorbei sein. Ezra wird tot sein, und diese Typen werden uns in einem Hinterhalt erwarten.«

»Maddox ist selbst halb tot«, sagte Logan.

»Er ist nicht allein. Es gibt mindestens dreißig ausgebildete Männer auf dem Gelände. Sie alle wissen, wie man schießt und kämpft, und sie alle gehorchen dem Befehl des Propheten.«

Julio hob seine buschigen Augenbrauen. »Der Prophet?«

»Das willst du gar nicht wissen.«

»Heilige Scheiße«, murmelte Park. »Er klingt wie ein Verrückter.«

»So ähnlich.«

Logan verschränkte die Arme vor der Brust. »Und wenn sie noch nicht da sind?«

»Dann kommen wir rechtzeitig, um Ezra zu warnen. Diese Hütte ist ein Bunker. Wenn wir vorbereitet sind, können wir sie verteidigen. Ich weiß, dass wir das können. Es ist immer noch die beste Option da draußen.«

Eden schlang die Arme um ihre Rippen und starrte auf den Boden, wobei ihr blondes Haar über ihr Gesicht fiel. Sie schniefte leise.

»Es tut mir leid.« Dakota wandte sich an Julio und Logan. »Für euch beide. Ihr habt das alles nicht gewollt. Ich habe dir Sicherheit versprochen, Julio. Und so viel zu trinken, wie du nur schaffen kannst, Logan. Ich habe in beiden Punkten gelogen. Ezra ist ein Abstinenzler. Er trinkt nicht einmal.«

Logan stieß ein ungläubiges Lachen aus. »Das war ja klar.«

»Ich wusste, dass ich in Gefahr war, aber ich dachte, ich könnte meine Vergangenheit verbergen. Ich habe mich geirrt, und Harlow wurde getötet. Ich will nicht noch mehr Tote auf meinem Gewissen haben. Ich erwarte von keinem von euch, dass ihr mit mir kommt. Ihr seid mir nichts schuldig.«

»Und wenn wir nicht gehen?«, fragte Logan. »Wenn wir uns jetzt trennen?«

»Ich kann euch an jedem Punkt zwischen hier und den Glades absetzen. Ich gebe euch den Rest meines Geldes und ihr könnt in ein Hotel einchecken, ein Auto mieten, eure Familie suchen, was immer ihr tun müsst. Ihr könnt sogar zurück zum Flughafen fahren und euer Glück bei den FEMA-Lagern versuchen. Es tut mir leid, dass es so weit gekommen ist.«

»Und was ist mit dir?«, fragte Logan.

Dakota steckte das letzte Magazin in ihre Gürteltasche. »Ich werde allein gehen. Ezra Burrows hat mich einmal gerettet. Ich werde ihm jetzt nicht den Rücken zuwenden.«

Logan schüttelte reumütig den Kopf. »Warum bin ich nicht überrascht?«

Sie konnte die anderen nicht ansehen, konnte das Urteil in deren Blicken nicht ertragen.

Sie blickte zum bewölkten Himmel hinauf. Das nachmittägliche Gewitter hatte sich bereits verzogen. Wasserperlen klebten an den Grashalmen und tropften von den Palmwedeln. Der Bürgersteig war noch nass, aber das würde nicht mehr lange so bleiben. Die Sonne lugte durch die Wolken und begann bereits, sich dem westlichen Horizont zu nähern.

Julio lehnte sich gegen den Pick-up und seufzte. »Das ist furchtbar viel, ich muss das erst einmal verarbeiten.«

Dakota hatte sich in den letzten fünf Minuten bereits öfter entschuldigt als in den letzten fünf Jahren. Sie konnte sich nicht dazu durchringen, es noch einmal zu tun. Sie wartete einfach auf ihre Entscheidung – äußerlich ruhig, innerlich nervös.

»Wenn wir diese Typen besiegen, was passiert dann?«, fragte Julio.

»Ezra besitzt über fünfzig Hektar Land. Er hat Vorräte für viele Jahre, einen Brunnen, ein Gewächshaus, Hühner und Kaninchen, und er kann alles jagen, was sich im Sumpf bewegt. Enten, Wildschweine, Waschbären, Alligatoren.

Wenn wir ihm helfen, sein Zuhause zu verteidigen, wird er uns reinlassen müssen«, sagte sie, mehr in verzweifelter Hoffnung als in Gewissheit. »Es gibt Platz für uns alle – und für deine Familie, Julio.« Sie zögerte. »Was auch immer in den Städten geschieht, wir können es überleben.«

Julio warf den Schlüsselanhänger in die Luft und fing ihn auf. »Ich habe mich wirklich darauf gefreut, dieses Biest zu fahren.«

»Das kannst du immer noch«, sagte sie. »Komm mit mir zu Ezra. Wenn sich der Staub gelegt hat, werden wir uns überlegen, wie wir deine Frau auch dorthin bringen.«

Ihr Herz klopfte in ihren Ohren. Sie wagte nicht, Logan anzusehen oder zu erraten, was er dachte. Er würde weglaufen. Sie wusste, dass er das tun würde.

Er und Julio würden wegrennen, und Park mit ihnen.

Was sie von ihnen verlangte, war verrückt, besonders nachdem sie sie belogen und betrogen hatte. Das war zu viel.

Bei dem Gedanken fühlte sie sich ausgehöhlt und leer. Beraubt. Egal, wie schrecklich es sich anfühlte, diesen Leuten zu vertrauen, ohne sie zu sein, war schlimmer.

Logan stapfte um die Seite des Pick-ups herum. Er öffnete die Tür, stieg ein und schlug sie zu.

Sie sah erschrocken auf. Was hatte er vor? Er würde doch nicht versuchen, den Wagen zu stehlen, oder?

Natürlich würde er das tun.

Sie hatte ihn überschätzt und fälschlicherweise geglaubt, er hätte tief in seinem verdrehten Ex-Sträflingsherz einen Funken Ehre entdeckt.

Dumm, dumm, dumm.

Wut flammte in ihren Adern auf. Sie hätte es besser wissen müssen. Sie hätte wissen müssen, dass man niemals vertrauen ...

Die Heckscheibe auf der Fahrerseite surrte herunter. Logan streckte den Kopf heraus und starrte sie an. Ein langsames, träges Lächeln breitete sich auf seinem Gesicht aus. »Ich dachte, du wolltest vorne mitfahren.«

Sie schaute Julio an, zu überrascht, um zu sprechen.

Julio grinste, zuckte die Achseln und joggte zur Fahrerseite hinüber. »Was ist schon ein weiterer Tanz mit dem Tod?«

Park öffnete die hintere Beifahrertür. »Ich habe früher mit Glücksspielen meinen Lebensunterhalt verdient, weißt du. Ich bin mit jeder Achterbahn an der Ostküste gefahren. Ich bin aus Flugzeugen gesprungen. Wenn die Chancen schlecht stehen, nehme ich die riskante Wette jedes Mal an. Großes Risiko, große Belohnung. Aber am Ende gewinnt immer das Haus.

Aber wenn man klug ist, wenn man weiß, wann man All-In geht und wann man aussteigt, und wenn man klug genug ist, seine Chips zu nehmen und nach Hause zu gehen – dann kann man auf kurze Sicht gewinnen.«

Dakota starrte ihn an. »Was zum Teufel sagst du da?«

Park rollte mit den Augen. »Ich liebe es, die Wahrscheinlichkeit zu besiegen. Ich sage, ich bin dabei.«

»Was dauert denn da so lange?«, grummelte Logan. »Kommt ihr, oder was?«

KAPITEL 48
DAKOTA

»Es wird dunkel«, sagte Julio.

»Wir halten nicht an«, sagte Dakota.

Julio hielt beide Hände auf dem Lenkrad, den Blick geradeaus gerichtet. »Einverstanden.«

Sie waren schon zwei Stunden unterwegs. Julio saß am Steuer, Dakota war auf dem Beifahrersitz, während Logan von hinter dem Fahrersitz aus die linke Flanke und das Heck beobachtete.

Park war auf dem mittleren Sitz zusammengesackt, den Kopf nach hinten gegen die Kopfstütze gelehnt, den Gips an die Brust gepresst. Er war mit reichlich Schmerzmitteln zugedröhnt, aber er sah immer noch aus, als ob er Schmerzen hätte.

Auf der anderen Seite, hinter Dakotas Sitz, lehnte sich Eden gegen das Fenster. Eigentlich sollte sie schlafen, aber stattdessen zeichnete sie. Dakota konnte hören, wie ihr Bleistift über das Papier kratzte. Sie brachte es nicht übers Herz, ihr zu sagen, sie solle aufhören.

Sie hatten die Miami Dairy Road unter dem Dolphin-Expressway genommen und bahnten sich allmählich ihren Weg vorbei an der Mall of the Americas und bogen nach Westen ab, entlang des Tamiami Trail, auch bekannt als SW 8th Street oder als Calle Ocho, wie die Kubaner sie bekannterweise nannten.

Dutzende von Fahrzeugen standen noch immer auf dem Seitenstreifen und blockierten gelegentlich eine der Fahrspuren in westlicher Richtung, aber eine Woche nach den Terroranschlägen hatten sich die Staus durch diejenigen, die vor den Folgen des Anschlags flohen, weitgehend aufgelöst.

Julio hatte recht. Er war ein viel besserer Fahrer als Carson. Die Fahrt verlief reibungslos, auch wenn sie ständig Umwege fahren mussten, um all den liegengebliebenen und verlassenen Fahrzeugen auszuweichen.

»Weißt du noch, wo wir lang müssen?«, fragte Julio.

»So ziemlich.« Sie hatte immer noch die Papierkarte, aber sie brauchte sie nicht, wenn sie direkt nach Westen fuhren. »Es gibt nicht viele Straßen, die die Everglades durchkreuzen. Nur zwei Hauptstraßen führen nach Osten und Westen – der Tamiami Trail und Alligator Alley.

Der Tamiami Trail ist ein zweispuriger, einhundertzwanzig Kilometer langer Straßenstreifen, der Miami mit Naples verbindet. Dazwischen gibt es nichts als Sumpf und Schlangen, Alligatoren und Moskitos. Es gibt ein paar ländliche Siedlungen, alteingesessene Bewohner der Glades und Indianerland, aber die sind abgelegen und schwer zu erreichen.«

»Lass mich raten, da wollen wir hin.«

»Wenn die Kacke am Dampfen ist, will man schwer zu erreichen sein.«

»Dem kann ich nicht widersprechen.«

Auf beiden Seiten des Highways waren zu jeder Zeit nur wenige Autos zu sehen. Der Asphalt war mit Müll und Unrat übersät – ein schwarzer Müllsack voller Kleidung, ein auf die Seite gekippter Kinderwagen, ein großer Koffer mit aufgerissenen

Reißverschlüssen -, Hemden, Shorts und Unterwäsche lagen ein paar hundert Meter entlang der Straße verstreut.

Es war, als hätten die Menschen auf der Flucht einfach ihr Hab und Gut weggeworfen.

»Nun, das ist unheimlich«, sagte Park.

Es *war* unheimlich. Unnatürlich, fast unheimlich in ihrer Stille, die enorme Leere einer Stadt ohne die Hektik und das Gedränge der Menschen.

Nur sehr wenige Menschen waren zur Arbeit zurückgekehrt oder fühlten sich sicher genug, um ihre Häuser oder Stadtviertel zu verlassen. Es war, als ob das Leben selbst pausiert war, alle hielten den Atem an und warteten darauf, dass die nächste Katastrophe eintrat.

Ihre Welt war kaputt. Sie war schon immer kaputt gewesen. Leute wie sie und Logan wussten das bereits. Die anderen waren gerade dabei, es herauszufinden, während der Komfort und die Sicherheit, auf die sie immer vertraut hatten, um sie herum zerbrach.

Park begann, den R.E.M.-Song »It's the End of the World as We Know It« zu summen.

»Du scheinst trotz allem gut gelaunt zu sein«, sagte Dakota.

»Warum sollte ich das nicht sein?«, fragte Park, seine Stimme triefte vor Sarkasmus. »Mein Arm ist im Arsch. Wahrscheinlich werde ich nie wieder einen Löffel mit dieser Hand aufheben können. Aber wenigstens bin ich Linkshänder. Eigentlich sollte ich mich glücklich schätzen, denke ich.«

»Hey, Mann ...«, begann Julio, der bereits versuchte, seine blanken Nerven zu beruhigen.

»Ich habe gestern Abend meine Eltern in New York und meine Tante in Houston erreicht.« Park holte tief Luft. Als er sprach, war seine Stimme flach und emotionslos. »Mein Bruder ist tot. Ebenso mein Onkel und zwei meiner Cousins. Nun, vermutlich tot. Sie waren alle in der Mitte von Ground Zero, als es passierte. Meine Eltern werden nicht einmal eine Leiche für die Beerdigung haben. Und eine Million anderer Familien auch nicht, also habe ich nicht einmal das Recht zu trauern, versteht ihr?«

»Das mit deinem Bruder tut mir leid.« Julio berührte mit einer Hand sein Kreuz. »Und auch wegen deiner Cousins. Jedes Leben ist kostbar. Jedes Leben ist eine Tragödie. Dass andere leiden, macht deinen eigenen Schmerz nicht bedeutungslos.«

»Das ganze Land ist zur Hölle gefahren«, fuhr Park fort, als ob er Julio nicht gehört hätte. »Was bleibt uns, wenn wir keinen Weg finden, im Angesicht der Hölle selbst zu lachen? Humor ist ein Bewältigungsmechanismus. Das muss er auch sein. Andernfalls schickst du mich am besten in eine Gummizelle, denn hier kommt keiner von uns jemals wieder raus.«

Dakota sagte nichts. Sie stimmte ihm zu, obwohl sie der Hölle lieber ins Gesicht spucken würde, als darüber zu lachen.

Aber jeder musste seinen eigenen Weg finden, um zu überleben. Nicht nur physisch, sondern auch psychisch. Sonst würde es einen erdrücken.

In den Filmen und Büchern wurde der psychologische Tribut von extremen Katastrophen immer übersehen. Dakota war ausnahmsweise einmal dankbar, dass sie kein Netzwerk von Freunden und Verwandten hatte, die tot waren oder vermisst wurden. Sie hatte niemanden zu betrauern.

Hunderttausende von Familien würden nie mit Sicherheit wissen, wie ihre Angehörigen gestorben waren. Sie hätten keine Leiche zu beerdigen und würden nie den Trost eines absoluten Beweises haben.

Der Verlust von Familienangehörigen, Freunden, Mitarbeitern und Nachbarn in Verbindung mit der Zerstörung von Tausenden von Häusern, Unternehmen und Gemeinden ... und das nicht zufällig, nicht durch eine höhere Gewalt oder Naturkatastrophen, sondern durch die Grausamkeit von Menschen, die sich gegenseitig skrupellose Taten zufügen.

Das ganze Land war in Aufruhr, gequält von Trauer und Verzweiflung. Wie lange würde es noch dauern, bis die Berichte über einen sprunghaften Anstieg der Selbstmorde eintrafen?

Vielleicht waren es nicht die mit den meisten Fähigkeiten und Ressourcen oder die körperlich Stärksten, die am Ende überlebten – es waren die Unverwüstlichen. Diejenigen, die wie alle anderen zu Boden gegangen sind, aber immer wieder aufstanden.

KAPITEL 49
DAKOTA

»Können wir das Radio einschalten?«, fragte Park, der es sichtlich satthatte, über sein eigenes Elend zu diskutieren. »Mal sehen, ob da nicht etwas über den Untergang der Zivilisation, wie wir sie kennen, kommt?«

Dakota lehnte sich vor und schaltete das Gerät ein. »... die Chase-Banken in Houston schlossen ihre Türen, nachdem sie am Freitagmorgen für etwas mehr als drei Stunden geöffnet hatten, als wütende Kunden zu randalieren begannen. Zwei Bankkassierer wurden verletzt ... Die Angst vor einer sich zuspitzenden Finanzkrise nimmt weiter zu ... Die NASDAQ soll am Montag öffnen, doch Prognostiker sagen eine weitere rasche Schließung voraus, falls waffenscheue Anleger einen weiteren freien Fall verursachen ...«

Dakota schaltete auf einen anderen Sender um. »... MS-13-Gangmitglieder haben gestern in Richmond, Virginia, einen Konvoi des Roten Kreuzes angegriffen, der humanitäre Hilfe aus Russland, Großbritannien und Kanada lieferte ... Die National Guard in Washington D.C., New York City und L.A. hat die ganze Nacht hindurch gearbeitet, um Hilfsgüter auszugeben, während Tausende von hungrigen Bürgern bis zu vierundzwanzig Stunden in Schlangen warteten ...«

Sie drehte das Rädchen erneut. Die Nachrichten waren alle gleich, sie berichteten nur über verschiedene Facetten eines Landes, das am Rande des Chaos balancierte.

»Der Nationale Wetterdienst meldet, dass sich der Tropensturm Helen vor der Küste Puerto Ricos mit anhaltenden Winden von bis zu hundert Kilometern pro Stunde verstärkt. Es wird vorhergesagt, dass er heute Abend zu einem Hurrikan der Kategorie Eins wird. Wenn er auf seinem derzeitigen Kurs bleibt, könnte er bereits am Sonntag auf die Ostküste Floridas treffen.«

Dakota hörte auf zu suchen und lauschte.

»Die Meteorologen der staatlichen Behörde für Ozeanografie und Atmosphärenforschung sagen eine mögliche Zugbahn von den Keys bis nach Daytona Beach voraus. Sollte Helen jedoch als Hurrikan der Kategorie zwei oder drei auf Miami treffen, könnten die Auswirkungen auf eine bereits verwüstete Stadt katastrophal sein ...«

»Heilige Muttergottes«, murmelte Julio.

»Verdammt«, sagte Logan.

»Wir sind immer noch von dem Atomangriff erschüttert, und jetzt das?«, fragte Park ungläubig. »Das ist fast ... apokalyptisch.«

»Armageddon« war das Wort, das Dakota durch den Kopf schoss. Plagen und Zerstörung biblischen Ausmaßes. Der Tag des Jüngsten Gerichts.

Sie verdrängte diese verräterischen Gedanken tief in sich. Das waren die Worte eines Scharlatans. Eines Lügners. Ein Verrückter, der mit schönen Lügen und tödlichen Täuschungen handelte.

»Es wird uns nicht treffen.« Julio nahm eine Hand vom Lenkrad und bekreuzigte sich. »Ich glaube daran, dass es nicht passiert.«

»Dann bete weiter«, sagte Park. »Und sprich vielleicht ein

Gebet für uns, wenn du schon dabei bist. Ich bin zwar Atheist, aber in Zeiten wie diesen kann es doch nicht schaden, oder?«

»Das habe ich bereits, und nein, ein paar Gebete können bestimmt nicht schaden«, sagte Julio.

»... in den internationalen Nachrichten ist der Konflikt in Syrien über Nacht eskaliert«, so der Radiosprecher weiter. »Russland behauptet weiterhin, die USA hätten sich in den Putschversuch gegen den syrischen Präsidenten Bashar al-Assad eingemischt. Fünf amerikanische Soldaten wurden am Montag von Aufständischen angegriffen und getötet, was zu heftiger Kritik daran führte, dass US-Soldaten in die USA gehören, um ihre eigene humanitäre Krise zu bewältigen, die inzwischen mehr als eine Million Menschenleben gefordert hat ...«

Dakota schaltete das Radio aus. Sie fühlte sich krank. Wie betäubt. Die Ungeheuerlichkeit der Situation war überwältigend. Lähmend. Am liebsten hätte sie sich zusammengerollt und alles verdrängt – die Angst, das Chaos, das Leid und den Verlust.

»Wir dürfen uns nicht ablenken lassen«, sagte Logan. »Wir müssen uns auf das konzentrieren, was direkt vor uns liegt. Nur so werden wir nicht zum Teil der Statistik. So bleiben wir am Leben.«

Sie fuhren an Wohnsiedlungen und niedrigen Eigentumswohnungen vorbei, die in tropischen Gelb-, Orange- und Blautönen gestrichen waren. Die meisten Straßenlaternen waren nicht in Betrieb. Auf Dakotas Seite verlief parallel zur Straße ein Kanal mit dunklem Wasser, der etwa drei Meter breit war. Die großen Palmen, die auf den Mittelinseln wuchsen, die die östliche und westliche Fahrbahn trennten, raschelten sanft in der frühen Abendbrise.

»Da ist ein roter Porsche, der seit einigen Minuten hinter uns ist«, sagte Logan vom Rücksitz aus. »Und ich glaube, ich habe auch denselben orangefarbenen Sportwagen schon einmal gesehen. Aus dieser Entfernung kann ich nicht erkennen, was es ist.«

Julio pfiff. »Ein Porsche 911 Carrera?«

»Kann ich nicht sagen«, sagte Logan. »Vielleicht.«

»Das ist ein tolles Auto. Bis zu 690 Pferdestärken. Höchstgeschwindigkeit über dreihundert Sachen pro Stunde. Allerdings ist der Kofferraum nicht besonders groß.«

Dakota drehte sich um. »Wie weit hinter uns?«

»Vielleicht hundert Meter«, sagte Logan. »Näher sind sie nicht gekommen. Und sie sind beide zu weit weg, als dass ich Merkmale der Fahrer erkennen könnte.«

»Wir sind auf einer Hauptstraße«, sagte Julio milde. »Es gibt keine anderen Straßen, von denen man abbiegen könnte. Alle fahren an denselben Ort.«

Er zeigte aus dem Fenster, als sie an einem schwarzen Dodge Grand Caravan vorbeifuhren, der bis zu den Fenstern mit Koffern, Taschen und allem, was die Familie sonst noch hineinquetschen konnte, beladen war. Ein Kleinkind in einem rückwärtsgerichteten Kindersitz schaute mit großen braunen Augen aus dem Fenster zu ihnen.

»Vielleicht«, sagte Logan düster. »Es gefällt mir trotzdem nicht.«

KAPITEL 50
DAKOTA

Rote und goldene Streifen zogen sich über den Himmel, als die Sonne unterzugehen begann. Nur wenige Lichter erschienen in den Einkaufszentren oder großen Geschäften. Sie fuhren an einem Jiffy Lube, einem Goodwill und einer Tankstelle mit der Aufschrift »Kein Benzin. Kein Bargeld. Geschlossen.« vorbei. Alles dunkel.

»Wie geht es dir?«, fragte Julio Dakota, so leise, dass Logan und Park sie wegen des leisen Rumpelns des Dieselmotors hinten nicht hören konnten. »Im Ernst?«

»Gut«, sagte sie automatisch. Sie blickte über die Straße und sah, wie die gedrungenen Gebäude der Florida International University links an ihnen vorbeizogen. Auf der rechten Seite drängten sich die Wohnviertel hinter dem Kanal.

»Ich vermisse Shay«, sagte Julio seufzend. »Sie war viel gesprächiger.«

Dakota schnaubte. »Und viel zu fröhlich.«

»Gib zu, dass du sie mochtest.«

»Sie ist mir vielleicht ein bisschen ans Herz gewachsen«, sagte Dakota mit einem knappen Lächeln.

»Mir auch. Ich verstehe, warum sie geblieben ist, aber ich wünschte trotzdem, sie wäre hier bei uns. Wenigstens können wir sie über Hawthornes Telefon anrufen.«

Auf der rechten Seite wichen die Wohnsiedlungen schließlich einem buschigen Pinienwald, während auf der gegenüberliegenden Straßenseite immer noch Restaurants, Lebensmittelgeschäfte, Autowerkstätten und traurige kleine Häuser dicht an dicht standen.

Sie waren dem Ende der Zivilisation nahe.

»Ich hoffe, du nimmst mir das nicht übel«, sagte Julio zögernd, »aber du sollst wissen, dass das vorhin nicht scherzhaft gemeint war. Ich bete wirklich für dich. Für dich und Eden. Für uns alle, aber besonders für dich.«

Sie verdrehte die Augen. »Betest du zu Judas Thaddäus, dem Schutzpatron der verlorenen Fälle?«

»Sehr lustig. Und beeindruckend. Du kennst deine Heiligen.«

»Nur diesen einen.« Das hatte Schwester Rosemarie, eine ehemalige Nonne, immer zu ihr gesagt, als sie in der Kommune war. Sie hatte immer ein schiefes Lächeln auf ihrem alten, schrumpeligen Gesicht, wenn sie das sagte. *Ich schicke ein Gebet zu Judas für dich, Mädchen. Du bist die Königin der hoffnungslosen Fälle.* Und Dakota, mit ihrem klugen Mundwerk, erwiderte immer: *Wenn du glaubst, dass es noch Hoffnung für mich gibt, bist du dann nicht der hoffnungslose Fall?*

Es wurde immer geflüstert, nie laut ausgesprochen, denn zu jemand anderem als dem Herrn zu beten war eine verabscheuungswürdige Sünde, die im Raum der Barmherzigkeit bestraft wurde. Es blieb ihr kleines Geheimnis, ein angenehmer Trost in einem harten Leben, das mit drakonischen Regeln und Einschränkungen, harter Arbeit und so viel Scham gefüllt war.

Dakota strich mit der Hand über den Schaft der AR-15. Das

war lange her. Ein Leben lang. Und doch war ihr nicht entgangen, dass sie mit jedem Kilometer, mit dem sie sich Ezra näherten, auch näher an die Kommune herankamen.

»Bist du immer noch ein gläubiger Mann?«, fragte Dakota Julio. »Sogar nach all dem hier?«

»Das bin ich jetzt«, sagte er grimmig.

»Ich halte nichts von Religion. Sie richtet nur noch mehr Schaden an.«

»Vielleicht«, gab er zu. »Vielleicht habe ich mich deshalb so lange verirrt. Religion ist nicht dasselbe wie Gott. Religion ist kein Glaube. Es hat lange gedauert, bis ich das verstanden habe. Religion kann aus einer Menge Regeln und Traditionen bestehen, die man befolgen muss. Das ist nicht immer schlecht, aber es ist auch nicht immer gut.«

»Da hast du recht.«

»Als Gott mich bei der Explosion verschont hat, wusste ich, dass ich aus einem bestimmten Grund hier bin, verstehst du? Es muss einen Grund geben.«

Dakota versteifte sich. Das kam ihr nur allzu bekannt vor. »Du glaubst, Gott hat das verursacht?«

»Nein«, sagte Julio schnell. »Auf keinen Fall. Gott verursacht das Böse nicht. Aber Gott kann durch etwas Schreckliches hindurchwirken, um etwas Gutes daraus entstehen zu lassen. Das ist es, woran ich glaube. Dass wir hier sind, um uns gegenseitig zu entlasten und zu helfen.«

Dakota starrte aus dem Fenster. »Ich hoffe, du hast recht.«

»Im Laufe der Zeit hat es immer wieder Religionen gegeben, die behauptet haben, für Gott zu sprechen, und die stattdessen großes Leid über andere gebracht haben. Aber Gott ist nicht in diesen Menschen, ob sie ihn nun Gott, Allah oder Jehova nennen. Gott ist ein Gott der Liebe.«

»Der einzige Gott, von dem ich je gehört habe, war ein Gott

des Zorns und des Gerichts, des Feuers und des Schwefels. Ein Gott, der nur darauf wartet, dass man Mist baut, damit er einen mit Folter und Elend bestrafen kann.«

»Das ist tragisch«, sagte Julio leise. »Und falsch. Gott *ist* Liebe. Ein Mann oder eine Frau, die nicht in allem, was sie tun, Liebe zeigt, kennt Gott nicht.«

»Vielleicht«, sagte sie unverbindlich.

Julios Gott schien im Gegensatz zu dem zu stehen, den man ihr in der Kommune aufgedrängt hatte. Welcher von beiden war der richtige? Vielleicht waren sie beide falsch.

Vielleicht scherte sich Gott einen Dreck um all die kleinen Menschen, die auf dem Planeten Erde herumwuselten und die Welt und einander zerstörten. So sah es jedenfalls aus.

»Sieh dir an, was du alles überlebt hast«, sagte Julio. »Ich bin klug genug, um zu wissen, dass ich nicht einmal die Hälfte davon weiß. Jemand da oben passt auf dich auf, auch wenn du es nicht siehst.«

Sie fuhren eine Weile schweigend.

Julio nahm seine Hand vom Lenkrad und berührte Dakotas Arm. Dieses Mal zuckte sie nicht zurück.

»Ich bitte dich im Voraus um Verzeihung, dass ich mich in deine Angelegenheiten einmische«, sagte er. »Ich möchte dir etwas sagen, was dir vielleicht nicht gefällt.«

»Spuck's aus«, sagte sie knapp und sah ihn an. »Wir wissen beide, dass du es sowieso tun wirst.«

Ein Lächeln huschte über sein Gesicht, bevor seine Miene ernst wurde. »Ich spüre eine gewisse Feindseligkeit zwischen dir und Eden. Wut und verletzte Gefühle. Vielleicht gibt es Dinge, die ihr euch nicht gesagt habt, die ihr aber hättet sagen sollen. Bin ich hier auf dem richtigen Weg?«

Sie zögerte und kämpfte erneut gegen ihren Instinkt an, sich zu verschließen und alle anderen auszusperren. Das klassische

Verhalten des verlassenen, defensiven, verbitterten Pflegekindes. Oh, Mann. Sie war nicht einmal originell.

Bis jetzt hatte sich das nicht besonders gut bezahlt gemacht.

Sie seufzte. »Ziemlich genau.«

»Ich weiß nicht, was mit dir passiert ist. Aber nach unserem Zusammentreffen mit Edens Bruder kann ich mir vorstellen, dass es nicht angenehm war, egal wie die Details aussehen.«

Die Narben, die Dakotas Rücken durchzogen, kribbelten und juckten. Sie konnte jede einzelne davon spüren. Ihre Kehle schnürte sich zusammen.

»Mir scheint, allein die Tatsache, dass ihr euch inmitten von Chaos und Zerstörung gefunden habt, ist schon ein Wunder für sich. Ihr zwei seid durch die Hölle und zurück gegangen. Welche Verletzungen ihr auch immer erlitten habt, das Einzige, was euch heilen wird, ist Liebe. Gottes Liebe und die Liebe von anderen. Das ist alles, was zählt.«

»Ich glaube, du hast deine Berufung verfehlt, Barkeeper. Du hättest Prediger werden sollen.«

Julio gluckste leise. »Ich hätte Mechaniker werden sollen, mit einer eigenen Werkstatt. Aber das ist eine rührselige Geschichte für einen anderen Tag. Was ich sagen will, ist, dass du über das hinwegkommen musst, was zwischen euch vorgefallen ist. Verzeih deiner Schwester.«

»Du hast sie meine Schwester genannt.«

»Wie viele Menschen leben ihr ganzes trauriges, einsames Leben und erfahren nie die Loyalität und Liebe, die ihr beide füreinander empfindet. Es ist mir egal, ob das gleiche Blut durch eure Adern fließt. Was spielt das für eine Rolle? Wenn ich euch beide ansehe, sehe ich nur eine Familie.«

Sie blinzelte über das plötzliche Brennen in ihren Augen. Julio hatte recht. Eden war ihre Schwester, egal was andere sagten.

Andere Menschen haben nur dann Macht über deine Gedanken, wenn du sie ihnen überlässt. Sie können vielleicht deinen Körper schlagen, brandmarken und zerstören, aber sie können dir nicht deine Gedanken, deine Überzeugungen und deine Wahrheiten rauben.

Nicht ohne deine Zustimmung.

Eden war ihre Schwester. Und sie war Edens Schwester.

Sie waren eine Familie. Und Familie – die Familie, die man sich aussuchte – gab einander nie auf.

Dakota konnte nicht länger wütend auf Eden sein, weil sie Maddox von Ezra erzählt hatte. Es war weder fair noch richtig. Sie war diejenige, die Eden von Anfang an die Wahrheit vorenthalten hatte. Die Einzige, der sie die Schuld geben konnte, war sie selbst.

Alles, was sie jetzt tun konnte, war zu schwören, sich zu bessern. Für Eden. Aber auch für sich selbst.

»Danke.« Sie schluckte den Kloß hinunter, der ihr im Hals aufstieg. »Ich meine es ernst.«

Sie fuhren weiter.

Kurz nachdem sie die Bingohalle der Seminolen in Big Cypress passiert hatten, verengte sich die Straße auf nur noch zwei Fahrspuren: Eine in Richtung Westen und eine in Richtung Osten, mit Metallleitplanken an beiden Seiten. Weitere verlassene Autos blockierten die Straße, sodass weniger Platz zum Navigieren blieb. Julio verlangsamte sein Tempo auf fünfundzwanzig Kilometer pro Stunde und schlängelte sich vorsichtig zwischen den Fahrzeugen hindurch, wie in einem verschlungenen Hindernisparcours.

Als der Himmel zu einem Indigoblau verblasste, erschienen Sterne. Die Lichter im Rückspiegel schienen noch heller zu sein. Fast wie Augenpaare – hart, suchend, räuberisch.

»Die gleichen Autos sind immer noch hinter uns.« Logans Stimme war angespannt. »Sie haben die Lücke geschlossen, vielleicht fünfzig Meter. Die beiden Autos sind die ganze Zeit über dicht beieinander geblieben. Und jetzt ist ein drittes Auto direkt hinter ihnen. Sieht aus wie ein blauer Sportwagen ... ein Maserati. Bin mir nicht sicher, welches Modell.«

Julio warf einen Blick in den Rückspiegel. »Der orangefarbene ist mit Sicherheit ein Jaguar F-TYPE SVR. Der rote ist ein Porsche 911. Und ein Maserati GranTurismo. Jeder von ihnen kostet über hundertfünfzigtausend.«

»Drei teure Sportwagen, die zusammen fahren«, sagte Dakota unruhig. »Wie hoch sind die Chancen?«

Ihr sträubten sich die Nackenhaare, und sie umklammerte die AR-15 fester.

Logan hatte gute Instinkte. Wenn er besorgt war, war sie es auch.

»Glaubst du, wir werden verfolgt?«, fragte Julio.

»Ich glaube, wir werden gejagt.«

KAPITEL 51
LOGAN

Vor ihnen und um sie herum gab es nichts als Wildnis und Dunkelheit.

Die Fahrzeuge, die sie verfolgten, wurden mutiger. Sie kamen näher, ließen ihre Motoren aufheulen und ließen sich dann zurückfallen, nur um wieder zu beschleunigen, wobei die Reifen protestierend quietschten, als sie zufälligen Autos auswichen.

Der Porsche schaltete seine Scheinwerfer ein. Die beiden Autos hinter ihm folgten diesem Beispiel.

»Glaubst du, es sind die Blood Outlaws?«, fragte Julio.

Grelles Licht drang in das Fahrerhaus. Logan blinzelte durch das Fenster, sein Adrenalinspiegel stieg, seine Muskeln spannten sich an. »Ja, das tue ich.«

»Heilige Muttergottes«, sagte Julio. »Warum bekommen die bösen Jungs immer die besten Autos?«

»Klär das mit dem Mann da oben«, sagte Park. »Wir haben größere Sorgen.«

»Sie haben nach uns gesucht«, sagte Dakota. »Nach dem Pick-up. Mit dem verbeulten vorderen Kotflügel und den vielen

Einschusslöchern ist er kaum zu übersehen. Sie könnten auf uns gewartet haben. Oder sie hatten Patrouillen, die die Notfalleinsatzzentrale umkreisten und hofften, Glück zu haben.«

»Wir haben zwanzig von ihren Leuten ausgelöscht«, sagte Logan. »Sie wollen Rache. Sie wollen ein Zeichen setzen. Gangmitglieder wie diese können es sich nicht leisten, nicht zurückzuschlagen. Sonst sehen sie gerade dann schwach aus, wenn sie ihre Vorherrschaft über konkurrierende Gangs festigen müssen. Wenn sie so aussehen, als könnten sie ihr Geschäft nicht erledigen, wird jemand anderes ihren Platz einnehmen.«

»Es ist im Grunde nichts als ein großer Bluff«, sagte Park, »nur mit Maschinengewehren.«

»Genauso ist es«, sagte Logan.

Sie fuhren an einer klapprigen Werbetafel vorbei, die für Alligator-Ringkämpfe, Luftboot-Touren und Ausstellungen mit seltenen Schlangen warb, sowie an einer Imbissbude und Konzessionsständen am Straßenrand. Auf beiden Seiten der Straße erhoben sich ausgedehnte Kiefernwälder. Auf der rechten Seite erstreckte sich der Kanal bis zu zehn oder mehr Meter breit.

»Wir sind auf einer geraden Straße für hundertzwanzig Kilometer«, sagte Park. »Auf beiden Seiten nichts als Sumpf. Wie sollen wir sie denn abhängen?«

»Wir halten an und kämpfen«, sagte Dakota.

»Drei Autos voller verrückter Irrer gegen uns zwei?«, fragte Logan. »Du *bist* verrückt, Mädchen.«

»Wir können diese Sache jetzt beenden«, sagte Dakota entschlossen. »Ich weiß, dass wir das können.«

»Beruhige dich, Rambo«, sagte Park.

»Ich kann schießen, wenn ich muss«, sagte Julio. »Ich bin nicht sehr gut, aber ich kenne die Grundlagen.«

»Wir brauchen dich als Fahrer«, sagte Logan.

»Okay, gut«, sagte Park, und seine Stimme quietschte ein

wenig. »Wenn wir das machen, dann ziehen wir es richtig durch. Gib mir eine Pistole. Ich habe noch eine gute Hand.«

»Hast du schon einmal eine Waffe abgefeuert?«, fragte Logan.

»Ich habe unglaublich ruhige Hände – Hand, meine ich. In meinem Beruf ist Geschicklichkeit eine Voraussetzung. Ich bin gut unter Druck und lerne schnell. Ich weiß, was ich zu tun habe: Finger weg vom Abzug und nicht auf etwas zielen, das ich nicht töten will, dann zielen und schießen.«

»Nur wenn wir verzweifelt sind«, sagte Logan. »Und so weit sind wir noch nicht.«

Dakota drehte sich in ihrem Sitz herum. In der Dunkelheit konnte er kaum das Weiße ihrer Augen ausmachen. »Wie lautet der Plan?«

Sie hatte nicht automatisch das Kommando übernommen. Sie hatte ihn nach seiner Meinung gefragt – als würde sie sie tatsächlich interessieren.

»Wir halten nicht an«, sagte Logan. »Nur wenn es wirklich sein muss.«

»Wir können sie abhängen«, sagte Julio.

»Das sind schnelle Sportwagen«, sagte Dakota zweifelnd. »Wir haben einen abgewrackten Pick-up, der gerade so noch fährt.«

»Wir können es immer noch schaffen«, sagte Julio zuversichtlich.

Logan hob die Augenbrauen. »Im Dunkeln? Bei all den liegengebliebenen Autos überall?«

»Das ist wie ein Hindernisparcours des Verderbens«, murmelte Park.

»Genau«, sagte Julio. »Das letzte intakte Auto gewinnt.«

Die Erkenntnis traf ihn. »Du willst die Autos benutzen. Die Gangmitglieder dazu bringen, in sie hineinzufahren.«

Julio nickte knapp. »Wir müssen nicht schneller sein als diese Typen, wir müssen sie nur überleben. Wenn sie nicht mehr mobil sind, können sie uns nicht mehr jagen. Wir lassen sie im Dreck zurück.«

Julio fuhr schnell und gleichmäßig, mit Präzision und Geschick. Der Ford reagierte wie ein gut trainiertes Pferd unter seiner Kontrolle. Im Gegensatz zu Carson, dessen kaum beherrschte Panik die Fahrt ruckartig und unsicher gemacht hatte, wie ein klappriges Fahrgeschäft auf dem Jahrmarkt.

Eine Autohupe ertönte. Zwanzig Meter hinter ihnen öffnete der Porsche seine Fenster. Der Lauf eines Sturmgewehrs ragte heraus.

»Vertraut mir«, sagte Julio. »Ich schaffe das.«

Dakota und Logan tauschten einen weiteren angespannten Blick aus. Sie konnten bei dieser Aktion genauso leicht untergehen wie die Gangmitglieder. Wenn sie verletzt würden, könnten sie sich nicht wehren. Es war ein Risiko.

Aber es war auch die beste Option. Vielleicht die Einzige, die ihnen eine reelle Chance gab.

Der Porsche hupte erneut. Er wich einem Geländewagen aus, der auf dem schmalen Seitenstreifen geparkt war, beschleunigte und fuhr bis auf zehn Meter an den Pick-up heran.

Der Jaguar und der Maserati rasten auf die Gegenfahrbahn. Der Jaguar fuhr neben dem Porsche her und hupte wütend.

Jedes Mal, wenn der Pick-up versuchte, vor ihnen zu fahren, minimierten sie den Abstand, als wäre es ein Sonntagsausflug im Park. Verdammt, waren die schnell. Unglaublich schnell mit ihren aufgebockten Motoren und ihren schnittigen, aerodynamischen Formen. Der Ford war im Vergleich dazu eine klobige Schrottkiste.

Park drehte sich in seinem Sitz und knirschte mit den Zähnen, als sich der obere Rand seines Gipses an seinem Sicherheitsgurt verfing. »Eines von diesen Arschlöchern hängt aus dem Fenster. Er zielt mit einer Waffe direkt auf uns.«

»Wir machen das schon«, sagte Logan. »Du fährst, wir schießen.«

»Ziel auf die Reifen«, sagte Dakota.

Der Knall eines Schusses ertönte hinter ihnen.

Sie wurden angegriffen.

KAPITEL 52
MADDOX

Maddox blieb vor der Kapelle stehen. Gedämpfte Geräusche hallten durch die Holztür, die nur teilweise geschlossen war. Die Haare in seinem Nacken sträubten sich.

Über ihm färbte sich der weite Himmel indigoblau. Fledermäuse huschten über die Bäume. Zikaden zirpten. Auf dem ganzen Gelände war es still. Es dämmerte, alle waren zum Abendessen in der Cafeteria. Alle, abgesehen von denen, die in der Kapelle waren.

Er öffnete leise die Tür und spähte hinein.

Im vorderen Teil der Kapelle kniete eine Gestalt vor der ersten Bank, die Hände gefaltet, den Kopf gebeugt. Er erkannte den breiten, steifen Rücken, das ergraute blonde Haar, das harte, strenge Profil. Solomon Cage.

Sein Vater.

Eine Frau kniete neben ihm. Langes, geflochtenes schwarzes Haar und schmale, gebeugte Schultern. Seine Stiefmutter, Solomon Cages zweite Frau, war eine strenge, humorlose Frau, die Maddox so weit wie möglich mied.

Er nannte sie Schwester Hannah, nicht Mutter. Niemals Mutter.

Maddox' eigene Mutter war hier in der Kommune gestorben, während der Geburt von Eden. Keiner rief einen Arzt. Es sei Gottes Wille, sagten alle.

Sein Vater murmelte etwas vor sich hin. Seine Stimme klang seltsam – nüchtern, ängstlich, fast ... trauernd.

Maddox hörte angestrengt zu.

»Diese Menschen ... All diese Leben ... Das ganze Land brennt«, murmelte sein Vater. »Was ... was, wenn ...«

Er ließ die Worte unausgesprochen. *Was, wenn wir uns geirrt haben?*

Schwester Hannah beugte sich näher zu ihrem Mann. Sie legte ihre kleine Hand auf seine bebende Schulter. »Es ist nicht unsere Aufgabe, Fragen zu stellen.«

»Ich weiß ...«

»Zweifeln ist Sünde, Solomon.«

»Ich weiß. Es ist nur ...«

»Der Herr gibt uns schwierige Aufgaben, um uns zu prüfen, so wie er es bei den Israeliten tat. Er befahl ihnen, die bösen Kanaaniter zu töten und wies sie an, Männer, Frauen und Kinder zu töten. Sogar Säuglinge.« Schwester Hannahs fromme Stimme wurde lauter, voller bösem Eifer. »Warum hat der Herr das getan? Weil dieses Volk abgöttisch heidnisch war, abscheulich und grotesk böse.

Sie mussten erst sterben, bevor die Israeliten das gelobte Land einnehmen konnten. Genauso ist es jetzt, Solomon«, sagte sie inbrünstig. »Die Bösen in Amerika müssen sterben, damit der Prophet ein neues Amerika gebären kann, in dem *wir* diejenigen sind, die auserwählt sind, ein Land des Wohlstands zu führen und zu regieren, ein Land, in dem Milch und Honig fließen.«

»Du bist mit heiliger Einsicht gesegnet, Frau«, sagte sein Vater unwirsch und entsprechend gezüchtigt.

Maddox rückte näher, um besser hören zu können. Sein Fuß stieß mit einem dumpfen Schlag gegen den Boden einer Kirchenbank.

Sein Vater stand schnell auf und drehte sich um. Tränen zitterten in den Augen des Mannes.

Maddox starrte ihn fassungslos an, zu verblüfft, um sich für das Lauschen zu schämen. Er hatte seinen Vater noch nie von Trauer, Bedauern oder Unsicherheit geplagt gesehen. Er hatte ihn nie an sich selbst, ihrem Glauben oder dem Propheten zweifeln sehen. Nicht ein einziges Mal.

Sein Vater wischte sich wütend über die Augen, bis sie trocken waren, und es gab keine Anzeichen dafür, dass er jemals etwas anderes als eifrige Hingabe empfunden hatte. Seine Miene verfinsterte sich. »Was machst du denn hier?«

»Er sollte für seinen Ungehorsam ausgepeitscht werden«, sagte Schwester Hannah, und ihre Stimme triefte vor Abscheu. Sie war eine attraktive Frau, aber mürrisch und runzelte immer die Stirn, als ob ihr unaufhörliches Elend eine öffentliche Erklärung ihrer Frömmigkeit wäre.

Sie hatte Maddox nie geliebt, sie hatte ihn nur als Last empfunden – sie hatte ihn so heftig und leidenschaftlich verabscheut, wie er sie verabscheute.

Schwester Hannah zeigte mit einem knochigen Finger auf Maddox. »Schick ihn in den Raum der Barmherzigkeit ...«

»Ruhe!«, brummte sein Vater.

Sie presste die Lippen zusammen und senkte gehorsam den Blick auf den Boden.

»Wir werden allein sprechen«, befahl sein Vater. »Jetzt.«

Schwester Hannah huschte den schmalen Gang hinunter, ging ohne ein Wort oder einen Blick an Maddox vorbei und schlüpfte aus der Tür, wobei ihr langer Rock hinter ihr her rauschte.

Maddox machte einen Schritt auf seinen Vater zu, und seine Gedanken überschlugen sich. Er war immer noch verwirrt und benommen von der Strahlenvergiftung, aber ein Gedanke durchdrang den Nebel: Wenn sein Vater Zweifel daran hegte, was die Hirten getan hatten, zweifelte er vielleicht auch an Edens Berufung.

Vielleicht könnten sie es beenden. Vielleicht konnte sie zurückkommen und einfach ein Kind sein, nicht die siebte Frau eines faltigen alten Patriarchen. »Eden ...«

»Wurde ausgewählt für ... für einen heiligen Zweck.«

»Glaubst du das wirklich?«, flüsterte Maddox. »Und wenn er sich irrt?«

Sein Vater machte zwei lange, schnelle Schritte, um ihn zu erreichen. Er schlug Maddox schallend mit der flachen Hand ins Gesicht.

KAPITEL 53
MADDOX

Maddox taumelte zurück gegen die Kirchenbank, seine Hand flog zu seinem Gesicht. Seine Wange brannte. Eine seiner Blasen platzte. Eiter sickerte seinen Hals hinunter.

»Der Prophet mag mein Bruder sein, aber er ist kein gewöhnlicher Sterblicher!« Sein Vater warf ihm einen bösen Blick zu. »Er ist die Stimme Gottes. Verstehst du das? Wir müssen gehorchen. Wir haben keine Wahl in dieser Angelegenheit. Keine.«

Aber natürlich. Der Prophet hatte bereits verkündet, dass es Gott war, der befohlen hatte, Eden für ihn zu reservieren. Wenn der Prophet zuließ, dass Eden seinem Griff entglitt, dann hatte Gott unrecht – oder der Prophet.

Und vielleicht war das alles, was nötig war, um seine gläubigen Anhänger an ihm zweifeln zu lassen. Vielleicht würde es eine Saat der Unsicherheit säen, eine Frage der gefährlichsten Art, eine, die weder Solomon Cage noch der Prophet ertragen konnten.

Absoluter Glaube – und absoluter Gehorsam – wurden vor

allem anderen verlangt. Selbst wenn man seinem Vater einen Moment der Schwäche, des Unglaubens zugestand, so war das bei niemandem anders akzeptabel.

Sein Vater starrte ihn angewidert an. Als wäre er abscheulich, durch und durch verdorben. Unter dem verächtlichen Blick des Mannes spürte Maddox, wie etwas in ihm zusammenschrumpfte.

Er neigte sein Haupt, wieder ganz der pflichtbewusste, gefügige Sohn. Jacobs Ersatz. »Ja, Vater.«

Einen langen Moment lang herrschte Schweigen. Maddox blickte nicht auf. Ihm war immer noch schwindelig, aber er wagte nicht, es zu zeigen.

Würde sein Vater ihn weiterhin beschimpfen? Oder würde er ihn wegen seiner Unverschämtheit in den Raum der Barmherzigkeit schicken? Die Peitschenhiebe, die seinen Rücken entstellten, waren größtenteils zu kantigen, schwülstigen Narben verheilt.

Aber Maddox hatte keine Angst vor Schmerzen. Das hatte er nie. Er wartete einfach.

Schließlich ergriff sein Vater das Wort. Seine Stimme war rau, aber nicht mehr von Abscheu gegenüber seinem verbliebenen Sohn durchdrungen. »Ich habe Reuben befohlen, eine Truppe zum Anwesen von Burrow zu schicken. Sie werden sich um die Dinge kümmern und Eden zu uns zurückbringen.«

»Reuben?« Maddox stotterte und sah auf. »Aber es ist mein Job ...«

»Du kannst dich kaum auf den Beinen halten. Deine Anwesenheit würde die Mission gefährden, wenn nicht sogar ruinieren.« Er legte eine schwere Hand auf Maddox' Schulter. Seine strenge Miene wurde weicher. »Du musst dich erholen. Ich brauche dich. Dieser Heilige Krieg hat gerade erst begonnen.

Sobald wir uns darum gekümmert und die Braut des Propheten in ihr rechtmäßiges Zuhause zurückgebracht haben, können wir uns auf die bevorstehende glorreiche Zukunft konzentrieren. Wir werden dieses Land regieren. Wir werden es neu aufbauen, aber dieses Mal besser. Rein und heilig, und vor allem gehorsam.«

Maddox hörte seine Worte, konnte sich aber nicht auf sie konzentrieren.

»Wir müssen treu bleiben«, sagte sein Vater. »Die schwierigste Aufgabe liegt hinter uns.«

»Du könntest ... das Mädchen verschonen.« Er wusste nicht, was er sagen wollte, bis die blasphemischen Worte bereits aus seinem Mund sprudelten.

Er sehnte sich danach, Dakota Sloane selbst zu erwürgen, mit seinen eigenen zwei Händen. Er hatte davon geträumt, immer und immer wieder. Sie gehörte ihm. Nach ihrem Verrat, nach all dem Schmerz und Leid, das sie ihm zugefügt hatte, hatte er das verdient.

Und doch ...

Ein Bild blitzte in seinem Kopf auf – die beiden in dem Luftkissenboot, wie sie sich frei im Fluss des Grases treiben ließen und über alles und nichts lachten. Er sah das Sonnenlicht, das sich in ihren kastanienbraunen Haarsträhnen spiegelte, und wie ihre harten Gesichtszüge weicher wurden, als sie ihn anlächelte.

Da draußen, zusammen, konnten sie einfach nur sein. Sie war der einzige Mensch auf der Welt, der nie etwas anderes von ihm erwartet hatte als das, was er war.

»Du könntest dich ihrer erbarmen«, flüsterte er und hasste die Worte, während er sie aussprach, und verachtete sich selbst für seine Schwächen, seine unzähligen ohnmächtigen Fehler.

Die Augen seines Vaters funkelten wütend – und voller Verachtung. Seine Finger gruben sich in Maddox' Trapeziusmuskel, bis es wehtat. Er drückte fester zu. »Diese kleine Schlampe hat deinen Bruder getötet. Hast du das vergessen?«

»Nein ... nein, natürlich nicht.«

»Und dieser paranoide alte Narr hat ihr Zuflucht gewährt.« Solomon Cage fletschte die Zähne, sein Gesicht war eine Fratze des Hasses. »Ich werde nicht ruhen, bis ich sie beide tot sehe.«

»Ich weiß, aber ...«

»Dir geht es nicht gut«, sagte sein Vater schroff. »Du redest Unsinn. Du bemerkst nicht einmal die Gotteslästerung, von der du sprichst. Ich werde es wegen deiner Krankheit ignorieren und es auch dem Propheten gegenüber nicht erwähnen. Dieses Mal.«

»Danke«, sagte Maddox, aber er fühlte sich alles andere als dankbar. Er zwang sich, den Willen seines Vaters zu akzeptieren – den Willen Gottes. »Wann wird es geschehen?«

»Heute Abend.« Sein Vater löste seinen Griff um seine Schulter und ging an ihm vorbei. »Sie sind schon unterwegs.«

»Wie lauten Reubens Befehle?«

Solomon drehte sich um und starrte ihn an. In seinen Augen war keine Spur von Zweifel mehr zu sehen. Keine Trauer, kein Bedauern, keine Schuld. Da war nichts als harte, stählerne Entschlossenheit. »Greift das Anwesen von Burrows an. Holt Eden. Tötet alle anderen.«

Maddox sagte nichts.

Der Gesichtsausdruck seines Vaters änderte sich erneut, dieses Mal in väterliche Zuneigung und Sorge. Er streckte die Hand aus und berührte Maddox' noch immer brennende Wange, seine Finger waren sanft. »Auf wessen Seite stehst du, Junge?«

Ein Schmerz setzte irgendwo unter Maddox' Rippen ein, ein pochender Schmerz, eine verzweifelte Sehnsucht nach etwas, das er nie gehabt hatte. »Auf deiner.«

»Enttäusche mich nicht, mein Sohn«, sagte Solomon Cage, »und du wirst den Platz deines toten Bruders einnehmen und an meiner rechten Seite dienen, wie es dir gebührt.«

Eine überwältigende Scham erfüllte ihn. Scham und bitterer

Selbsthass. Sie hatte ihm das angetan. Es war ihre Schuld. Es war immer ihre Schuld gewesen.

Nicht mehr.

Maddox hob sein Kinn, unterdrückte die zappelnde Scham, schob sie tief nach unten und ließ stattdessen eine kalte, reinigende Entschlossenheit in sich aufsteigen. »Das werde ich nicht.«

KAPITEL 54
LOGAN

Julio riss das Steuer herum und machte eine so scharfe Rechtskurve, dass der Pick-up auf zwei Rädern hochging und auf die Gegenfahrbahn schlitterte. Jemand schrie.

Alle wurden gegeneinander, gegen ihre Sicherheitsgurte und gegen die Tür geschleudert. Parks Ellbogen bohrte sich in Logans wunde Rippen. Er nahm den ruckartigen Schmerz kaum wahr.

Er zog seine geladene Glock 19 aus dem Holster und stieß sie Park entgegen. »Benutze sie nur, wenn du musst.«

Park nickte heftig. »Verstanden.«

Julio stöhnte vor Anstrengung. Er strengte sich an, den Wagen wieder gerade auf die Straße zu lenken. Die Reifen setzten auf dem schwarzen Asphalt auf, und er trat aufs Gas. Sie schlingerten vorwärts.

Der Sicherheitsgurt brannte in Logans Nacken, aber das war ihm egal. Diese kalte, distanzierte Ruhe überflutete ihn. Er dachte nur daran, was er als Nächstes tun musste, um alle am Leben zu erhalten. Er stützte sich mit der linken Hand am Türrahmen ab und versuchte, das Gewehr gegen das Fenster zu halten, während er es entsicherte.

Der Pick-up beschleunigte auf vierzig, fünfzig und dann sechzig. Ihre Scheinwerfer durchdrangen als Zwillingsstrahlen die dicke Wand der Dunkelheit. Die leuchtenden Autokolosse tauchten auf und verschwanden, als Julio auswich.

Hinter ihnen quietschten die Reifen, als die Gangster darum kämpften, die Kontrolle über ihre Fahrzeuge zu behalten. Der Porsche lag immer noch in Führung, der Jaguar war ihm dicht auf den Fersen.

Der Maserati hinkte etwas weiter hinterher. Er taumelte immer wieder über beide Fahrspuren, bremste und beschleunigte, als wäre der Fahrer unentschlossen oder übervorsichtig gewesen.

Die Sportwagen waren schnittige, gut geölte Maschinen, die auf Eleganz und Geschwindigkeit ausgelegt waren. Wäre da nicht der Hindernisparcours des Verderbens, wie Park ihn genannt hatte, wären sie bereits überrollt worden.

Über das Rumpeln der Motoren hinweg ertönte in der Ferne das *Bumm! Bumm! Bumm!* von Schüssen. Alle drei Fahrzeuge hatten jetzt ihre Fenster heruntergelassen; Logan konnte den Schimmer des Mondlichts auf den Läufen der Gewehre und Pistolen erkennen, die durch die Luft schnitten.

Die Insassen des Porsche waren so nah, dass Logan die dunkle Tinte erkennen konnte, die über ihre Arme, Brust und Gesichter lief. Eindeutig Blood Outlaws.

»Hast du deine Seite?«, fragte Logan.

Dakota hob ihre AR-15 und entsicherte sie ebenfalls. »Alles klar.«

Logan und Dakota kurbelten gleichzeitig ihre Fenster herunter. Der heiße Wind stürmte auf ihn ein, peitschte durch sein Haar, sein Shirt.

Bei heruntergelassenen Fenstern wurden die Schüsse lauter.

Das schnelle, gleichmäßige *Bumm! Bumm! Bumm!* einer Handfeuerwaffe. Das Rattern von halbautomatischen Schüssen. Sie zielten auf ihre Hinterreifen und versuchten gleichzeitig, die Heckscheibe zu zerstören.

»Runter auf den Boden!«, schrie Dakota Eden an.

Es gab ein Klicken und einen dumpfen Schlag, als das Mädchen ihren Gurt löste und sich auf den Boden warf. Aus dem Augenwinkel sah er, wie sie sich hinter dem Sitz zusammenkauerte, die Hände über dem Kopf zusammengeschlagen, und scharf nach Luft schnappte.

Park beugte sich nach unten, um seinen Kopf unter der Kopfstütze zu halten. Mit der guten Hand drückte er Logans Glock an seine Brust.

Die meisten Schüsse der Outlaws gingen weit und hoch. Es war extrem schwierig, in einem sich schnell bewegenden Fahrzeug zu zielen und zu schießen. Dies war nicht die räuberische Schießerei im Vorbeifahren auf die ahnungslosen Familienmitglieder der Konkurrenten, die sie gewohnt waren.

Es fühlte sich an, als würde man auf einer explodierenden Rakete balancieren, während man versuchte, ein acht Zentimeter großes Ziel zu treffen.

Schließlich fand jedoch eine Kugel ihr Ziel.

Logan löste seinen Sicherheitsgurt. Er stemmte das Gewehr gegen den Fensterrahmen, verkeilte seine Wirbelsäule in der Rückenlehne des Fahrersitzes, winkelte die Beine an und stützte sich mit den Füßen an der Kante des Rücksitzes ab, um seine Schüsse in den richtigen Winkel abzugeben und sich eine gewisse Hebelwirkung zu verschaffen. Bei einem Unfall würde ihn der Aufprall schwer verletzen, wenn nicht sogar töten.

Er gab mehrere Schüsse ab. Alle verfehlten ihr Ziel.

Der Porsche erwiderte das Feuer. Logan zuckte zurück, weigerte sich aber, sich zu ducken.

Er feuerte eine weitere Salve ab. Der Schaft schlug gegen seine Schulter. Drei Schüsse gingen daneben. Der vierte traf die Windschutzscheibe und schlug ein Loch durch das Sicherheitsglas direkt über dem Kopf des Fahrers.

Der Porsche schwankte nach links, als der Fahrer sich instinktiv duckte. Er richtete sich auf, grinste und rief Worte, die Logan nicht verstehen konnte. Sie beschleunigten und fuhren so dicht auf, dass sie fast die Stoßstange des Fords rammten.

Auf dem Beifahrersitz des Porsche lehnte sich ein bulliger Mann von der Größe eines Linebackers aus dem Fenster und zielte mit seiner Halbautomatik, die er mit beiden Händen umklammerte. *Bumm! Bumm! Bumm!*

Die Heckscheibe des Fords explodierte.

KAPITEL 55
LOGAN

Stumpfe Würfel aus Sicherheitsglas verteilten sich über den Rücksitz und prasselten auf Logan, Park und Eden nieder. Logan kniff die Augen zu. Ein paar Scherben trafen sein Gesicht und seinen Hals und fielen dann zu Boden. Er spürte nicht mehr als ein leichtes Brennen.

»Scheiße, Scheiße, Scheiße!«, skandierte Dakota und drückte bei jedem Fluch einen Schuss ab.

Julio lenkte den Pick-up scharf nach rechts, um einem weißen Volvo auszuweichen, der mitten auf der Straße liegen geblieben war. Logans Schulter explodierte vor Schmerz, als er gegen das unnachgiebige Metall prallte.

»Verdammt noch mal, Julio!«, rief Dakota.

»Ich tue mein Bestes!«

Sein Bestes war gut genug. Julio hatte bis zur letzten Sekunde gewartet, um auszuweichen, während der Porsche so sehr darauf konzentriert war, sie zu rammen, dass der Fahrer den liegengebliebenen Volvo nicht einmal sah.

Die Reifen quietschten, der Porsche bremste und schlingerte zur Seite, bevor er mit achtzig Kilometern pro Stunde in den

Volvo krachte. Die Front des Porsche zerknitterte wie eine Getränkedose. Metall verbog und zerriss. Glas zersplitterte. Rauch quoll in den Nachthimmel.

Logan pfiff. »Verdammt.«

»Juhuu!« Park hob die Glock über seinen Kopf. »Davon erholen sie sich nicht.«

»Jawohl!«, kreischte Dakota, übermütig wie ein kleines Mädchen. »Ich nehme alles zurück, Julio. Du bist der Mann!« So glücklich hatte Logan sie noch nie gesehen.

»Wo zum Teufel hast du das gelernt?«, fragte Logan Julio.

Ein Hauch von einem Lächeln flackerte über Julios Gesicht. »Ich sagte doch, ich kann fahren.«

»Kein Scheiß!«, rief Park vergnügt. »Das war fantastisch!«

»Einer erledigt, bleiben noch zwei«, sagte Dakota und war schon wieder bei der Sache.

Der Jaguar und der Maserati hielten nicht an, um ihren verwundeten Kumpanen zu helfen. Sie wurden nicht einmal langsamer. Der Jaguar setzte sich an die Spitze und raste mit neuer Wut hinter dem Pick-up her.

Der Jaguar-Fahrer war weder so vorsichtig wie der im Maserati noch so geschickt wie der im Porsche. Er schlängelte sich wie verrückt über die schmale Straße und konnte kaum die Kontrolle behalten.

Julio hielt seinen Blick geradeaus, die Hände so fest am Lenkrad, dass seine Knöchel weiß wie Papier waren. Der Wind heulte durch die geöffneten Fenster. Das Innere der Fahrerkabine stank nach Schießpulver. Logan klingelten die Ohren von den heftigen Explosionen auf so engem Raum.

Er atmete ein, atmete aus, beruhigte seine Nerven.

Sein Kopf war klar. Er war nicht krank. Er war nicht betrunken. Er konnte das hier durchziehen.

Er wurde für diese Aufgabe geschaffen.

Es spielte keine Rolle, dass er ein schrecklicher Mensch war, dass er kaum ein normales Gespräch führen konnte, geschweige denn eine gesunde Beziehung zu einem anderen Menschen pflegen, und dass er zu nichts anderem taugte als zum Töten.

Die Gewalt war in ihm, dunkel und brodelnd, durchdrang seine Poren, seine Knochen. Es gab keine Möglichkeit, ihr zu entkommen. Die einzige Möglichkeit bestand darin, sie zu begrüßen – die Kälte, die Dunkelheit, das Ungeheuer.

In dieser Welt war das Töten das Gebot der Stunde.

Er schaute nicht auf die Tätowierung auf seinem Unterarm hinunter, die lateinische Inschrift, die ihn vor einem Abgrund warnte, in den er bereits mit beiden Füßen hineingesprungen war. Die Worte waren nur noch Zeichen. Bedeutungslos.

Alles außer der Aufgabe, die vor ihm lag, war bedeutungslos.

Diese kalte, mechanische Ruhe kehrte ein. Seine Sinne schärften sich. Emotionen, Gedanken – alles verblasste. Logan blendete den Wind, die Dunkelheit und das grelle Licht der Scheinwerfer aus und konzentrierte sich auf sein Ziel.

Einatmen, ausatmen. Er drückte den Abzug. Logan feuerte auf das rechte Vorderrad des Jaguars. Die Kugel schlug ein, durchdrang ihr Ziel und sprengte den Reifen. Schwarzes Gummi explodierte.

Er gab fünf weitere Schüsse auf die Frontscheibe ab.

Der Jaguar drehte sich stark nach links, hob sich auf zwei Rädern und kam hart auf seiner zerstörten Felge zum Stehen. Das Fahrzeug durchbrach die Leitplanke, kam von der Straße ab und prallte kopfüber gegen eine Kiefer.

Der ohrenbetäubende Aufprall hallte in der Nacht wider, als sich das Metall wölbte und verformte. Dampf stieg aus der verbogenen, deformierten Motorhaube auf, und der Sportwagen erzitterte in seinen Todeskrämpfen.

Logan steckte den Kopf aus dem Fenster und blinzelte gegen den stechenden Wind an.

Hinter ihnen wurde die verbeulte Beifahrertür aufgerissen. Der große Linebacker stolperte heraus. Sein Gewehr baumelte an seiner Seite. Er machte einen einzigen schwankenden Schritt, bevor er auf dem Asphalt zusammenbrach.

Der Maserati fuhr im Zickzack, um den riesigen Mann zu umfahren, der wie ein gefällter Baumstamm mitten auf der Straße lag. Logan konnte es aus dieser Entfernung nicht erkennen, aber es sah so aus, als wäre der Maserati über einen Arm oder ein Bein gefahren, als er vorbeifuhr.

Wie auch immer, der Linebacker stand nicht wieder auf.

Logan lenkte seine Aufmerksamkeit von dem toten Mann auf den letzten Sportwagen. Der Maserati raste hinter ihnen her und schlug alle Vorsicht in den Wind. Logan und seine Gruppe hatten ihre Leute nun mehrfach ausgeschaltet. Es war eine Beleidigung ihrer Existenz.

Sie waren wild entschlossen und würden alles tun, um sich zu rächen.

KAPITEL 56
LOGAN

»**Z**wei Autos voraus!«, rief Park warnend.

Julio trat auf die Bremse. Er musste abbremsen, um sich zwischen einem zitronengelben Volkswagen Love Bug auf der rechten Seite und einer weinroten Schräghecklimosine mit offener Motorhaube auf der linken Seite hindurchzuzwängen und dem Maserati Zeit geben, ihn einzuholen.

Der Maserati trat kaum auf die Bremse. Er zwängte sich durch die beiden Autos mit kreischendem Metall, wobei Kotflügel und Motorhaube zerbeulten, und fuhr weiter.

Die Gangmitglieder schlitterten quietschend nach rechts und fuhren neben ihnen her, stießen gegen den hinteren Kotflügel des Fords und zwangen sie auf die Gegenfahrbahn. Der Maserati machte eine ruckartige Bewegung nach links und rammte die Seite des Pick-ups. Metall schrammte gegen Metall.

Eden stieß einen erschrockenen Schrei aus.

»Er versucht, uns in die Leitplanke zu drängen«, rief Julio.

»Nicht, wenn ich es verhindern kann.« Dakota ließ die AR-15 fallen und griff nach der SIG an ihrer Seite.

Logan drehte sich um, schwenkte sein Gewehr und zielte

erneut. Der Maserati befand sich jetzt auf seiner gegenüberliegenden Seite.

»Runter!«, schrie er Park an. Park verdrehte die Augen und drückte sich gegen die Sitzpolster. Eden lag bereits zusammengekauert auf dem Boden.

Logan zielte auf das hintere Beifahrerfenster des Maserati, gerade als sich einer der Verbrecher mit einer Pistole in der Hand hinauslehnte. Sein Puls beschleunigte sich, als er das tätowierte Gesicht erkannte und die Tränen, die die linke Wange des Gangsters schwärzten, sah.

Tränen-Tattoo grinste triumphierend und richtete seine Pistole auf Logan.

Doch Logan war schneller. Er gab drei schnelle Schüsse ab.

Blut spritzte aus einem Loch in Tränen-Tattoos Hals. Er flog nach hinten und schlug mit dem Hinterkopf gegen den Metallrahmen über dem Fenster des Maserati. Die Pistole fiel ihm aus der Hand und klapperte in der Dunkelheit zu Boden.

Der Maserati schlingerte vorwärts und prallte erneut in sie hinein. Julio wich aus und kämpfte darum, die Kontrolle zu behalten, als die linke Seite des F-150 knirschend gegen die Leitplanke schlingerte. Der Pick-up schwankte und schaukelte.

»Auto voraus!«, rief Park.

Die Scheinwerfer des Fords beleuchteten das Heck eines roten Land Rovers, der keine fünfzig Meter vor ihnen auf der Gegenfahrbahn zum Stehen gekommen war.

Julio stöhnte. Aber seine Hände blieben ruhig, die Knöchel weiß ans Lenkrad geklammert, der Rest seines Körpers zitterte wie Espenlaub. Er riss den Wagen nach rechts und krachte mit voller Wucht in die Seite des Maserati.

Der Sportwagen machte einen Satz zur Seite. Das war nicht genug. Sie versperrten dem Pick-up immer noch den Weg über die leere rechte Fahrspur. Der Land Rover tauchte wie ein kauerndes

Tier in den Scheinwerfern auf, als der Pick-up mit über achtzig Kilometern pro Stunde auf ihn zuraste.

»Halt still!« Dakota richtete die SIG auf den Maserati, der sie flankierte, und feuerte zweimal, dann noch zweimal.

Jemand im Inneren des Maserati schrie vor Schmerz auf.

Der Sportwagen schlingerte über die Straße, prallte gegen die Leitplanke und durchbrach sie mit einem lauten Knall, prallte einige Meter durch das dichte Unterholz und stürzte dann mit der Schnauze voran in den Kanal.

»Pass auf!«, rief Park.

Julio trat auf die Bremse. Er drehte das Lenkrad scharf nach rechts. Der Pick-up geriet ins Schleudern und schlingerte auf der Straße entlang. Das Fahrzeug verlangsamte sich schnell, als es sich drehte. Aber nicht schnell genug.

Der vordere Kotflügel stieß gegen die rechte Ecke der Stoßstange des Land Rovers und kam ruckartig zum Stehen.

Logan prallte gegen die Rückseite des Fahrersitzes. Sein Schädel knallte gegen den Türrahmen. Hinter seinen Augenlidern explodierten Sterne.

Der Motor tickte, stotterte und verstummte.

Eine lange Sekunde lang bewegte sich niemand.

Julio zuckte zusammen und rieb sich die Brust. »Alle am Leben? Die Airbags sind nicht ausgelöst worden. Ich wünschte, wir hätten sie gehabt.«

Park stöhnte. »Ich bin definitiv am Leben. Es tut zu sehr weh, um es nicht zu sein.«

»Tut weh, aber ich werde es überleben.« Dakota lehnte sich über den Rücksitz. »Eden?«

Eden setzte sich auf, strich sich die blonden Locken aus dem Gesicht und reckte die Daumen in die Höhe. Sie hatte eine Schnittwunde an der Wange, aber es schien ihr gut zu gehen.

Logan bewegte seine Arme und Beine behutsam und verzog

das Gesicht angesichts des Schmerzes, der sich in seinen Hinterkopf bohrte und seinen Nacken hinunterstrahlte. Er hatte
vermutlich ein ordentliches Schleudertrauma, aber es war nichts
gebrochen.

»Wir müssen den Kanal überprüfen«, sagte Dakota knapp.
»Sie könnten noch am Leben sein.«

Logan und Dakota rissen ihre Türen auf und sprangen als
Erste heraus. Julio und Park kletterten schwankend heraus und
folgten ihnen.

Die Scheinwerfer des Pick-ups leuchteten immer noch wie
Suchscheinwerfer in der Nacht. Der Mond lugte durch eine
Lücke in der Wolkendecke hervor und tauchte die Straße, die
Bäume und den Kanal in ein silbriges Licht.

»Bleib im Wagen, bis es sicher ist«, sagte Dakota zu Eden.

Sie sprinteten zurück zu der Stelle, an der der Maserati in
den Kanal gestürzt war, Dakota mit ihrer SIG im Anschlag,
Logan mit der AR-15. Er warf das halb verbrauchte Magazin
aus, zog ein neues aus der Tasche an seiner Hüfte und steckte
es ein.

Sie näherten sich der Unfallstelle langsam und vorsichtig, für
den Fall, dass einer der Verbrecher noch am Leben war. Sie
bewegten sich Seite an Seite, Dakota angespannt und wachsam
neben ihm.

Sein Körper summte vor Nervosität und er suchte die Straße,
die Ufer auf beiden Seiten des Kanals, die buschigen Kiefern und
das Unterholz ab. Die Leitplanke war ein Wrack aus verbogenem
Metall. Der Sportwagen war nirgends zu sehen. Er war bereits
unter die Wasseroberfläche des Kanals gesunken.

Keine Bewegung.

»Was ist gerade passiert?«, fragte Park hinter ihnen, mit
Ehrfurcht in der Stimme. »Ich dachte schon, wir wären
verloren.«

»Ich habe den Fahrer erwischt«, sagte Dakota atemlos. »Ich habe ihn direkt an der Hand getroffen.«

»Gut gemacht«, sagte Julio.

»Ich habe auf seinen Kopf gezielt.«

»Wir können nicht alle perfekte Schützen sein«, sagte Logan. Sie grunzte. »Sprich für dich selbst.«

Zikaden zirpten in der Nacht. Eine Mücke surrte in seinem Ohr, aber er schlug sie nicht weg.

Dakota streckte die Hand aus und streifte seinen Arm.

Ein elektrischer Schock durchfuhr ihn bei ihrer Berührung. Er fühlte es wie einen knochentiefen Sog in sich, dieses elementare Verlangen, ein Teil von etwas zu sein, sich mit einem anderen Menschen zu verbinden. Zu jemandem dazugehören.

Dasselbe dringende Bedürfnis hatte ihn als Teenager in die Gang gelockt. Bevor alles aus dem Ruder lief, waren sie die Familie, die er nie gehabt hatte – Brüder, die sich um ihn kümmerten, im Gegensatz zu seinem abwesenden Vater, den er nie kennengelernt hatte, oder seiner süchtigen Mutter, die sich kaum die Mühe machte, ihn zu füttern, wenn sie high oder in irgendeinem Crackhaus unterwegs war.

»*Ven aquí mi gordis*«, murmelte sie und öffnete ihre Arme für eine Umarmung zum Abschied, bevor sie für ein oder zwei Nächte in die Stadt ging und ihren achtjährigen Sohn in einer leeren Wohnung zurückließ, die voller realer und eingebildeter Schrecken war.

Dakota drückte seinen Unterarm und holte ihn in die Gegenwart zurück. Ohne zu sprechen, zeigte sie auf einen sich bewegenden Schatten.

Zwei Gestalten tauchten auf der anderen Seite des Kanals auf, etwa zwanzig Meter in Windrichtung. Sie kletterten das glitschige Ufer hinauf, husteten und spuckten Wasser und spritzten wild umher.

»Logan ...«, sagte Dakota.

»Ich weiß.« Logan zögerte nicht. Er schmiegte den Schaft an seine Schulter. Im Mondlicht konnte er klar genug sehen, um den Job zu erledigen. Er drückte den Abzug und ließ einen Kugelhagel los. Das Wasser spritzte, als das Blei in den Kanal flog.

Beide Körper sackten in sich zusammen und kippten nach hinten um. Sie sanken in das schwarze Wasser. Ein paar verstreute Luftblasen trieben an die Oberfläche, dann nichts mehr.

Logan starrte einen langen Moment lang auf das Wasser, atmete schwer und ließ das Adrenalin aus seinen Gliedern fließen. Noch mehr Tote, die er auf seine Liste setzen konnte.

Die Gewalt war in ihm. Es gab kein Zurück mehr.

Er konnte sie nutzen, um die Menschen zu schützen, die ihm wichtig geworden waren, aber das machte ihn nicht sicher. Er konnte sie nur vor Bedrohungen von außen schützen; er konnte sie nicht vor der Dunkelheit in seinem eigenen Herzen, der Grausamkeit und dem Tod in seinen eigenen Händen bewahren.

»Das war's«, sagte Dakota sanft und holte ihn in den Moment zurück. Sie sah ihn an, so etwas wie Besorgnis in ihrem Gesicht. »Es ist vorbei.«

Er nickte grimmig.

»Die sind jetzt Alligatorfutter«, sagte Park und klang dabei äußerst zufrieden.

KAPITEL 57

DAKOTA

»Das sind also die Everglades«, sagte Park. »Geständnis: Ich bin in Südflorida aufgewachsen, aber ich war noch nie hier draußen.«

Um sie herum erstreckten sich endlose Weiten von überschwemmten, sumpfigen Feuchtgebieten, die mit stumpfen Kiefern und Gestrüpp gesprenkelt waren.

»Das sind nicht die echten Glades«, sagte Dakota. »Du musst weiter hinein.«

Sie machte einen Schritt die Uferböschung hinunter. Etwas Großes und Schweres plätscherte in der Mitte des Kanals. Das Mondlicht schimmerte auf den Wellen des schwarzen Wassers.

Dakota schaltete die LED-Stiftlampe ein und suchte den Kanal ab. Ein Paar glühender Augen leuchtete ihr knapp über der Wasseroberfläche entgegen. Ein weiteres, kleineres Paar trieb am anderen Ufer entlang.

Ihr Magen zog sich zusammen. Würden die Bestien die Leichen fressen? Sie stellte sich riesige Kiefer vor, die an Fleisch und Knochen rissen, und unterdrückte ein Schaudern. Gut, dass sie sie los waren. Außerdem war es nur die Natur, die das tat, was sie am besten konnte. Trotzdem jagte ihr der Gedanke einen Schauer über den Rücken.

»Alligatoren«, murmelte Logan. »Kann die Dinger nicht ausstehen.«

»Ich schon«, sagte Park. »Es sind faszinierende Kreaturen. Wie Urzeitdrachen, die direkt neben uns leben. Sie greifen nur vier oder fünf Menschen pro Jahr an. In fünfundsiebzig Jahren gab es nur ein paar Dutzend Todesopfer. Sie fressen am liebsten Schildkröten, Fische und Vögel.«

»Sag das den paar Dutzend *Todesopfern.*«

»Und was jetzt?«, fragte Julio und deutete auf das zerstörte Geländer und die Leichen der Verbrecher, die irgendwo unter dem dunklen Wasser schwammen. »So ein menschliches Buffet haben sie noch nie gehabt.«

»Gutes Argument«, sagte Park. Er trat einen Schritt zurück.

Dakota konnte dem nicht widersprechen. Sie kletterte zurück über die Leitplanke und wählte die relative Sicherheit der Straße.

»Ich bin unglaublich dankbar, dass wir noch hier sind«, sagte Julio leise. Er bekreuzigte sich. »Wir hätten alle sterben können. Vielleicht hätten wir es tun sollen. Ich werde heute Abend ein paar Dankesgebete schicken, das ist sicher.«

»Wir sind am Leben, dank dir«, sagte Dakota.

Julio schüttelte den Kopf. »Ich habe es dir gesagt, Dakota. Gott passt auf dich auf.«

Dakota verdrehte die Augen.

»Wie wäre es, wenn wir uns einfach bei allen bedanken?« Park schlug sich mit seiner guten Hand in den Nacken. »Außer diesen furchtbaren Moskitos.«

Logan wandte sich an Julio. »Du hättest uns sagen sollen, dass du mit so einem Auto umgehen kannst.«

»Das habe ich.«

»Du hättest es uns anscheinend noch einmal sagen sollen«,

sagte Logan mit einem Augenzwinkern. »Das war verdammt gutes Fahren.«

»Danke, Logan. Das bedeutet mir sehr viel.« Julio räusperte sich und warf einen Blick zurück auf den Ford, dessen Motorhaube noch immer dampfte. »Sind wir bereit, die Show fortzusetzen? Wir haben noch einen langen Weg vor uns.«

»Glaubst du, der Wagen ist in Ordnung?«, fragte Park mit zweifelnder Miene.

»Es gibt nur einen Weg, das herauszufinden.« Julio joggte die zwanzig Meter zurück zu seinem Ford. Er ließ sich auf den Fahrersitz gleiten und ließ die Vordertür offen. Die Zündung schnaufte wie ein asthmatischer Raucher, als er sich abmühte, den Motor zu starten. Er legte den Rückwärtsgang ein und drückte das Gaspedal durch. Er machte schreckliche schleifende, kratzende Geräusche ... und sonst nichts.

Julio stieg aus, ging zum zerbeulten vorderen Kotflügel und riss die mitgenommene Motorhaube auf. »Gib mir ein paar Minuten, und ich glaube, ich kann dieses Biest wieder zum Schnurren bringen wie ein Kätzchen. Park, kannst du die rostige alte Werkzeugkiste aus dem Kofferraum holen? Und Logan, kannst du mir etwas mehr Licht machen?«

Während Julio am Pick-up arbeitete, blieb Dakota neben Eden stehen.

Sie stellte sich die Everglades vor, die sie von der Straße aus nicht sehen konnte, von denen sie aber wusste, dass es sie gab, gleich hinter der Dunkelheit – schön, eindringlich, hässlich, gefährlich. Wasser in der Farbe von Tee floss über Hunderte von Kilometern, südlich bis zur Spitze des Festlandes und westlich bis zum Golf von Mexiko. Millionen wässriger Hektar, bedeckt von endlosen Weiten aus Schneidried.

Hier gab es Alligatoren und Seekühe, Löffler und Reiher, Mangrovensümpfe und Zypressen. Und die Moskitos – regelrechte dichte Wolken von ihnen, schwirrend und stechend, die dieses schreckliche, hohe Surren in ihren Ohren hinterließen.

Abgesehen von Malaria und den vielen anderen tödlichen Krankheiten, die sie verbreiten, konnten Moskitos einen zwar nicht direkt töten, aber manchmal fühlte es sich so an, als könnten sie es doch. Sie zerklatschte eine der Mücken in ihrem Nacken und schnippte einen anderen Blutsauger von ihrem Arm. Sie zog die Dose DEET aus dem Rucksack, den Hawthorne und Kinsey für sie zurückgelassen hatten, und war dankbar für ihre Fürsorge.

»Hier.« Sie besprühte sich selbst und Eden, bevor sie die Dose an Park weiterreichte, der sie an Julio und Logan weitergab.

Sie blickte auf Eden hinunter. Auf ihre Schwester. Das Mädchen war aus dem Pick-up geklettert und saß nun im Schneidersitz neben der zerstörten Leitplanke, den Block schlaff auf dem Schoß, und starrte ausdruckslos in den Kanal. Sie sah völlig verängstigt aus.

Dakota wurde schwer ums Herz. Julio hatte recht, wie immer. Der morgige Tag war niemandem versprochen. Die nächsten zehn Minuten waren niemandem versprochen. Schon gar nicht in diesem Leben.

Eden war ihre Schwester, und das war alles, was zählte.

Sie hockte sich neben sie. »Hey.«

Eden sah mit großen, nicht blinzelnden Augen zu ihr auf. Sie bildete mit ihrer rechten Hand eine Faust, aus der ihr Daumen herausschaute, und rieb sich kreisförmig die Brust.

Dakota schluckte. »Was bedeutet das?«

Eden nahm den Block in die Hand und schlug ihn auf, bis sie die halb fertige Zeichnung eines Waschbären sah, der über einen verrotteten Baumstamm huschte, mit einem Waschbärenbaby auf seinem pelzigen Rücken. Sie blätterte zu einer neuen Seite und kritzelte ein paar Worte.

Sie hielt es hoch. *Es tut mir leid.*

»Nein«, sagte Dakota. »Das musst du nicht sagen.« Sie atmete scharf und röchelnd ein. Ihre Augen waren heiß und brannten. »Ich bin diejenige, die dich belogen hat. Ich bin diejenige, die dir nicht die Wahrheit gesagt hat über ... alles, was passiert ist, über dein eigenes Leben. Das war nicht fair. Es ist nicht fair.

Du wusstest nicht, dass Maddox sich gegen uns gewendet hat, weil ich es dir nicht gesagt habe. Es ist nicht deine Schuld, dass Maddox über Ezra Bescheid weiß. Verstehst du das? Es ist nicht deine Schuld.«

Eden starrte sie einen Moment lang an. Schließlich nickte sie, ihre Augen waren glasig vor unvergossenen Tränen.

Dakota musste wegschauen. Es schmerzte zu sehr, wie ein heißer Schürhaken, der ihr Inneres aufspießte und sich langsam mit quälender Präzision drehte. »Ich erwarte nicht, dass du mir vergibst. Ich habe so viel verbockt. Ich weiß nicht, ob ich es wiedergutmachen kann ...«

Eden zog sie in eine innige Umarmung. Sie vergrub ihr Gesicht in Dakotas Brust und schlang ihre pummeligen Arme um ihren Hals. Ihre Tränen durchnässten Dakotas Shirt.

Instinktiv versteifte sich Dakota. Das war in Ordnung; das war eine gute Sache. Sie ließ sich darauf ein, auf die Wärme, den Trost. Sie zog ihre Schwester zu sich und hielt sie fest. Sie saßen zusammen da, schaukelten hin und her, Eden weinte und Dakota hielt ihre eigenen Tränen zurück.

Dakota zog sich zurück. Sie ballte ihre Hand zu einer Faust, ihr Daumen ragte heraus, und rieb damit kreisend über ihre eigene Brust.

Durch ihre Tränen hindurch erhellte sich Edens Gesicht.

»Es tut mir leid«, sagte Dakota. »Es tut mir sehr, sehr leid. Ich werde mich bessern. Ich werde besser sein. Und ich möchte, dass du mir das hier beibringst, okay? Ich will die Gebärden-sprache lernen.« Sie atmete aus, ihr Brustkorb lockerte sich. »Ich war ein Idiot, weil ich mich geweigert habe, sie zu lernen. Es gab mir das Gefühl, dich zu verlieren.«

Eden schüttelte den Kopf und runzelte die Stirn.

»Ich weiß, ich weiß. Es ist dumm. Mehr als das, es ist egois-tisch. Du bist meine Schwester. Das wirst du immer sein. Ich sollte nicht ... ich kann nicht ...« Sie schluckte schwer. »Ich werde dir nie wieder wehtun. Das verspreche ich dir. Nie und nimmer.«

Eden nickte eifrig und umarmte sie erneut fest. Sie lehnte sich zurück, gestikulierte etwas und schrieb es dann auf. *Ich vergebe dir.*

Der heiße Schürhaken in Dakotas Bauch bohrte sich noch tiefer hinein. Trotz des Schreckens, den sie erlebt hatten, war ihre Schwester immer noch lieb, freundlich und vertrauensvoll, schnell bereit zu verzeihen. Zu schnell.

Es hatte etwas fast Pathologisches an sich – als ob Eden nicht glaubte, dass sie das *Recht* hatte, wütend zu sein. Noch mehr Gehirnwäsche durch den Propheten. Manchmal fühlte es sich an, als würden sie nie von diesem Ort loskommen.

Dakota biss ihre eigene bittere Wut fest in sich hinein. Sie konnte es sich nicht erlauben, diese auf ihre Schwester zu richten. »Nein – das kannst du jetzt noch nicht sagen. Nicht, bis du genau weißt, was ich getan habe.«

Eden riss verwirrt die Augen auf. Sie berührte die gezackte violette Narbe an ihrer Kehle.

Dakota nickte kläglich. »Du musst wissen, was ich dir angetan habe. Du hast jedes Recht, wütend auf mich zu sein. Mich sogar zu hassen. Du musst ...«

Auf der Straße hustete und stotterte der Motor des Fords, bis er schließlich aufheulte.

»Nun«, sagte Julio mit einem müden Seufzer, »es ist hässlicher als je zuvor, aber dieses amerikanische Baby läuft immer noch.«

Park jubelte. »Wir sind wieder im Spiel!«

»Auf geht's, Ladys«, rief Logan. »Letzte Chance für einen Boxenstopp, falls ihr ihn braucht. Zeit, von hier zu verschwinden!«

Dakota kam auf die Beine. »Sobald wir in Sicherheit sind«, versprach sie. »Ich werde dir alles erzählen.«

Sie streckte ihre Hand aus. Eden nahm sie.

KAPITEL 58
DAKOTA

Dakota blickte auf die Karte auf ihrem Schoß und fuhr mit dem Finger über die dünne Linie, die den riesigen grünen Fleck, die Everglades, halbierte. Aufgrund der städtischen Entwicklung und der übereifrigen Zerstörung der natürlichen Lebensräume Floridas waren die Feuchtgebiete nur noch halb so groß wie ursprünglich, erstreckten sich aber immer noch über fünftausend Quadratkilometer.

Südlich von ihnen lagen Homestead, Florida City und der Everglades National Park. Im Nordwesten lag das Big Cypress National Preserve. Vor einigen Kilometern hatten sie das Shark Valley und Miccosukee Village passiert. Wenn sie weiterfuhren, würden sie Everglades City, dann Marco Island und schließlich die Westküste erreichen.

Sie waren weniger als fünfzehn Kilometer von Ezras fünfzig Hektar Land entfernt.

Ihr Bauch zog sich zusammen. Was würden sie dort finden? *Bitte lass uns rechtzeitig ankommen.* Sie wusste nicht, ob sie betete, und wenn ja, zu wem. Zu jedem, der zuhörte. *Bitte, lass es ihm gut gehen.*

In der Fahrerkabine roch es immer noch nach Schießpulver, vermischt mit den süßlichen Gerüchen der Fertiggerichte, die sie gerade gegessen hatten: Spaghetti mit Rindfleischsoße für Logan und Eden, Chili mit Bohnen und Maisbrot für Julio und Pilz-Fettuccini für Park und Dakota.

Sie brauchten die Energie für das, was vor ihnen liegen könnte.

Sie hatten ihre Waffen bereits überprüft und die Pistolen und Gewehre sowie die vier Ersatzmagazine nachgeladen. Logan und Dakota nahmen jeweils zwei der Magazine mit. Sie waren so gut vorbereitet, wie sie nur sein konnten.

Sie zeigte nach vorne. »Genau dort, an der Straße. Bieg rechts ab.«

»Welche Straße?«, fragte Julio und spähte durch die wie von Spinnenweben vernetzte Windschutzscheibe. »Ich sehe keine Straße.«

Die Scheinwerfer beleuchteten einen schmalen Feldweg, der eher wie ein Trampelpfad aussah und mit Unkraut und wilden tropischen Pflanzen überwuchert war. Sie folgten dem Pfad, wobei der Pick-up über Spurrillen und Wurzeln ruckelte und hüpfte, und die Fahrt endlos erscheinen ließ.

Park zeigte auf eine der riesigen, moosbewachsenen Zypressen, die auf beiden Seiten der Straße standen. »Wie heißen die?«

»Das ist eine Hammock aus Zypressen.«

»Wie Hängematte? Zum Schlafen?«, fragte Park.

»Es beschreibt einen Wald voller Bäume im Sumpf.« Dakota verdrehte die Augen. »Wisst ihr Leute denn gar nichts über den Staat, in dem ihr lebt?«

»Nichts über die wilden Gegenden«, sagte Park. »Nirgendwo, wo es Moskitos gibt.«

»Ich fürchte, hier wirst du kein Glück haben«, sagte Dakota. »Biege hier links ab, in die Mangrove Road.«

Julio blinzelte. »Ich sehe kein einziges Straßenschild. Das sieht kaum aus, als wäre es eine Straße.«

»Das stimmt. Es ist eine dreizehn Kilometer lange Sackgasse. Es gibt vier Gehöfte an dieser Straße. Das von Ezra ist das letzte. Sein Grundstück grenzt an ein riesiges Feuchtgebiet. Man kann kilometerweit mit dem Boot oder Kajak fahren, wenn man will.«

»Ich liebe Paddleboarding«, rief Park vom Rücksitz aus. »Besonders mit Alligatoren.«

»Wir sollten das Licht ausschalten«, sagte Dakota.

Die Scheinwerfer wurden ausgeschaltet. Die Dunkelheit drang von allen Seiten an sie heran. Julio verlangsamte den Wagen fast bis zum Stillstand, während sie darauf warteten, dass sich ihre Augen daran gewöhnten. Dichtes Gestrüpp zerkratzte den Unterboden des Fahrzeugs, Blätter und Äste klatschten gegen die Türen und Fenster.

Dakota beugte sich vor und blickte durch die rissige Windschutzscheibe nach oben. Ein Mondstrahl lugte durch die dünnen Wolken und tauchte alles in eine Mischung aus schwachem, silbrigem Licht und schwarzen Schatten.

»Wenn wir einen Kilometer von seiner Einfahrt entfernt sind, parken wir den Pick-up abseits der Straße, außer Sichtweite, und wandern hinein.«

»Hältst du das für eine gute Idee?«, fragte Logan leise. »Was, wenn dieser Freund von dir schattenhafte Gestalten auf seinem Grundstück lauern sieht und beschließt, auf uns zu schießen?«

»Wir bleiben außer Sichtweite. Und ich weiß, wo die Stolperdrähte und Sprengfallen sind.«

»Stolperdrähte?«, stotterte Julio. »Sprengfallen?«

»Cool«, hauchte Park.

»Er ist gut vorbereitet«, sagte Dakota.

»Du meinst, du *wusstest,* wo die Stolperdrähte und Sprengfallen *waren*«, sagte Logan. »Ist das nicht schon zwei Jahre her?«

Angst drückte gegen ihre Brust. »Ja. Aber es ist die beste Information, die wir im Moment haben.«

»Es ist die *einzige* Information, die wir haben«, murmelte Logan. »Das gefällt mir nicht. Ganz und gar nicht.«

Julio trommelte mit den Fingern auf das Lenkrad. »Warum können wir nicht den normalen Weg gehen und einfach an der Haustür klopfen?«

»Wenn Maddox und seine Leute uns zuvorgekommen sind«, sagte Dakota, »werden sie uns mit einem Gesicht voller Blei begrüßen.«

»Sie hat recht«, sagte Logan mit einem unglücklichen Seufzer. »Wir müssen erst die Gegend auskundschaften. Wenn es eine Falle ist, müssen wir das wissen.«

»Park hier.« Dakota wies auf eine Fläche, die dicht mit wilden Pflanzen bewachsen, aber frei von Bäumen war. »Weit genug drin, um den Pick-up zu verstecken.«

Vorsichtig kletterten sie aus dem Wagen. Logan kam um die Ecke und half Eden. Er hielt ihren Arm vorsichtig fest, damit sie sich nicht den Kopf am Türrahmen stieß oder auf dem Weg nach unten den Halt verlor.

Dakota hob überrascht die Brauen.

Er zuckte mit den Schultern. »Was? Ich bin doch kein wildes Tier. Ich habe Manieren.«

»Du solltest sie mal öfter zum Einsatz bringen.«

Er schnaubte. »Jetzt geht es wieder um die Sache mit den Steinen im Glashaus.«

Sie scherzten und versuchten, die Spannung mit Humor zu lösen, aber es funktionierte nicht ganz. Sie waren alle nervös und angespannt, ihre Mimik verkniffen.

Sie schlossen leise die Türen und packten schweigend ihre Ausrüstung zusammen. Dakota überprüfte ihre Pistole, vergewisserte sich, dass eine Patrone im Lauf war, und stellte sicher, dass sie ihre Ersatzmagazine griffbereit hatte.

Logan trat neben sie, leise und geschmeidig wie ein Panther. Sein Körper strahlte Wärme aus. Sie spürte, wie ihre eigenen Zellen durch seine Gegenwart pulsierten.

Im schwachen Mondlicht leuchteten seine Augen wie schwarze Murmeln. Er war wachsam, bereit. In seinem Gesicht war kein Zorn oder Groll zu sehen, nur stählerne Entschlossenheit.

Sie hatte gedacht, er würde sie hassen, aber das tat er nicht. Sie hatte gedacht, sie wolle ihn nicht um sich haben, aber sie hatte sich geirrt.

Sie fühlte sich fast gegen ihren Willen zu ihm hingezogen. Seine Gegenwart beruhigte sie, stärkte sie. Sie wollte ihn hier haben. Bei ihr. Sie wollte ihn an ihrer Seite haben.

Er stand nur wenige Zentimeter entfernt und studierte ihr Gesicht in der Dunkelheit. »Ich folge deinem Beispiel.«

Sie nickte.

Er wollte sich abwenden, doch er hielt sich zurück. Er leckte sich über die Lippen, als ob er plötzlich nervös wäre. »Ich halte dir den Rücken frei, das weißt du doch, oder?«

Ihre Wangen erröteten, aber sie weigerte sich, den Blick abzuwenden. Sie war so lange allein gewesen, dass es ihr fremd war, zu lernen, sich auf jemanden zu verlassen – ihm zu vertrauen. Und erschreckend.

Aber ohne ihn wäre sie nicht hier. Und Eden auch nicht. Es ging nicht nur darum, dass sie ihm etwas schuldete – es war etwas anderes, etwas viel Tieferes.

Etwas, das ihr zu viel Angst machte, um es direkt anzusehen.

Aber Dakota hatte nie zugelassen, dass Angst sie beherrschte. Dafür war sie zu zäh.

Vertrauen war ein Risiko, aber vielleicht war es der einzige Weg, alles zu riskieren, der einzige Weg, um den Anfang von etwas anderem zu entdecken.

»Und ich dir deinen«, sagte sie. »Egal, was passiert.«

Dakota hielt ihre SIG in der einen Hand, die AR-15 über die Schulter geworfen, die zusätzlichen Magazine in einer Tasche an ihrem Gürtel verstaut. Sie war bereit, in den Krieg zu ziehen.

Das war Logan auch. »Los geht's.«

Die Gruppe folgte Dakota über die Straße. Sie wanderten im Gänsemarsch in den dichten, dunklen Wald und hatten nur die beiden kleinen Taschenlampen, um etwas zu sehen. Dakota hatte eine, Julio die andere.

Angst kroch Dakota den Rücken hinauf. Das hier in der Nacht zu tun, war eine schreckliche Idee. Aber sie hatten keine Wahl. Wenn Ezra in Schwierigkeiten steckte, wäre er am Morgen tot.

Unheilvolle Schatten hockten um sie herum. Immer wieder stolperten sie über Wurzeln und Lianen. Mücken surrten in ihren Ohren, und über ihnen schrie eine Eule. Unsichtbare Kreaturen huschten durch die Blätter.

Halb Dschungel, halb Sumpf, waren die Everglades ein Land von eindringlicher Schönheit – wild und geheimnisvoll, ursprünglich und uralt -, das lange vor den Menschen da gewesen war und wahrscheinlich auch noch lange danach und nur darauf wartete, die Städte und Stahltürme zurückzuerobern, sobald die Menschen verschwunden waren und sich selbst in die Luft gesprengt hatten.

Deshalb liebte Ezra diesen Ort. Dakota liebte ihn auch.

Dieser moskitoverseuchte Sumpf war der einzige Ort auf der Welt, der sich jemals wie ein Zuhause angefühlt hatte.

Ihr Herzschlag beschleunigte sich und pochte gegen ihre Rippen. *Fast geschafft.*

Die Hütte auf der Lichtung war fest in ihrem Gedächtnis verankert: Die Eichen-, Kiefern- und Zypressenwälder, die sie umgaben, die weite Fläche aus Schneidried und Brackwasser dahinter.

»Wonach suchst du?«, flüsterte Logan hinter ihr.

Sie hatte diese Wälder so oft erkundet, aber seit zwei Jahren nicht mehr, und nur selten bei Nacht. Alles sah anders aus. Seltsam und gefährlich.

»Ezra hat hier in der Nähe ein vergrabenes Lager. Wenn ich es finden kann, kann ich mich orientieren und weiß genau, wo wir sind. Außerdem enthält das Versteck mehr 9mm-Munition und, wenn wir Glück haben, eine weitere Waffe.«

Sie suchte nach einer bestimmten Stieleiche, deren Äste eine seltsame, gewundene Form hatten, die an ein Herz erinnerte. Zu beiden Seiten gab es zwei buschige Kiefern und drei Felsen, die sich gegen die Wurzeln drückten und natürlich aussahen, wenn man nicht wusste, wonach man suchen musste ...

Es war lächerlich schwer, in der Dunkelheit etwas zu sehen. Schatten zitterten knapp außerhalb des Lichthofs der Taschenlampe. Der Mond war noch da, aber die Bäume verdeckten den größten Teil seines Lichts.

Zweige und Dornen verfingen sich in ihrer Kleidung. Beinahe

hätte sie sich den Knöchel an einer Baumwurzel verstaucht. Die anderen stolperten hinter ihr, Logan fluchte leise.

Sie atmete den feuchten, vertrauten Geruch von Moos, Torf und nassen Blättern ein. Jede verstreichende Minute fühlte sich wie eine Stunde an. *Bitte, bitte lass es mich finden ...*

Schließlich blieb ihr Blick an etwas Vertrautem haften. Ihr Herz schlug heftig. Da war es!

Sie stürzte vorwärts, fiel auf die Knie und schob die Steine zur Seite. Einer der Felsen war lang und flach, perfekt zum Graben und speziell für diesen Zweck ausgewählt.

Die anderen drängten sich hinter ihr, als sie Eden die Taschenlampe reichte. Eden richtete das Licht auf den Boden, wo Dakota arbeiten musste. Sie grub ein paar Minuten lang wie wild, bis der Stein an etwas kratzte.

Sie bürstete den Schmutz, die Zweige und die Blätter beiseite und drehte den Deckel des Fünf-Gallonen-Eimers ab, einen von mehreren, die Ezra im Umkreis von einigen Kilometern um sein Grundstück vergraben hatte. Dieser war der nächstgelegene auf der südwestlichen Seite des Grundstücks – genau dort, wo sie ihn vermutet hatte.

Ezra hat immer gesagt, dass man nicht seinen gesamten Vorrat an einem Ort aufbewahren konnte. Man könnte nach Hause zurückkehren und einen Eindringling überraschen, oder man könnte gezwungen sein, ohne Waffen zu fliehen.

Ezra Burrows hatte immer einen Ersatzplan.

Dakota griff hinein und holte eine Springfield XD-9 Pistole heraus, die in einen Ziplock-Beutel mit Korrosionsschutzfutter eingewickelt war, der speziell für die langfristige Aufbewahrung von Schusswaffen hergestellt wurde.

Sie hätte vor Freude weinen können. Es war dasselbe Modell wie ihre alte Waffe, die sie zusammen mit ihrer Notfalltasche verloren hatte, als die Atomexplosion über Miami hereinbrach.

Darin befanden sich zwei Ersatzmagazine – beide geladen und in die Schutzhülle eingewickelt – sowie eine Schachtel mit 9-mm-Munition. Sie reichte die Schachtel an Logan weiter, der sie in seine Tasche steckte.

Sie schob einige verpackte Proteinriegel, Wasserflaschen, einen kleinen Erste-Hilfe-Kasten und eine Blechdose, von der sie wusste, dass sie Feueranzünder enthielt, zur Seite. Sie zog ein taktisches Messer heraus. »Gib das Eden, nur für den Fall. Sie kann es in ihrer Tasche aufbewahren.«

Das letzte Teil, das sie mitnahm, war ein Fernglas. Sie schloss den Deckel, vergrub den Eimer aber nicht wieder. Das würde Ezra verärgern – er war bei solchen Dingen sehr pingelig -, aber dafür war keine Zeit. Sie würde später zurückkommen und sich darum kümmern.

Ihre Brust zog sich zusammen, und einen Moment lang fühlte es sich an, als würde eine riesige Hand ihr Herz zusammenpressen. Sie hoffte, dass er wütend auf sie sein würde. Es bedeutete, dass der störrische alte Bär noch am Leben war.

Dakota stand auf, wischte sich den Schmutz von den Knien und schlang sich den Riemen des Fernglases um den Hals. Sie reichte Park die SIG, der die Glock an Logan zurückgab. Dakota behielt die XD-9.

»Zielen und schießen, weißt du noch?«, fragte sie Park.

Park nickte nüchtern.

Sie hielt ihren Finger an die Lippen. Nicht mehr reden. Sie waren jetzt ganz nah.

Innerhalb von zehn Minuten hatte Dakota sie sicher durch den Wald und an einem Stolperdraht vorbeigeführt, der in der Dunkelheit kaum sichtbar war. Aber sie wusste, dass er da war.

Alles war wie immer. Als wäre sie nie weg gewesen.

Ihr Herz lockerte sich mit einer Hoffnung, an die sie kaum zu glauben wagte. Vielleicht war Ezra in Sicherheit. Vielleicht würde alles gut werden.

Als sie das Funkeln des Zauns vor sich erblickte, suchte sie nach einem Baum, den sie erklimmen konnte. Sie gab Logan und den anderen ein Zeichen zu bleiben, wo sie waren, und schwang sich dann auf den niedrigen Ast einer Stieleiche.

Schwaden von Louisianamoos kitzelten ihre Haut. Winzige Käfer krabbelten ihren Arm hinauf, aber sie konnte sie nicht wegbürsten. Sie stöhnte, ihre Muskeln spannten sich an, die Rinde kratzte an ihrem Bauch und ihren Armen, als sie sich in eine sitzende Position brachte und dann vorsichtig aufstand, wobei sie sich gegen den Stamm lehnte, um das Gleichgewicht zu halten.

Mit hämmerndem Puls in den Ohren spähte sie durch das Fernglas. Ezras Hütte thronte in der Mitte der großen Lichtung. Da waren der große Schuppen, der Hühnerstall, der Garten, der Brunnen und die Nebengebäude, Ezras vertrauter, makelloser 2004 Dodge Ram SRT-10 Pick-up in der unbefestigten Einfahrt zehn Meter von der Hütte entfernt.

Zwei andere Fahrzeuge waren in der Einfahrt geparkt. Fremde Autos, die sie nicht erkannte.

Ihr Herz hörte auf zu schlagen. Ihr Mund wurde trocken. Ihre Hände zitterten, aber sie zwang sich, weiter zu schauen. Um alles zu sehen, egal, wie schrecklich es war.

Das Eingangstor war verbeult und zerbrochen – sie waren direkt hindurchgefahren.

Drei Leichen lagen auf der Auffahrt. Dunkle, unbewegliche Kleckse im Mondlicht.

Es waren noch mehr Menschen dort, da war sie sich sicher. Mehr Feinde, mehr Gefahr. Sie waren drinnen. Mit Ezra.

Ihre schlimmsten Befürchtungen waren wahr geworden.

Die Hirten waren bereits hier.

ANMERKUNG DER AUTORIN

Ich hoffe, *Aus Der Asche* hat euch gefallen! Ich habe zwar versucht, den Schauplatz Miami möglichst genau wiederzugeben, aber einige Namen und Orte wurden der Geschichte zuliebe angepasst.

Bei meinen Nachforschungen über improvisierte Kernwaffen und ihr Zerstörungspotenzial bin ich auf einige gegensätzliche Informationen gestoßen.

Tatsache ist, dass wir nicht genau wissen, wie eine nukleare Bodenexplosion in einer modernen Großstadt aussehen würde.

Hoffentlich werden wir das nie herausfinden müssen.

Dennoch habe ich versucht, die nuklearen Informationen so genau wie möglich wiederzugeben und gleichzeitig der Geschichte und den Figuren treu zu bleiben.

Vielen Dank fürs Lesen.

DANKSAGUNGEN

Vielen Dank wie immer an meine großartigen Beta-Leser. Eure aufmerksamen Kritiken und eure Begeisterung sind von unschätzbarem Wert.

Vielen Dank an Becca und Brendan Cross, Lauren Nikkel, Michelle Browne, Jessica Burland, Sally Shupe, Janice Love, Jordyn McGinnity, Jeremy Steinkraus sowie Barry und Derise Marden.

Danke an Michelle Browne für ihre Fähigkeiten als hervorragende Entwicklungs- und Textredakteurin. Danke an Eliza Enriquez für ihre hervorragenden Korrekturlesefähigkeiten. Ihr beide bringt meine Worte zum Leuchten.

Dankeschön an meinen Mann, der sich um das Haus, die Kinder und das Kochen kümmert, wenn ich unter Zeitdruck stehe und einen Abgabetermin habe.

Und an meine Kinder, die mir jeden Tag die wahre Bedeutung von Liebe zeigen und mich ständig inspirieren. Ich liebe euch.

ÜBER DIE AUTORIN

Ich verbringe meine Tage damit, apokalyptische und dystopische Romane zu schreiben.

Ich liebe es, Geschichten zu schreiben, in denen es darum geht, wie gewöhnliche Menschen mit außergewöhnlichen Umständen zurechtkommen, insbesondere in Situationen, in denen der normale Komfort, die Annehmlichkeiten und die Regeln wegfallen.

Meine Lieblingsgeschichten, die ich lese und schreibe, handeln von Figuren, die mit inneren Dämonen kämpfen, die lernen, sich ihren Ängsten zu stellen und sie zu überwinden, um sich in den starken, mutigen Krieger zu verwandeln, der sie werden sollen.

Ich liebe es, von meinen Lesern zu hören! Findet meine Bücher und chattet mit mir über einen der unten aufgeführten Kanäle: E-Mail an KylaStone@yahoo.com

BÜCHER VON KYLA STONE

Die postapokalyptische Reihe *Edge of Collapse* Serie:

Am Rande des Zusammenbruchs

Am Rande des Wahnsinns

Am Rande der Finsternis

Am Rande der Anarchie

Am Rande des Widerstandes

Am Rande des Überlebens

Am Rande der Tapferkeit

Die postapokalyptische Serie *Nuclear Dawn*:

Gefahrenzone

Aus Der Asche

Mitten Im Feuer

Die Finsterste Nacht

Die postapokalyptische Serie *Lost Light*:

Der Auf Suche nach Licht

Auf Der Jagd Nach Dunkelheit

Auf Der Spur Der Hoffnung

Auf Der Asche Der Welt